Ebbe unter Wolken

Für meine Eltern.
Ihr habt so viel ertragen und eine unfassbare Stärke. Mir fehlen die Worte.

Für meinen einmaligen Mann.
Du zeigst mir jeden Tag aufs Neue, wie wertvoll das Leben ist.

Für unseren geliebten Sohn.
Du bist ein wahres Wunder.

Für Annika, Olli, Michi, Verena und Sascha.
Ihr habt mich – jeder auf seine ganz persönliche Weise – immer unterstützt.

Danke.

NELE SEPTEMBER

Ebbe unter Wolken

Bibliografische Information der Deutschen Nationalbibliothek:
Die Deutsche Nationalbibliothek verzeichnet diese Publikation in der
Deutschen Nationalbibliografie; detaillierte bibliografische Daten sind im
Internet über dnb.dnb.de abrufbar.

© 2020 Nele September
Satz, Herstellung und Verlag: BoD – Books on Demand, Norderstedt
ISBN: 978-3-7386-3357-3

Inhalt

Prolog   7

1. Mädchenzeit   8

2. Alles ändert sich   17

3. Wirre Gedanken   24

4. Ebbe macht Ernst   31

5. Leise Zweifel   36

6. Entdeckt   43

7. In der Kinderklinik   49

8. Ebbes Geheimnis   61

9. Station 13   71

10. Gefangen   77

11. Entlassung   85

12. Unruhe   91

13. Station 8 (Lübeck)   99

14. Ebbe unter Druck   106

15. Weit weit weg   114

16. Ebbe gibt nach   121

17. Der Kampf beginnt 127

18. Lübeck hinter sich lassen 136

18. Mächtige Gedanken 145

19. Der Kampf geht weiter 151

20. Halt finden 158

21. Etwas ist stärker 164

22. Schwäche 171

23. Ebbe will leben 177

24. Zurück nach Lübeck 185

25. Diesmal ist es anders 193

Epilog 198

PROLOG

Es ist Freitagmorgen. Noch ein Tag bis zu ihrem Geburtstag. Ebbe sitzt alleine am Frühstückstisch in ihrer Zweier-WG in Lüneburg. Ihre Mitbewohnerin ist nicht da. Sie nimmt einen Schluck Kaffee, als das Handy klingelt. Ebbes Mutter Lore ist dran und stellt Ebbe eine einzige Frage. »Ebbe, morgen wirst du schon 20«, sagt sie. »Ich bin so stolz auf dich! Du hast viel geschafft. Dein Abitur ist bestanden und bald beginnt dein Studium. Doch es sind jetzt bereits zehn Jahre Krankheit. Ist dies nicht ein guter Zeitpunkt, um die Anorexie endlich vollständig loszulassen?«

Es ist ein schöner und sonniger Tag im August, das Fenster steht offen und Ebbe blickt gedankenverloren in den blauen, wolkenlosen Himmel. Zehn Jahre waren eine lange Zeit.

Ebbe denkt zurück ...

1. Mädchenzeit

Es war ein schöner, sonniger und ungewöhnlich warmer Frühlingstag im März. Warm genug, um sich in T-Shirt und kurzer Hose draußen aufzuhalten. Die gesamte Umgebung um den großen Pferdestall herum roch nach der gerade erst angebrochenen Jahreszeit. Nach frischem, saftigem Gras, süßlichen Blumen und warmer Erde. Man könnte fast meinen, Ebbe hätte auch die Sonne riechen können! Auf jeden Fall konnte sie die wärmenden Strahlen auf ihrer Haut spüren. Sie hörte das sanfte Summen der Bienen und atmete den samtweichen Geruch der Pferde ein, der sich mit dem Duft des trockenen Heus mischte. Ebbe hatte ihre eigene Stute gerade erst mit ihrer Familie hierher auf den Reiterhof gebracht. Klara war ihr neues Pony. Und es war ein neuer Reiterhof. Ein Neuanfang. Sowohl für sie selbst als auch für ihre Stute. Ebbe war aufgeregt und freute sich auf neue Bekanntschaften. Es war nicht Ebbes erstes Pony. Denn sie hatte bereits mit vier Jahren auf ihrem eigenen Shetty gesessen. Und heute war sie schon zehn Jahre alt. Doch Klara war mit ihren 1,48 Metern ein Endmaß-Pony, auf dem sie noch lange würde reiten können. Ein Tier, mit dem sie noch eine lange Zeit ihres Lebens verbringen würde. Nicht nur ein einziges Jahr. So war es bei Ebbes damaligem Mini-Shetty Mischa und später mit Shetlandpony Billy gewesen. Ebbe war zu groß und schwer geworden. Doch ein New-Forest-Pony konnte noch über 50 Kilogramm Körpergewicht mühelos auf seinem Rücken tragen. Und Ebbe wog gerade mal um die 42 Kilogramm. Sogar in ihrer Reiterbekleidung. Das hatte sie gerade erst auf ihrer Personenwaage zu Hause ausprobiert. Sie hatte ihre Stute in den Stall gebracht und wusste, dass man sie dort nun erstmal in Ruhe lassen sollte. Klara musste sich eingewöhnen. Ohne von jemandem gestört zu werden. Ebbe trat aus dem hellen Stallgang hinaus auf den Hof und blickte zum sandigen Reitplatz hinüber. Dort stand ein Mädchen, das sie bereits vor einer Stunde gesehen hatte. Sie mochte im gleichen Alter sein wie Ebbe selbst. Ihre Haare waren rotbraun und am Hinterkopf zu einem einfachen Pferdeschwanz zusammengebunden. Sie hatte eine dunkelrote Reithose mit Ganzlederbesatz an und trug dazu moderne schwarze Stiefeletten mit passenden Chaps. Ebenfalls alles aus echtem Leder. Über ihrem weißen T-Shirt prangte eine dunkelblaue Stepp-Reitweste, deren Knöpfe sie offen gelassen hatte. Das Mädchen wirkte in dieser Reitbekleidung richtig professionell. Dagegen kam Ebbe sich deutlich minderwertiger gekleidet vor. Sie blickte an sich hinunter. Ebbe trug ein einfaches weißes T-Shirt mit kleinen Blümchen darauf, das ihr plötzlich etwas albern vorkam. Ihre dunkelgrüne Reithose hatte wenigstens ebenfalls Ganzlederbesatz. Doch ihre schwarzen Stiefeletten waren lediglich aus Gummi und nicht aus echtem Leder. Ebbe blickte nach oben und entdeckte am Himmel eine seltsame Wolke. Sie fiel ihr deshalb auf, weil diese Wolke nicht so weiß wie die anderen Wolken war, die sich am Himmel befanden und sanft dahinwehten. Diese Wolke war etwas dunkel angehaucht und schien genau über ihr zu schweben. Fast so, als würde sie Ebbe beobachten. Während Ebbe selbstkritisch ihre Reitbekleidung betrachtete, drehte das rothaarige Mädchen sich plötzlich um und sah sie an. Ebbe, die gerade langsam einige Schritte in Richtung Reitplatz gegangen war, blieb unvermittelt stehen und sah das Mädchen etwas unsicher an. Es war ihr unangenehm, hier auf dem Stallgelände so ziellos herumzulaufen und beim scheinbaren Beobachten entdeckt worden zu sein. Was mochte das Mädchen nun nur von ihr denken? Doch entgegen Ebbes Befürchtungen lächelte die Rothaarige sie an und grüßte mit der Hand. »Hallo«, rief sie freundlich in Ebbes Richtung. »Hallo«, antwortete Ebbe – nun ein wenig erleichtert über diese ungezwungene und offene Geste der Rothaarigen. Das Gefühl der Minderwertigkeit, das sie eben noch beschlichen hatte, wurde gleich ein bisschen kleiner. Langsam ging Ebbe auf das neue Mädchen zu.

»Ich bin Anina Schell, kannst aber auch Nine zu mir sagen. Und wer bist du?«, plapperte sie gleich drauflos. »Ich heiße Ebbe.« Sie stellte sich neben Anina und beide sahen den beiden Reitern auf dem Sandplatz eine Weile schweigend zu. »Du bist neu hier, oder?«, fragte Nine schließlich. »Ja, gerade angekommen«, lächelte Ebbe und freute sich, dass Anina offenbar nicht abgeneigt war, sich mit ihr zu unterhalten. Ebenso wie das Gefühl der Minderwertigkeit, das Ebbe beim Verlassen der Stallungen heimgesucht hatte, verminderte sich nun auch ihre Unsicherheit dem rothaarigen Mädchen gegenüber, das ihr so offen und freundlich begegnete. Nachdem sie sich vor dem Sandpaddock eine Weile unterhalten hatten, stellten die Mädchen fest, dass sie beide nicht weit voneinander entfernt wohnten und nach den Sommerferien im September auf dieselbe Schule kommen würden. Auf ein privates Gymnasium im

Anschluss an die Grundschule. »Deine Stute muss sich jetzt erstmal hier einleben und braucht Ruhe. Sie ist ein New Forrest-Pony, oder? Endmaß? Ich habe euch nur kurz gesehen, als ihr sie ausgeladen habt«, sagte Anina. »Ja genau, 1,48 Meter. Du weißt wirklich viel über Pferde! Reitest du schon lange?«, fragte Ebbe ihre neue Bekanntschaft. »Ich bin mit Pferden aufgewachsen!«, antwortete Nine. »Das liegt vor allem an meiner Mutter, das wirst du bald merken. Du musst mal zu mir nach Hause kommen!« Ebbe freute sich sehr über diese Einladung. Wenn Anina sie nicht mögen würde, hätte sie ihr doch nicht gleich einen Besuch vorgeschlagen, oder?

An diesem Tag lernte Ebbe ihre – wie sich später herausstellen würde – allerbeste Freundin kennen. Eine Freundin, wie Ebbe sie in dieser so engen und vertrauten Form nie wieder haben würde. Als Ebbe wenige Tage später das erste Mal bei Nine zu Hause war, wurde ihr sehr schnell klar, wie Anina aufgewachsen sein musste. Und warum sie so viel über Pferde wusste. Kaum hatte man die Wohnung der Schells betreten, sprangen einem eingerahmte Fotos in jeder Größenordnung entgegen. Bilder, wohin Ebbe nur blickte. Sie hingen in riesigen Rahmen an den weißen Wänden. Es gab kaum noch ein freies Plätzchen! Jede einzelne Wand im gesamten Reihenhaus war nahezu übersät mit auf Papier gedruckten Erinnerungen und Erlebnissen. Größtenteils zeigten die Bilder Anina. Zusammen mit diversen Pferden oder Ponys. Manchmal waren auch Hunde mit dabei. Und ab und zu auch Nines Eltern. Aber das war eher selten.

Es gab fotografische Ausführungen in jeder Größe. Besonders beeindruckend fand Ebbe eine Fotografie an der Wand entlang der Kellertreppe, die mindestens 50 Zentimeter hoch sein musste. Sie zeigte die kleine Anina im Alter von etwa vier Jahren neben einem Pferdekopf, der fast ebenso groß war wie das Kind selbst. Dann gab es da noch eine Ablichtung von Nines Kopf neben einem großen braunen Pferdekopf. Ihr zarter Kinderkörper angelehnt an ein weißes Pony. Nine sitzend auf einem riesigen fuchsfarbenen Pferd und so weiter. Das Thema Pferde war im ganzen Haus sehr präsent. Überall standen kleinere und größere Pferdestatuen aus Holz, Stein oder Ton herum. Die helle Wohnung der Schells wirkte ebenso sauber und edel wie persönlich. Sie charakterisierte Nines Familie auf ihre ganz eigene Art – und somit auch einen nicht unbeachtlichen Teil Ebbes zukünftigen Lebens. Auch wenn sie das zu diesem Zeitpunkt noch nicht ahnen konnte. Denn genau diese Wohnung sollte schon bald Ebbes zweites Zuhause werden. Und der Ort, an dem sie einmalige und sehr bedeutsame Erinnerungen sammeln sowie prägende Erfahrungen machen würde. Ebbe und Anina verstanden sich auf Anhieb. Nie zuvor hatte Ebbe sich so schnell verbunden mit jemandem gefühlt. Sie war von Natur aus sehr schüchtern und brauchte immer eine gewisse Zeit, bevor sie sich jemandem nähern konnte. Kontakte zu knüpfen fiel Ebbe durch ihre Zurückhaltung und Vorsicht sehr schwer. Doch bei Anina war das ganz anders. Das selbstbewusste rothaarige Mädchen mit den grünen Augen trat zu ihr ins Leben und es begann eine Zeit, die Ebbe nie wieder vergessen sollte. Es war wohl die Verwirklichung des Traumes eines jeden Mädchens. In den darauffolgenden Wochen schien es für Ebbe und Anina so, als könne sie NICHTS und NIEMAND auf der Welt jemals wieder trennen. Niemals! Ebbe bewunderte Anina. Sie war eine außergewöhnlich gute Reiterin, das war im gesamten Reitstall bekannt. Außerdem konnte man mit Nine wunderbar lachen und über einfach alles reden. Die beiden Mädchen entdeckten immer mehr Gemeinsamkeiten. Sie waren sich sehr ähnlich und teilten viele Meinungen und Ansichten. Nur wenig später konnte sich keine von ihnen einen Tag ohne die Freundin überhaupt noch vorstellen.

Das Gras auf der Wiese um den Reiterhof herum war sehr frisch und sattgrün in diesem Jahr. Die beiden Mädchen wollten ihre Pferde anweiden und daher einige Halme abschneiden und in Eimern zum Stall bringen. Im Frühling. Ende April. Auf der Wiese hinter den Ställen. Dort, wo sie von niemandem während ihrer Gespräche gestört werden konnten. Ebbe und Nine kannten sich jetzt zwei Monate und hatten sich viel zu erzählen! In dem kleinen Fleckchen Grün, das scheinbar nur ihnen beiden gehörte, ging das ganz wunderbar und ungestört. Es war eine Zeit, in der die Sonne noch nicht zu heiß war und es noch nicht zu viele Wespen gab. Als noch keine grauen Wolken am Himmel hingen und Ebbe keine schweren Gedanken belasteten. In dieser Zeit gab es nur die Leichtigkeit und den sanften Wind. Den Moment. Das Hier und Jetzt. Es gab noch keine anstrengenden Gedanken an vergangene oder bevorstehende Anforderungen, die Ebbes Denken beeinflussten. Es gab – einfach nur den Moment. Die Verbundenheit mit Anina. Und dieses einzigartige Gefühl, das es nur dann geben kann, wenn sich eine tiefe Freundschaft entwickelt. Sie hatten eine große Gartenschere mit dabei, die Aninas

Mutter Hanne gehörte. Es war ihre gute Schere, hatte Hanne betont und daher sollten sie besonders sorgfältig auf sie aufpassen. Aninas Mutter war ebenso genau wie streng darauf bedacht, auf ihre Gegenstände zu achten.

Es war vielleicht das erste Anzeichen für die innige Freundschaft zwischen Ebbe und Anina, dass Nine an diesem Nachmittag so tat, als wüsste sie nicht, wer die Schere liegengelassen hatte. »Wo ist meine Gartenschere?«, fragte Aninas Mutter, als die beiden Mädchen mit gefüllten Graseimern zurück zum Hof geschlendert kamen. Ebbe erschrak! Sie selbst hatte die Schere zuletzt in der Hand gehabt und danach im Gras liegen lassen. Sie wusste nicht mehr genau, wo – und das war auch typisch für sie. Ständig vergaß sie Dinge, verlegte Gegenstände oder brachte so Einiges durcheinander. Umso erstaunlicher war daher die Tatsache, dass Ebbe sich an ganz bestimmte Szenen aus ihrem Leben, an einzelne Wörter oder gewisse Gespräche glasklar erinnern konnte. Dinge, die nicht immer von Bedeutung waren. Doch dieser Umstand half ihr in dieser Situation nicht weiter. Aninas Mutter war sauer und wünschte eine Erklärung dafür, wo ihre gute Gartenschere geblieben sei. Ebbe wollte auf der Stelle im Erdboden versinken! Die ganze Situation war ihr furchtbar peinlich. Ihr wurde heiß und kalt zugleich und sie schaute unsicher zu Anina. Denn – wenn man als junges Mädchen so tief in Gespräche versunken Gras für die Pferde schneidet und zwischendurch die große Gartenschere zur Seite legt – dann kann es vorkommen, dass sie dort einfach liegen bleibt. Und in diesem Fall war es auch so. Ebbe ärgerte sich über sich selbst. Da hatte sie gerade erst eine neue Freundin kennengelernt – und dann war sie einfach zu dämlich, um auf diese Schere aufzupassen! Jetzt würde sie nicht nur Ärger von Aninas Mutter Hanne bekommen. Sondern bestimmt würde ihre beste Freundin hinterher nicht mehr mit ihr reden. Und die gerade erst beginnende Freundschaft stünde gleich wieder vor dem Aus. Ebbe steigerte sich immer mehr hinein in ihre eigene Ungeschicklichkeit und kam sich unendlich doof vor. Was hatte sie da nur getan? Ebbe hatte bereits Luft geholt, um ihre Schuld einzugestehen, doch Anina war schneller. »Ich weiß gar nicht mehr, wer die Schere zuletzt hatte. Ich glaube, ich war es, oder?«, fragte Anina und blickte in Ebbes Richtung. Noch bevor diese irgendwie reagieren konnte, fügte Anina hinzu: »Ja, natürlich! Wie blöd von mir! Tut mir leid, Mama!« Nine nickte Ebbe zu, hakte sie unter und beide Mädchen liefen schnell zurück zur Wiese, auf der sie vor wenigen Minuten noch das Grün geschnitten hatten. Die Eimer mit dem frischen Gras ließen sie einfach so vor Hannes Füßen stehen. Doch – so sehr sich die beiden Mädchen bei der Suche auf der Wiese hinter dem Stall auch bemühten – sie konnten die Gartenschere einfach nicht wiederfinden. Ebbe schämte sich. Sie schwieg und mied jeden Blickkontakt mit Hanne. Doch diese war nicht lange böse. Und das Thema Gartenschere für sie und Anina somit sehr bald wieder vergessen. Nicht jedoch für Ebbe! Denn diese war unendlich dankbar für Aninas Reaktion. Sie konnte sich nicht erinnern, jemals zuvor von einer Freundin in dieser Form vor einer mehr als peinlichen Situation bewahrt worden zu sein. Das ist also wahre Freundschaft, dachte Ebbe und konnte es selbst noch gar nicht fassen. Nach der missglückten Suche lächelten sich beide Mädchen zu und fuhren gemeinsam mit Hanne nach Hause.

Ebbe hatte eine Freundin gefunden. Eine *richtige* Freundin. Der Himmel war blau und von nur wenigen Wolken durchzogen. Wie weiße Wattebällchen schwebten sie über ihnen. Bis auf eine Ausnahme. Direkt über Ebbe gab es diese eine, leicht gräulich gefärbte Federwolke, die sie nur ganz nebenbei wahrnahm. Sie schwebte sanft über ihr und folgte Ebbe, egal wohin sie ging. Jeden Nachmittag trafen Ebbe und Anina sich im Reitstall und verbrachten auch den Rest des Tages gemeinsam. Die beiden Mädchen teilten nicht nur ihre Leidenschaft für Pferde. Sie mochten einfach so viele Dinge gleich gern, dass sie manchmal selbst darüber lachen mussten. Nicht selten antworteten sie sogar auf eine Frage wie aus einem Mund und schienen dasselbe zu denken. Ebbe und Anina gab es fortan nur noch im Doppelpack. Die gesamten Sommerferien verbrachten sie gemeinsam. Mal übernachtete Ebbe bei Anina, mal war es umgekehrt. Schnell wurde das kleine weiße Reihenhaus der Schells mit den unzähligen Pferdebildern, den vielen kleinen Accessoires und diesem außergewöhnlich süßlich duftenden Räumen zu Ebbes zweitem zu Hause. Ein Ort, an dem sie sich wohl und geborgen fühlte. Wenn die beiden Mädchen vom Reiten zurück waren, liebten sie es, sich gemeinsam zu erholen. Die nach Pferden und Stall riechenden Reiterhosen und T-Shirts wurden in Aninas Zimmer geschmissen. Dann ging es direkt ins Badezimmer, wo sie nacheinander duschten. Anschließend durften sie sich mir Hannes gutem Hautöl eincremen, das so unwiderstehlich nach Kokosnuss roch. Ebbe liebte diesen Duft. Es war das Allergrößte nach einem wundervollen Tag im Reitstall. Es war Juni. Die Temperaturen stiegen auf über 20 Grad. Bienen summten in der Luft. Die angenehme Wärme verstärkte jeden Duft. Das Schell'sche Haus roch nun nicht mehr einfach nur süßlich. Wenn Ebbe und Ania aus dem Reitstall kamen, dann verband sich hier in Borgfeld die frische sommerliche Luft mit diesem einzigartigen und Ebbe so urvertrauten Hausgeruch der Schells. Ein angenehmes Wohlgefühl. An einigen Tagen kam es auch vor, dass Hanne den beiden Freundinnen nach dem Reiten noch ein Eis spendierte. In der familiengeführten Eisdiele gleich um die Ecke. Sie selbst setzte die Mädchen dann allerdings lediglich dort ab, drückte Anina einen Fünf-Euro-Schein in die Hand und fuhr nach Hause. Den Rückweg würden die beiden schließlich allein schaffen, sagte sie. Und zudem wollte Hanne sie – nach eigener Aussage- nicht stören. Sie wünschte ihnen jedes Mal viel Spaß. Und diesen hatten sie auch! Denn Ebbe und Aninas Besuch in der Eisdiele fiel nahezu immer auf den späteren Nachmittag. Eine Zeit, in der ihre Bestellung jedes Mal von Mirko entgegengenommen wurde. Er war der Sohn des Inhabers des Eiscafé Venezia und unglaublich bemüht. Mirko sprach sehr gebrochenen Deutsch und brachte die beiden Mädchen gegen ihren Willen immer wieder zum Lachen. Als sie das erste Mal gemeinsam in der Eisdiele waren, orderte Anina die Eissorte Malaga. Die auf diese Bestellung folgende Antwort des Italieners war das Stichwort für alle weiteren Bestellungen. Denn Mirko nuschelte etwas wie »Nein, s geeeeeht nich! Malaga is mit Aaaaallohoool« und zuckte bedauernd mit den Schultern. Das Lachen über die Ausdrucksweise und den dazu passenden Blick verkniffen sich die Mädchen, bis sie mit ihrer Eistüte um die nächste Ecke gelaufen waren. Dort prusteten sie jedes Mal aufs Neue los und schworen sich, beim nächsten Besuch erneut nach Malaga zu fragen. Es war einfach viel zu lustig. Und Mirko wurde auch nach Wochen nicht müde, seine Aussage zu wiederholen. Obwohl er Ebbe und Anina ganz bestimmt schon kannte und wusste, dass sie die Antwort auf ihre Bestellung längst kannten. Ebbe und Anina kümmerten sich um ihre Ponys und verbrachten viele Stunden zusammen im Stall. Sie redeten über die Jungs in ihrer Grundschule und darüber, wie es wohl auf der neuen Schule nach den Ferien sein würde. Und bald war es auch soweit: Ebbe und Anina kamen auf ein privates Gymnasium in Bremen. In dieselbe Klasse! Es war ein aufregender Start in eine weiterführende Schule, der die beiden Freundinnen noch weiter zusammenzuschweißen wusste. Die vielen neuen Schüler und die Einschulungsfeier in diesem riesigen unbekannten Gymnasium waren einfach überwältigend. Gerade weil es so viele neue Schüler waren (vier fünfte Klassen mit jeweils etwa 30 Kindern), war die schüchterne Ebbe erleichtert und dankbar, die selbstbewusste und vertraute Anina an ihrer Seite zu haben. Sie gab ihr ein Stück Sicherheit und sorgte dafür, dass Ebbe sich zwischen all den anderen Kindern nicht ganz so klein fühlte, wie es sonst immer der Fall war. Und dazu noch diese einzigartigen gemeinsamen Nachmittage im Stall bei den Pferden! Ebbe und Anina ritten täglich zusammen in der Reithalle oder draußen auf dem sandigen Platz des Gestüts. Sie holten ihre Ponys gemeinsam von der Weide, kratzten die Hufe aus, striegelten sie und unterhielten sich dabei pausenlos. Es gab so unglaublich viele Dinge, die Ebbe und Anina sich zu erzählen hatten. So viel, was sie noch voneinander erfahren wollten. Die vergangene Zeit in der Grundschule zum Beispiel oder die Freundinnen und Hobbies, Musik und viele Dinge mehr. Und auch die Jungs in der Schule waren ein wichtiges Thema. Ebbe konnte bei ihrer besten Freundin anscheinend alles ansprechen, was sie wollte – Nine verstand sie immer. Es war einfach so, wie Ebbe es noch nie zuvor mit jemandem erlebt hatte. In Gegenwart ihrer Freundin durfte sie alles aussprechen und loswerden, was ihr gerade auf der Seele brannte. Ehrlich und direkt. Einfach drauflos. Es gab diese unglaubliche Vertrautheit zwischen ihnen. Eigentlich war es Ebbes Gewohnheit, persönliche Dinge für sich zu behalten. Sie sprach nicht gerne über ihre eigene Person. Oder über Themen, die sie in irgendeiner Art und Weise persönlich beschäftigten. Normalerweise kam Ebbe sich dann selbst komisch vor. Denn sie hielt nichts von sich selbst für so wichtig, als dass sie es hätte jemandem mitteilen müssen. Doch bei Anina schien plötzlich alles Persönliche an Bedeutung zu gewinnen. Jeder ihrer Gedanken und jedes Gefühl stießen bei ihr auf ehrliches Interesse und Verständnis. Und das war nicht alles. Denn Anina ging es oftmals ganz ähnlich! Es war, als hätten sie beide genau die gleichen Gefühle und Gedanken. Ihre Beziehung war enger als jede noch so gute Freundschaft, die Ebbe jemals zuvor gehabt hatte.

Und trotzdem schaffte es die Anorexie, sich allmählich bei ihr niederzulassen. Ganz langsam. Und zunächst auch sehr zurückhaltend. Scheinbar, um nicht gleich entdeckt zu werden. Aber gleichzeitig war sie stark und entschlossen. Entschlossen, Ebbes Leben zu beeinflussen und es ihr schwer zu machen. Und diese Krankheit war willens, länger zu bleiben. Zuordnen konnte Ebbe die Veränderung in ihrem Leben zuerst allerdings nicht. Sie spürte dieses merkwürdige neue Gefühl bereits sehr früh. Es veränderte sich etwas. *irgendetwas.* Auf eine ihr sehr fremde Art und Weise. Doch sie erkannte nicht, was es war; sie konnte es einfach nicht verstehen. Ein Gefühl, das ihr Angst einflößte. Doch Ebbe wusste nicht, wovor und warum sie Angst haben sollte. Und schließlich verdrängte sie dieses unwohle, bedrückende und auf seine Art auch unheimliche Gefühl. Sie *versuchte* zumindest, es zu verdrängen. Denn es war nicht einzuordnen. Passte einfach nicht in Ebbes gewohnte Gefühlswelt. Es war ein Gefühl von Schwere und Dunkelheit. Der Last von irgendetwas. Unheimlich und nicht zu (be)greifen. Nicht zu verstehen. Unmöglich zu erfassen. Es drückte sie nieder. Stimmte sie von einem auf den anderen Moment – scheinbar grundlos – unendlich traurig und drückte sie noch weiter hinunter. Es sorgte dafür, dass Ebbe sie fast schmerzhaft spüren konnte. Diese unbekannte dunkle Last, die ihr zunehmend Angst bereitete. Zwischen all den weißen Wattebällchen am Himmel schwebte diese eine kleine Wolke in grau. Sie war nur winzig und doch nahm Ebbe sie nun immer aufmerksamer wahr. Sie schien direkt über ihr zu schweben und ihr zu folgen. Jeden Tag. Überall hin.

2. ALLES ÄNDERT SICH

Ebbe und Anina gingen nicht mehr nur zusammen zum Reiten und verbrachten jedes Wochenende gemeinsam. Sie machten auch ihre Hausaufgaben oft zu zweit. Ebbe hatte bereits im Alter von vier Jahren ihre Leidenschaft für Buchstaben und Wörter entdeckt und sich selbst das Lesen und Schreiben beigebracht. Der Deutschunterricht in der Schule fiel ihr von Beginn an sehr leicht. Schon während der Grundschulzeit hatte sie einige Bücher gelesen und viele eigene Tagebücher geschrieben. Auf dem Gymnasium entdeckte sie nun auch ein gewisses Talent für Sprachen. Zeitintensives Lernen war nichts für Ebbe. Sie verließ sich auf ihr Gefühl und dieses betrog sie nur selten. Ihre Noten waren sehr gut. Anders sah es bei Anina aus. Die weiterführende Schule brachte neue Anforderungen mit sich und Anina fielen die Aufgaben nicht immer ganz so leicht wie ihrer Freundin. Ebbe wurde das sehr bald bewusst. Sie schämte sich dafür, dass ihr oftmals Einiges klarer und verständlicher war. Sie wollte nicht besser sein als Anina! Ebbe hatte große Angst, sich zu einem Streber zu entwickeln und dann von den anderen Schülern ausgeschlossen zu werden. Um das zu vermeiden, begann sie von nun an, sich im Unterricht nicht mehr jedes Mal zu melden, wenn sie etwas wusste. Sie wollte Anina nicht kränken, wenn diese die Antwort auf eine Frage tatsächlich nicht geben konnte. Und auch die anderen Schüler sollten nicht den Eindruck haben, dass Ebbe alles wusste und das auch noch zeigen wollte. Ähnlich verlief es während der gemeinsamen Hausaufgaben mit Nine. Ab und zu stellte Ebbe bewusst etwas dämliche Fragen. Fragen, die sie sich selbst beantworten konnte. Einfach nur, um genauso zu sein wie Anina. Und um ihr das Gefühl zu geben, dass sie wirklich in allen Punkten *genau gleich* waren. Freunde fürs Leben. Die ersten Wochen und Monate in der neuen Schule brachten viele neue Erfahrungen und mitunter auch viele neue Eindrücke mit sich. In ihrer Klasse mit den 29 Schülerinnen und Schülern fühlten sich Ebbe und Anina sehr wohl. Es waren deutlich mehr Jungen als Mädchen, aber mit diesen verstanden sie sich beide gut. Sehr schnell war den meisten Schülern in der Klasse bewusst, dass Ebbe und Anina eine ganz besondere Freundschaft verband und man sie eigentlich nur zu zweit sehen konnte. Zumindest am Anfang des neuen Schuljahres, als sich die Schüler alle noch in der Kennenlernphase befanden. Ebbe und Anina waren eine Einheit und jede freute sich für die andere, wenn diese eine neue Bekanntschaft machte oder sich mit jemand anderem unterhielt und Kontakte knüpfte. Es herrschte ein friedliches Miteinander.

Bis zu jenem Zeitpunkt, an dem die ersten Geburtstage gefeiert wurden und es darum ging, eingeladen zu werden. Ebbe hatte eine Einladung zu Julias Geburtstagsfeier bekommen. Nine dagegen nicht. Deswegen konnte Ebbe sich auch gar nicht richtig freuen und schaute verstohlen zu Anina hinüber, als Julia ihr den Umschlag in der kleinen Pause zusteckte. Anina hatte alles genau beobachtet und sah Ebbe mit einem Blick an, den diese vorher noch nicht bei ihrer gesehen hatte. Es war ein Blick voller Missgunst und Abwertung! Die Überraschung, die Ebbe am Anfang in Aninas Gesicht zu erahnen geglaubt hatte, war komplett verschwunden. Anina hatte die Übergabe des Briefes genau beobachtet und schaute Ebbe böse an. Vielleicht war es auch einfach nur Neid? Ebbe sah in Nines Richtung. Doch sie drehte sich gleich um, als sie Ebbes Blick bemerkte. Später auf dem Weg nach Hause fragte Ebbe scheinbar beiläufig: »Gehst du zu Julias Geburtstag?« Ebbe zögerte. »Ich weiß noch nicht«, antwortete sie. »Ohne dich ist das doch blöd.«. Sie sah auf ihre Füße, die wie von alleine weiterzulaufen schienen. »Ach, ich bin eigentlich ganz froh nicht eingeladen zu sein!«, entgegnete Anina zu Ebbes Verwunderung. »Julia mag ich eh nicht und die Feier wird bestimmt langweilig. Da gehe ich lieber in den Stall.« Ebbe sah ihre Freundin misstrauisch von der Seite an. Aninas Gesichtsausdruck verriet ihr, dass Nine nicht die Wahrheit sagte. Außerdem hatte ihre Stimme einen schnippischen Unterton. Sie fragte sich, warum Anina so sehr versuchte, Ebbe nicht merken zu lassen, dass es sie störte, nicht eingeladen worden zu sein.

Nach diesem Ereignis benahm sich Nine plötzlich anders. Sie distanzierte sich von Ebbe und unternahm jetzt deutlich mehr mit den anderen Mädchen aus der Klasse. Vor Ebbe betonte sie immer wieder, mit wem sie sich alles verabredet und schon etwas unternommen hatte. »Bei Svenja gibt es überall im Haus Bodenheizung, das ist total toll! Und sie haben einen eigenen Pool, in dem wir auch immer schwimmen dürfen«, schwärmte sie. Auch verschiedenen Klassenkameraden erzählte Anina nun immer öfter sehr ausgiebig von ihren Verabredungen. Besonders, wenn sie wusste, dass Ebbe in der Nähe war und sie hören konnte. Ebbe wusste, dass Nine sie mit ihrem Verhalten eifersüchtig machen wollte.

Doch sie fragte sich, aus welchem Grund sie es tat. So kamen schließlich der Winter und Weihnachten. Ebbe und Anina sahen sich nicht mehr täglich im Reitstall. Wenn Ebbe ihre beste Freundin fragte, ob diese am Nachmittag im Stall sei, wich Anina oft aus. »Ich weiß nicht, ob meine Mutter mich fahren kann, mein Fahrrad ist kaputt.« »Vielleicht bekommen wir heute Besuch.« Sätze wie diese fielen nun häufig. Manchmal schob sie auch das schlechte Wetter vor. Das fand Ebbe besonders auffällig. Denn sie beide ritten meistens in der überdachten Reithalle und waren somit vollkommen unabhängig vom Wetter. Der Herbst und ebenso der Winter in diesem Jahr waren geprägt von einem unbeschreiblichen Gefühlschaos, das Ebbe vollkommen übermannte. Sie war hin und her gerissen zwischen Trauer und Wut über die wachsende Distanz zwischen ihr und ihrer engsten Freundin. Glaubte Anina denn wirklich, Ebbe würde nicht merken, dass sie nicht mehr so viel mit ihr zu tun haben wollte? Ebbe sprach Anina mehrere Male darauf an. Sie fragte nach, was denn los sei. Ob es an ihr, Ebbe, liegen würde oder warum Anina ansonsten so seltsam sei. Ob ihr ihre enge Freundschaft plötzlich nicht mehr so viel wert sei. Doch Anina tat dann vollkommen ahnungslos. So, als wüsste sie gar nicht, wovon Ebbe sprach. »Wieso das denn? Alles gut, das bildest du dir ein!«, sagte Anina. Also nahm Ebbe es irgendwann so hin. Wie sie so oft in ihrem Leben Dinge einfach so hinnahm. Sie suchte den Fehler bei sich selbst. Denn sie war überzeugt davon, dass es einzig und alleine an ihrer eigenen Person lag. Sie allein war schuld daran, dass diese einmalige Freundschaft dabei war, zu zerbrechen.

Die Zeit verging wie im Flug. Nach dem Weihnachtsfest kam Silvester. Der Jahreswechsel in ein neues Jahrtausend. 2000. Ebbe und Anina feierten gemeinsam mit ihren Eltern in das neue Jahr hinein. Bei Anina zu Hause. Nur, Ebbe, Anina, Lore und Hanne. Die Freundinnen durften Champagner probieren, den Lore besorgt hatte. Er schmeckte furchtbar! Und beide Mädchen verstanden einfach nicht, warum dieses Getränk etwas so Besonderes und Teures sein sollte. Lore und Hanne genossen ihn ebenso wie Josse und Aninas Vater Heme. Um Mitternacht bewunderten sie alle zusammen das Feuerwerk in der Nachbarschaft. Die vielen bunten Raketen und das laute Pfeifen und Zischen waren wie immer einfach wundervoll, fand Ebbe. Beeindruckend und vielversprechend. Silvester war immer etwas ganz Besonderes. Eine neue Chance. Der Beginn eines neuen Jahres als Zeichen für Veränderung.

Kurz nach ein Uhr morgens am ersten Tag des neuen Jahres sprachen die beiden Freundinnen in Aninas Zimmer über gute Vorsätze und Wünsche für das neue Jahr. Das Fenster in Aninas Zimmer stand offen und sie hörten das Getöse der Feuerwerkskörper. Es waren längst keine von den Gesprächen mehr, die Ebbe und Anina früher geführt hatten. Die Unterhaltungen zwischen ihnen waren in den letzten Wochen sehr viel oberflächlicher geworden. Manchmal hatte Ebbe sogar das Gefühl, ihre Freundin höre ihr gar nicht richtig zu, wenn sie etwas erzählte. Denn Anina ging kaum darauf ein. Oder sie nickte einfach nur, während sie mit ihrer PC-Maus beschäftigt war. Hanne hatte Anina gerade erst eine neue und sehr moderne Computerausstattung gekauft. Einfach so zwischendurch. »Das brauchen Mädchen in dem Alter«, hatte sie gesagt. Scheinbar brauchte Anina diese Ausrüstung jetzt mehr als die Gespräche mit Ebbe. So auch an diesem Morgen. Durch das geöffnete Fenster drang die kühle Nachtluft. Doch an Stelle einer frischen Brise zog der Geruch verbrannter Böller hinein und legte sich wie ein schwerer Schleier unter die Zimmerdecke. Ebbe nahm es so hin. In diesem Winter und dem darauf folgenden Frühjahr wurde sie immer nachdenklicher. Sie war im letzten Jahr stark gewachsen und groß geworden. Größer als die meisten Mädchen in ihrem Alter. Sie wirkte jetzt auch älter als sie eigentlich war. Das wurde ihr immer wieder von den Erwachsenen in ihrer Umgebung gesagt. Wenn Ebbes Eltern Lore und Josse Besuch von ihren Freunden bekamen, fielen öfter Sätze wie »Mensch, eure Ebbe hat aber einen Schuss gemacht!« oder »Ebbe sieht ja schon richtig erwachsen aus mit ihren zehn Jahren!« Ebbes Eltern erfüllte diese Entwicklung mit Stolz. »Siehst du, Ebbe, langsam wirst du zur Frau«, sagte Lore jetzt immer häufiger und sah Ebbe dann von oben bis unten mit einem ganz merkwürdigen Blick an. Äußerungen wie diese verunsicherten Ebbe sehr! Sie bemerkte ihre körperliche Veränderung natürlich selbst. Sie wurde nicht nur größer, sondern auch fraulicher. Ihr Körper nahm weibliche Formen an, wurde runder. Dabei wurde sie doch erst elf Jahre alt. Ebbe wurde mehr. Mehr Masse. Sie wurde zu mehr als die Mädchen um sie herum. Und ganz plötzlich war Ebbe auch runder, größer und weiblicher als Anina. Diese Veränderung stimmte sie noch nachdenklicher und schließlich auch sehr ernst. Die graue Wolke am Himmel sah Ebbe nun öfter. Sie schwebte bereits morgens am Himmel, wenn Ebbe gerade erst aufgewacht war und begleitete sie überall hin.

Es war eine Zeit, in der Anina sich – neben den Pferden und ihrer neuen Computerausrüstung – auch für die Jungs in ihrer Klasse sehr zu interessieren begann. Sie fing an, sich auffällig zu schminken und auf ihre Kleidung zu achten. Plötzlich trug Anina fast nur noch die neueste Mode. Auf so etwas hatte sie früher nicht geachtet. Zwar besaß Anina viele Reitsachen guter Marken. Doch das lag eher an Hannes Vorliebe für professionelle und angesagte Reiter-Outfits. Außerhalb des Stalls war es Anina nicht so wichtig gewesen, welche Marke auf ihrem Pullover stand. Oder ob sie die aktuellen Sneakers besaß. Neuerdings schon. Ebbe hatte die Hoffnung noch nicht ganz aufgegeben, ihre ehemals so innige Freundschaft mit Anina wieder aufleben zu lassen. Deswegen kaufte sie sich ihr zuliebe dieselben Marken. Wenn die beiden während einer ihrer selten gewordenen Verabredungen zusammen unterwegs waren und nach Klamotten stöberten, betonte Ebbe immer wieder, genau den gleichen Geschmack zu haben wie ihre beste Freundin. Sie wollte in allen Punkten genau so sein wie Nine. Es sollte alles wieder so werden wie im Sommer des vergangenen Jahres. Vielleicht würde Ebbe sich so stark verändern können, dass ihre Freundschaft wieder enger werden würde? Sie wollte sich ebenso verändern, wie Anina es tat. Aber was sie auch versuchte – sie schaffte es einfach nicht. Während Anina noch immer klein und sehr zierlich für ihr Alter war, unglaublich gut ritt und dafür Anerkennung von vielen Leuten aus dem Stall erntete, fühlte Ebbe sich neben ihr wie ein dicker, wertloser und untalentierter Hefekloß. Sie konnte längst nicht so gut reiten wie Anina, war darüber hinaus sehr ungeschickt und als wäre das noch nicht genug, wurde sie jetzt auch noch immer massiger! Sie kam sich neben der kleinen zierlichen Anina plötzlich einfach nur blöd vor. Wie ein minderwertiges Anhängsel. Ebbe zog sich von nun an immer mehr in sich zurück. Sie wurde stiller und schweigsamer, um bloß nicht aufzufallen. Sie war wütend auf sich, weil sie sich nicht so wie Anina entwickeln konnte. Wütend darüber, einfach überhaupt *nichts* zu können. Dieses Gefühl der Wut veränderte sich. Irgendwann überkam Ebbe eine eigenartige Form von Trauer. Eine Niedergeschlagenheit, die sie bei sich noch nie erlebt hatte. Zu Beginn war es Ebbe selbst nicht ganz klar, warum sie so fühlte. Doch schon bald kam sie dahinter. Es war der Gedanke und das stille Bewusstsein, dass sie falsch war! Sie war nicht nur *anders* als Anina und die Mädchen aus ihrem Jahrgang und in ihrer Umgebung. Ebbe war einfach *falsch*!

Sie wurde sich selbst plötzlich eigenartig fremd und immer fremder. Betrachtete sich von außen und schämte sich dafür, wie sie war. Statt ihre Freundschaft zu Anina zu retten, entfernten sich die beiden Mädchen nun immer mehr voneinander. Im Wesentlichen durch ihr Äußeres, dachte Ebbe zunächst. Doch die beiden waren sich plötzlich in vielerlei Hinsicht so unähnlich geworden. Dabei war doch gerade ihre Ähnlichkeit der Grund für ihre innige Freundschaft und Verbundenheit gewesen. Nichts war mehr wie früher. Auch ihre Gespräche veränderten sich weiter, waren noch oberflächlicher geworden. Ohne jeglichen Tiefgang. Hatten die Mädchen sonst über alles sprechen können – über das Verlieben, geheime Wünsche und Ängste – sprachen sie jetzt fast ausschließlich über die neueste Kleidung, die aktuell angesagte Musik oder wann und ob sie sich im Stall sehen würden. Doch diese Treffen wurden immer seltener. Gefühle wurden nicht mehr thematisiert. Nine schien es auch nicht aufzufallen, dass Ebbe ihre Fröhlichkeit und gute Laune fast vollständig verloren hatte. Dass sie sehr still geworden war und nur noch sprach, wenn sie direkt angesprochen wurde. Sie überging diese Veränderung und orientierte sich jetzt immer mehr an anderen Mädchen in ihrem Alter. Sie verabredete sich mit vielen aus ihrer Klasse und schenkte Ebbe deutlich weniger Beachtung als zuvor. Anina schien die veränderte Stimmung in ihrer Beziehung zu Ebbe gar nicht wahrzunehmen. Oder sie tat so. Und es war ihr einfach egal. Ebbe dagegen war es überhaupt nicht egal! Sie litt sehr unter der immer größer werdenden Distanz zu ihrer besten Freundin. Sie war sich sicher, dass es nur aufgrund ihres dicken Körpers so weit gekommen war. Und diese Tatsache erfüllte sie mit Wut. Sie hasste sich selbst für ihre körperliche Veränderung, der sie scheinbar hilflos ausgeliefert war. Sogar einige Jungs hatten sie in der Schule schon angeschaut und sich darüber lustig gemacht, dass sie nun aussah wie eine Frau! Und Ebbe konnte mit niemandem darüber reden. Es war ihr viel zu peinlich, wie sich ihr Körper veränderte. Mit wem sollte sie reden? Sie liebte ihre Mutter und hatte auch ein gutes und enges Verhältnis zu ihr. Doch mit so etwas konnte sie auch zu Lore nicht gehen. Ebbe brachte es einfach nicht über die Lippen! Sie konnte nicht benennen, was diese Angst in ihr auslöste. Sie schämte und ängstigte sich vor den großen Themen, die damit verbunden sein würden. Fraulichkeit. Entwicklung. Pubertät. Jungen. Sex. *Hilfe!* Über so etwas konnte Ebbe nicht sprechen. Also fraß

Ebbe alles in sich hinein. Wobei sie natürlich genau das Gegenteil tat. Ebbe reduzierte ihr Essen und schwieg. In der Hoffnung, so die Angst vertreiben zu können. Die graue Wolke am Himmel wuchs täglich.

3. Wirre Gedanken

Im Mai feierte das Gymnasium ein großes Sommerfest. Das Schulgelände war aufwändig und sehr bunt geschmückt. Überall waren Stände aufgebaut. Selbst gebastelte Plakate von den Schülern hingen an Türen und Bäumen oder standen vor den verschiedenen Buden. Es wurden viele verschiedene Spiele angeboten, an denen Schüler und ihre Begleitpersonen teilnehmen konnten. Das Wetter an diesem Tag war optimal für ein Schulfest. Trocken, sonnig und sehr mild. Ein blauer Himmel. Wie alle anderen Schüler war auch Ebbe eifrig beschäftigt und gut gelaunt. Bis zu dem Zeitpunkt, an dem sie gemeinsam mit Anina am Hürden-Wettlauf teilnehmen wollte. Sie hatten sich beide gerade an der Startlinie aufgestellt, als es geschah. »Ebbe hat Titten!«, rief er. Der bekannte freche, kleine, blasse Junge mit den vielen Sommersprossen aus der vierten Klasse. Dieser Satz traf Ebbe sehr hart. Sie schämte sich in Grund und Boden. Ebbe war doch noch nicht ganz elf Jahre alt! Und nun hatten es alle gehört! Dass sie schon Brüste hatte, während die anderen Mädchen noch flach wie Bretter waren. Der kleine Junge aus der vierten Klasse lachte. Viele der herumstehenden Kinder kicherten mit – darunter auch Anina. Das war für Ebbe besonders schlimm. Sie fühlte sich allein. Anders. Auffällig, aber nicht im positiven Sinn. Ausgeschlossen aus der Gemeinschaft der anderen Kinder in ihrem Alter. Und Anina stand da, mitten zwischen ihnen und lachte mit! Über sie, Ebbe. Ihre – ehemals – beste Freundin lachte darüber, dass Ebbe so anders war. Ebbe wollte eine zierliche, schmale Figur und eine Brust, flach wie die der anderen Mädchen. Einen Oberkörper ohne Taille. Mit dünnen Armen, an denen die Knochen zu erkennen waren. Sie wollte, dass man ihr Schlüsselbein erkennen konnte, statt ihre Brüste! Außerdem wollte Ebbe keine breite Hüfte haben. Ein breites Becken war furchtbar! Stattdessen wünschte sie sich eine ganz schmale Figur mit Zahnstocherbeinchen. Eine Figur, wie Anina sie zum Beispiel hatte. Und so viele andere Mädchen, die Ebbe doch ganz genau *darum* beneidete. Ebbe versuchte, sich nichts anmerken zu lassen. Natürlich lachen sie über dich, dachte sie. Das ist ja auch kein Wunder, so wie sie aussah.

Zuerst war es nur ein kleiner und leiser Wunsch, so zu sein wie die anderen auch. Doch schon bald fing dieser Wunsch an zu einem sehr starken Willen heranzuwachsen. Immer öfter stand Ebbe nun vor dem großen Spiegel im Flur ihres Elternhauses und betrachtete ihren Körper kritisch von oben bis unten. Mehr noch, sie verabscheute ihn. Auch ihr Verhalten begann sie – beinahe wie aus einer Metaperspektive – genauer zu beobachten und zunehmend abstoßend zu finden. Jedes Wort, jede Geste und allgemeine Bewegung, die von ihr selbst stammte, waren einfach nicht richtig. Sie wollte nicht mehr so sein, wie sie war! Ebbe wollte jemand anderes, eine ganz *neue* Person werden. Das nahm sie sich felsenfest vor. Ebbe wollte nicht dabei entdeckt werden, wenn sie sich selbst so im Spiegel betrachtete. Daher ging sie nur dann in den Flur, wenn kein anderer aus ihrer Familie sie sehen konnte. Sie drehte sich dann nach rechts und links und ärgerte sich darüber, sich nicht ganz von hinten sehen zu können. Aber mit der Zeit bemerkte sie, dass man sich nur etwas schräg hinstellen und dann über die der Drehung entgegengesetzte Schulter blicken musste, um doch einen Eindruck der eigenen Hinterseite zu bekommen. Sie betrachtete nun also auch ihre Rückseite kritisch von oben bis unten. Und das, was sie dort im Spiegel sah, machte sie noch viel wütender als die Tatsache, ihren Körper nicht vollständig sehen zu können. Sie war zu breit, zu rund und einfach falsch. Hässlich. Unförmig. Ebbe übertrug ab nun all die Dinge aus ihrem Leben, die ihr nicht gefielen, einzig und allein auf ihren Körper. Er war einfach nicht richtig. An allem Schuld. Er war ungenügend. Mit Fehlern durchzogen und abstoßend. Das dachte sie immer öfter. Und dieser Gedanke wuchs und wuchs. Er wurde stärker und stärker. Neben ihrer selbstkritischen Betrachtung im Spiegel und dem Entdecken immer mehr abstoßender Merkmale an sich selbst veränderte sich noch mehr. Ebbes Wahrnehmung ihrer Umwelt wandelte sich in entscheidendem Maß. Sie beobachtete nicht nur sich selbst und ihren eigenen Körper aufmerksamer und vor allem kritischer. Auch die Mädchen und Frauen in ihrer Umgebung betrachtete sie genauer. Prüfender. Verglich sich mit ihnen. Besonders mit den dünnen Frauen und Mädchen verglich sie sich und ihren Körper. Ebbe wünschte sich in dieser Zeit nichts sehnlicher, als auch dünn zu sein! Dieser Wunsch erfüllte sie so sehr, dass alles andere in ihrem Leben, das zuvor wichtig gewesen war, in den Hintergrund trat.

In diesem Sommer bekamen jeder Spiegel, jedes Foto und jede Fensterscheibe plötzlich eine ganz neue Bedeutung. Der Vergleich mit den Figuren anderer wurde ebenso zu einem Zwang, dem Ebbe ständig unterlag, wie der prüfende Blick auf die Veränderung ihres eigenen Körpers. Sie musste einfach hinschauen. Begutachten. Vergleichen. Und vor allem aber *bewerten*. Egal mit wem sie sich verglich – immer wieder sagte Ebbe sich: »Ich muss mich verändern! Ich darf so nicht bleiben. Ich bin dicker und somit schlechter und unbeherrschter als die anderen um mich herum. Als *alle* anderen!« Immer häufiger drängten sich Ebbe nun derartige Gedanken auf, die sie niederdrückten. Es war zum Verzweifeln! Selbst wenn sie Menschen sah, die deutlich kräftiger gebaut waren als Ebbe selbst, spukten immer dieselben Sätze durch ihren Kopf. »Ich bin dicker, schlechter, unbeherrschter!« Ganz zu Beginn redete Ebbe es sich einfach nur ein, immer und immer wieder. Irgendwo tief in ihrem Inneren wusste sie allerdings, dass diese Gedanken übertrieben waren und nicht der Wirklichkeit entsprachen. Doch sie wimmelte dieses Bewusstsein ab, verdrängte die Stimme der Vernunft. Sie wollte an das glauben, was sie sich sagte. Nur so hatte Ebbe das Gefühl genügend Motivation aufbauen zu können, um sich tatsächlich zu verändern. Um endlich besser zu werden und ihr Ziel zu erreichen. Bis irgendwann der Zeitpunkt gekommen war, an dem Ebbe diese Sätze ganz allmählich tatsächlich zu glauben begann. Bis sich die Meinung über ihre eigene Person, nicht gut genug zu sein und zu nichts zu taugen, zunehmend verstärkte. Ebbe war nun fest entschlossen: Sie musste sich verändern! Denn so wie sie war, war sie absolut wertlos. Sogar wenn sie sich mit stark übergewichtigen Menschen verglich, redete sie sich mit voller Überzeugung ein, dass niemand dicker sein könnte, als sie es war. Doch dabei blieb es nicht alleine. Es war nicht nur dieser zwanghafte Vergleich, der plötzlich zu Ebbes Alltag dazu gehörte. Zur gleichen Zeit war auch Ebbes Stimmung stark von diesem abhängig. Jeder Vergleich, der ihr wieder einmal verdeutlichte, wie schlecht sie war, trübte ihre Laune. Ebbe schämte sich dafür. Sie schämte sich dafür, so zu sein, wie sie war. Doch aussprechen konnte sie es nicht. Auch Anina wusste nichts von Ebbes wirren Gedanken. Von ihren schlechten Gefühlen und neuen Zwängen. Es war merkwürdig. Denn Anina und Ebbe hatten sich versprochen, einander immer alles zu erzählen. Sich alles anzuvertrauen. Aber darüber konnte Ebbe einfach nicht sprechen, zumal sie beide sich voneinander entfernt hatten. Sie spürte, dass es etwas Ernsteres war. Etwas Großes und Bedrohliches. Nichts, über das man einfach so sprechen konnte.

Manchmal hatte Ebbe nun das Gefühl, ihre Freundin zu hintergehen.

Auf eine merkwürdige Weise. Beide Mädchen hatten ein offenes Ohr füreinander und sich versprochen, immer ehrlich zu sein. Und daran hatte Ebbe sich auch stets gehalten. Nicht nur Anina gegenüber. Ebbe war von Natur aus aufrichtig und ehrlich. Doch warum konnte sie mit Anina nicht über ihr Körpergefühl sprechen? Warum fand sie keine Worte für diesen *Ekel* sich selbst gegenüber? Wieso in aller Welt fand sie es plötzlich so schwierig, sich ihrer besten Freundin mitzuteilen? Ebbe beruhigte ihr schlechtes Gewissen damit, dass Anina mit ihr ja auch nicht mehr über ihre Gefühle oder wichtige Themen sprach. Sie war mit ihrem neuen Computer und den Jungs beschäftigt. Vermutlich wäre es ihr sowieso egal, wie Ebbe sich fühlte. Daher brauchte Ebbe auch kein schlechtes Gewissen zu haben, dass sie Anina ihre Gedanken nicht mitteilte. Wenn Ebbe genauer darüber nachdachte, ließ auch Anina sie bereits längere Zeit an ihrem Innersten nicht mehr teilhaben. Warum also sollte sie das tun? Das rechtfertigte auch Ebbes Verschwiegenheit, fand sie. Ebbe sah in den blauen Himmel. Keine Wolke war zu sehen. Bis auf diese eine Wattekugel, die Ebbe sehr bekannt vorkam. Sie hatte sich allerdings etwas verändert. Aus der ehemals kleinen, zarten grauen Federwolke war mittlerweile eine ansehnliche, dunkel gefärbte Wolkenschicht geworden. Sie zog schneller auf als zuvor und begleitete Ebbe weiterhin täglich. Sie verbreitete eine ganz seltsame Stimmung, fand Ebbe. War es Angst? Auf jeden Fall war diese Wolke ebenso präsent wie Ebbes wirre Gedanken. Sie war nicht nur dick, sondern auch unbeherrscht und nichts wert. Gedanken wie »Denk' daran, wer du bist und vor allem, wie du bist. Du hast es nicht verdient! Du hast gar nichts verdient. Wertlos, absolut wertlos« gehörten von nun an ebenso zu Ebbe wie diese düstere Wolke. Immer wieder sagte sie sich selbst, wie schlecht sie sei. Rief sich ins Gedächtnis, dass sie sich verändern musste. Je öfter man sich etwas einredet, desto früher beginnt man es zu glauben. So war es auch bei Ebbe und ihren Sätzen, die sie sich kontinuierlich einredete. Mittlerweile hatte sie keinerlei Zweifel mehr daran, dass diese Sätze der Wahrheit entsprachen. Den Menschen in ihrer Umgebung fiel zunächst keine Veränderung an Ebbbe auf. Denn all das spielte sich zunächst nur in ihrem Kopf ab. Sie begann, sich ihre eigene Welt aufzubauen, in die sie sich verbissen einschloss und niemanden hereinließ. Denn je mehr sie sich mit ihrer gewünschten Veränderung und ihren Selbstzweifeln beschäftigte, desto mehr zog sie sich von ihrer

Umwelt zurück. Ebbe ließ keinen Menschen mehr näher an sich heran. Redete wenig. Sie nahm sich vor, den Leuten erst etwas zeigen zu wollen: Sie wollte nicht nur schlank und beliebt, sondern *perfekt* sein. Ihr Ziel stand fest. Ebbe fragte nicht nach dessen Logik. Oder einem tieferen Sinn dahinter. Sie selbst sah etwas Neues auf sich zukommen. Etwas Größeres. Eine Veränderung, die mehr für sie bedeutete als alles andere in ihrem Leben je bedeutet hatte. Sie würde sich und damit ihr ganzes Leben verändern. Etwas erschaffen. Sie sah ihr neues Leben wie eine andere Welt. Und diese war glänzend und schön. Vollkommen sorgenfrei und ohne irgendeine Art von Problemen. Viel leichter als ihr jetziges Leben. Ebbe malte sich alles in den schönsten Farben aus. Es war eine Märchenwelt, die nichts mehr mit dem realen Leben zu tun hatte. Denn in dieser neuen Welt war sie selbst einfach perfekt. Hilfsbereit, beliebt, stark, für andere da. Wenn sie sich nur schnell so verändern könnte, wie sie es sich wünschte, dann würde diese merkwürdige Last von ihr abfallen. Dann würden sich ihre schweren Gedanken bestimmt verabschieden und einfach so verflüchtigen. Ebbe steigerte sich immer weiter hinein in diese Vorstellung. Die graue Wolke am Himmel wäre dann bestimmt nicht mehr zu entdecken und Ebbe müsste keine Angst mehr haben. Da war sie sich sicher. Diese Wolke voller Angst, die sie früher noch nicht gespürt und gekannt hatte, die sie aber seit Wochen permanent begleitete. Ebbe feierte im Juni ihren elften Geburtstag. Ein neues Lebensjahr, das nur zu gut in ihren Plan passte. Nach einer großen Feier war ihr allerdings nicht. Lore war verwundert. »Du möchtest nicht feiern, Ebbe? Warum das? Wir können doch wenigstens Hanne und Anina einladen!«, schlug sie vor. Ebbe wollte kein großes Aufsehen erregen, daher willigte sie ein. Es war ein wenig aufregender Nachmittag mit einem Schokoladenkuchen und elf Kerzen. Anina schenkte Ebbe eine neue Schabracke für Klara. In rot. Ebbe tat so, als würde sie sich freuen. Anina wusste, dass Ebbes Lieblingsfarbe blau war. Außerdem war Klara ein Fuchs und rot passte überhaupt nicht zu ihr. Ebbe war zum Weinen zumute, als sie zu viert am Tisch saßen. Lore und Hanne waren in ein Gespräch vertieft. »Das größte Problem ist ja«, nörgelte Hanne, »dass du als Frau zuerst immer an deiner Brust abnimmst. Dort, wo du es am wenigsten möchtest, verschwindet das Fett sofort. Aber an den Beinen und am Bauch bleibt es hartnäckig. Da, wo es doch niemand haben möchte!« Ebbe wurde schlagartig hellhörig. Man nimmt also zuerst an weiblichen

Formen ab? Das wäre doch die ideale Lösung für ihr Problem, freute sie sich. Schließlich wollte sie doch genau das erreichen! Es bestätigte ihr Vorhaben, von nun an einfach so wenig wie möglich zu essen und abzunehmen. Dann würde auch ihr Körper an ihren weiblichen Formen verlieren und sie könnte ihren lästigen Busen vielleicht endlich wieder loswerden. Ebbe schöpfte neue Hoffnung und fragte Anina, ob sie ihr Stück Kuchen essen wolle. Ihr sei gerade nicht danach. Anina nahm das Stück dankend an. Lore stimmte Hanne nickend zu und sie sprachen noch eine Weile weiter über ihre Figurprobleme. Doch da hörte Ebbe schon gar nicht mehr richtig zu.

Die Auswirkungen dieser zunächst harmlos erscheinenden Gedanken wurden erst lange Zeit danach für Ebbes Außenwelt ersichtlich. Aus Angst, jemand könnte ihr Vorhaben entdecken, hielt Ebbe sich noch eine Weile zurück und ließ sich nichts anmerken. Sie sorgte sich, eventuell davon abgehalten werden zu können, sich selbst so zu verändern. Gleichzeitig schämte sie sich auch viel zu sehr für ihr Aussehen, um den Wunsch abzunehmen laut auszusprechen. Würde sie doch mit einer derartigen Äußerung die Aufmerksamkeit aller direkt auf ihren Körper lenken! Und das wollte Ebbe um jeden Preis verhindern. Daher vermied Ebbe es, an ihrem Essverhalten zumindest in Gegenwart der ihr bekannten Menschen tatsächlich etwas zu ändern. Auch fürchtete sie sich vor spöttischen Blicken und Bemerkungen über ihre Figur, wenn ihr Ziel auffliegen würde. Vielleicht würden andere Menschen es lächerlich finden, dass sie es überhaupt mit einer Diät versuchte. Schließlich gab es doch noch so viele andere Dinge, die an ihr nicht stimmten. Da wäre es mit einer Diät auch nicht einfach getan, würden die anderen bestimmt denken. Doch sie wollte die Veränderung ihrer Person mit ihrem Körper beginnen, so viel stand fest. Er musste seine hässlichen Rundungen verlieren! Ebbes Leben hatte von nun an einen neuen Schwerpunkt. Es war beinahe wie ein Projekt, das sie begann. Es war die Suche – und irgendwann die *Sucht* – nach der Veränderung, nein, vielmehr nach der *Perfektion* ihrer eigenen Person. Nach einer durch Ebbe selbst definierten Perfektion wohlgemerkt. Sie sah sich selbst in der Zukunft als dünne und kantige Gestalt. Mit eindeutigen Konturen. Ganz sauber. Genau so sauber und klar wie ihr Charakter es dann sein würde. Der Charakter, den sie sich antrainieren wollte. Eine reine Person, die einfach von allen gemocht werden musste. Sie wollte in ihrem Leben nichts Unordentliches mehr zulassen, sondern endlich Ordnung hineinbringen. In alle Bereiche. Denn plötzlich empfand Ebbe alles in ihrem Leben unordentlich! Ihr Zimmer war voller verschiedener Dinge, die in ihren Augen plötzlich nicht mehr zusammenpassten. Es war zu bunt und wuselig, zu unübersichtlich. Und genauso empfand sie sich selbst. Unabhängig davon, dass sie sich abgrundtief hässlich fand, war sie immer so unpassend durcheinander angezogen. Hässlich. Wirr. Ihre Kleidung gefiel ihr überhaupt nicht mehr. Alles war zu bunt und gemustert, absolut uneinheitlich und verwirrend. Das alles wollte sie nicht mehr, es sollte endlich Ordnung herrschen. Überall! Und so wurden aus Ebbes Gedanken bald eindeutige Handlungen. Sie war fest davon überzeugt, dass sie an Masse verlieren musste. Erst wenn ihr Äußeres weniger werden würde, glaubte sie, sich selbst finden zu können. Sie wollte dünn und zart werden und verband damit gleichzeitig das Gefühl von Freiheit. Das Gefühl von Leichtigkeit, Ästhetik und Schönheit. Unter einem hellblauen Himmel ohne Wolken. Jedenfalls ohne diese graue Wolke, die jeden Tag ein wenig wuchs und somit mehr und mehr Eiskristalle ansammelte. Es war das stolze Gefühl zu verschwinden, das Ebbe jetzt oft hatte. Es gab kaum noch etwas, das Ebbe davon abhalten konnte weiterzumachen. Zu diesem Zeitpunkt wurde das Essen langsam aber kontinuierlich zu ihrem größten Feind. Alleine die Vorstellung, eine Mahlzeit irgendwann wieder einmal genießen und als etwas Positives ansehen zu können, erschien ihr völlig unmöglich. Essen war gefährlich! Denn es zerstörte Ebbes Ziel. Ihren allergrößten Wunsch. Ja, nach einiger Zeit machte ihr die Ernährung tatsächlich manchmal Angst. Dabei war es nicht so, dass ihr das Essen nicht schmeckte. Ganz im Gegenteil! Sie aß ja eigentlich sehr gerne. Doch das durfte einfach nicht mehr sein.

4. Ebbe macht Ernst

Es war Spätsommer; ein lauer Tag im September. Ebbe war so beschäftigt mit sich und dem Essen oder eben Nicht-Essen, dass ihr zerrüttetes Verhältnis zu Anina ein wenig in den Hintergrund rückte. Da sie sich selbst so sehr verabscheute, kam es ihr sogar gelegen, dass sich der freundschaftliche Kontakt jetzt überwiegend auf den Reitstall konzentrierte und ihre Gespräche sehr oberflächlich blieben. Immerhin fuhren die beiden nun wieder regelmäßig gemeinsam zu ihren Ponies. Oft auch direkt nach der Schule, ohne erst noch einmal nach Hause zu fahren. Ebbe vermutete, dass Anina damit ihrer Mutter Hanne ein wenig aus dem Weg gehen wollte. Denn diese mischte sich nur zu gern in Aninas Leben ein. Sie wollte immer über alles informiert werden und war unglaublich neugierig. Noch vor einigen Monaten hatte Anina das nicht sehr gestört. Sie hatte es zwar hin und wieder Ebbe gegenüber erwähnt, dass sie sich später melden würde, da sie Hanne sicherlich erst einmal Bericht über den Vormittag und den Biotest würde erstatten müssen. Aber außer einem genervten Augenverdrehen hatte sie die Neugier ihrer Mutter hingenommen. Das hatte sich jetzt allerdings geändert. Anina war kein kleines Mädchen mehr. Sie hatte diese Ausfragerei ihrer Mutter satt und beschwerte sich nun immer öfter darüber bei Ebbe. Ständig müsse sie sich mitteilen. Über alles und jeden. Das sei doch nicht mehr normal, schimpfte sie. Hanne solle sie sich doch lieber mal mehr um ihren Papa kümmern, der komme viel zu kurz! Hanne fiel es offensichtlich schwer zu akzeptieren, dass die beiden Mädchen älter wurden und sich ihre Interessen nun mal veränderten. Besonders über Aninas Beziehung zu ihren Klassenkameraden wollte Hanne tatsächlich alles wissen und stellte ihrer Tochter auch in Ebbes Gegenwart mitunter sehr unangenehme Fragen. An einem Nachmittag, den Ebbe ausnahmsweise mal wieder bei Anina verbrachte, fragte sie doch tatsächlich, was jetzt mit diesem niedlichen Jungen sei, neben dem Anina sitzen sollte. Wie heißt er noch gleich. Niko? Hanne wollte wissen, ob ihre Tochter ihn mögen würde oder vielleicht sogar schon ein bisschen verliebt in ihn sei. Aninas wachsendes Interesse an Jungen war Hanne nicht entgangen. Am liebsten hätte sie alles erfahren, was in und um die Schule herum so passierte. Während Anina sehr genervt reagierte und ihre Mutter schnell abwimmelte, saß Ebbe stumm daneben und schämte sich. Sie war froh, dass Hanne derartige Fragen nicht an sie richtete. Ihr wäre es viel zu peinlich gewesen zuzugeben, dass sie Niko sogar sehr gerne mochte! Und lügen konnte sie auch nicht gut. Was hätte Hanne nur von ihr gedacht, wenn ein so hässliches Mädchen wie Ebbe sich tatsächlich in einen wirklich gut aussehenden Jungen verliebte? Sie fand es ja selbst furchtbar lächerlich! Vielleicht hätte Hanne gedacht, dass Ebbe sich wirklich irgendwelche Chancen ausrechnete?! Wie peinlich das gewesen wäre! Aber zum Glück ließ Hanne Ebbe bei diesen Fragestunden ein wenig außen vor. Um solchen Situationen zu entfliehen, fuhren Ebbe und Anina gerne direkt von der Schule aus zum Reitstall. So unangenehm Ebbe das auch fand, begründeten sie allerdings nicht wirklich, warum Ebbe den direkten Weg von der Schule aus in den Reitstall bevorzugte. Sie hatte einen ganz anderen Grund. Für Ebbe war viel entscheidender, dass sie dann mittags zu Hause nichts essen und – vor allem – dass sie sich dafür nicht zu rechtfertigen brauchte! Wenn die beiden Mädchen nach dem Schulklingeln mit ihren Fahrrädern losfuhren, hielten sie für gewöhnlich bei ihrem Lieblingsbäcker an. Dort bestellten sie sich, bereits seit sie sich kannten, immer die gleichen Pizzastücke. Ebbe nahm jedes Mal Margherita und Anina Salami. Der Ladenbesitzer kannte sie gut. Er nickte ihnen jedes Mal schon von weitem freundlich zu und begann gleich damit, die entsprechenden Stücke vorzubereiten. Ebbe hatte lange überlegt, mit welcher Ausrede sie begründen könnte, von nun an keine Pizza mehr dort essen zu wollen. Bereits der Gedanke an die vielen Kalorien und den fettigen Käse ließe sie nervös werden. Jedes Stückchen Pizza würde ihr das Erreichen ihres Ziels deutlich erschweren. Da Ebbe noch immer nicht wollte, dass jemand auf ihr Essverhalten aufmerksam wurde, einschließlich Anina, überlegte sie sich zunächst Tricks, um die Pizza ein bisschen ungefährlicher für ihre Figur werden zu lassen. Beide Mädchen aßen ihre Stücke von Papptellern. Sie setzten sich dazu bei gutem Wetter vor der Tür der Bäckerei auf die kleine graue Steinmauer neben den Metallbögen, an denen sie ihre Räder angeschlossen hatten. Neuerdings nahm Ebbe sich von der Theke vorher eine Serviette mit nach draußen. Jedes Mal, wenn sie glaubte beim Essen unbeobachtet zu sein, drückte sie die Serviette auf die Pizza. Sie freute sich regelrecht, wenn sie sehen konnte, wie das Fett durch den Stoff eingesogen wurde! Es verschaffte ihr für einen kurzen Moment lang ein überlegenes Gefühl. Nun hatte sie wieder ein paar Gramm Fett gespart! Zusätzlich krümelte sie bewusst großzügig um ihren Pappteller herum. So konnte sie zusätzlich noch ein wenig Teig einsparen. Da Anina fast pausenlos von Gott und der Welt erzählte, bekam sie Ebbes neue Verhaltensweisen gar nicht mit. Sogar, als Ebbe sich am folgenden Tag gleich zwei Servietten mitnahm und nahezu durchtränkte, blickte Anina nur ein einziges Mal kurz auf ihre Hände. Ebbe war verunsichert und zögerte. Aber Anina sprach gleich darauf weiter über Nicos Freund Adrian, auf den sie mittlerweile stand. Sie fragte Ebbe schwärmerisch, ob ihr auch aufgefallen sei, wie gut er nach dem Sport mit seinen nassen Haaren ausgesehen habe. Eine Antwort erwartete Anina allerdings nie. Sie blickte nur verträumt in die Luft und sprach gleich weiter. Anina schien mit den Gedanken mal wieder ganz woanders zu sein. Ebbe nickte immer wieder, sah sie regelmäßig an und tat, als wäre sie vollkommen konzentriert auf das Gespräch. Tatsächlich aber forderte die Pizza mittlerweile deutlich mehr Aufmerksamkeit von ihr ein, als diese oberflächlichen Schul- und Jungsthemen. Ebbe biss nur dann ab, wenn sie glaubte, Anina würde es sehen. Ansonsten versuchte sie ihr Essen so unauffällig wie möglich verschwinden zu lassen. Nach wenigen Tagen beschloss Ebbe, sich diesem Stress mit dem Ausdrücken und Herumkrümeln nicht mehr auszusetzen. Sie behauptete einfach, den Hefeteig von Pizza nicht mehr so gut zu vertragen. Stattdessen bestellte sie ab jetzt ein trockenes Brötchen. Der Ladenbesitzer war zunächst verwundert. »Ein einfaches Brötchen? Nicht wenigstens mit Belag?«, fragte er besorgt. »Wirst du krank, Mädchen? Geht es dir nicht so gut?« »Alles gut«, winkte Ebbe ab. »Mir reicht das gerade aus, danke.« Im Stillen hoffte sie, er würde nicht noch weitere Fragen stellen. Es war ihr unangenehm, dass jemand auf ihre Ernährung aufmerksam geworden war. Doch das tat er auch nicht, sondern überreichte Ebbe ein einfaches Brötchen. Anina hingegen schien Ebbes Bestellung noch viel weniger zu interessieren. »Wenn dir das reicht, Ebbe«, kommentierte sie mit einem Schulterzucken und nahm wie immer ihre Pizza Salami entgegen. Ebbe war glücklich! Langsam wurde sie richtig geschickt darin, ihr Vorhaben als Geheimnis zu bewahren. Sie war sich sicher, dass Anina nichts von ihrer Diät mitbekam. Und das war auch gut so! Ein trockenes Brötchen statt einer Pizza war ein guter Kompromiss. Zumindest für den Anfang. Bald darauf ließ Ebbe sich ihr Brötchen zusätzlich in einer Tüte geben. So konnte sie auch hier herumkrümeln und Anina bekam es auf diesem Weg noch weniger mit, da alles im Papier landete. Sie zerknüllte die braune Brötchentüte anschließend so in sich gedreht zusammen, dass es nicht auffiel, wenn diese nicht ganz leer war. In der nächsten Woche aß Ebbe somit nicht mal mehr ein ganzes trockenes Brötchen als Mittagessen. Und sie war ungeheuer stolz auf sich! Jedes Mal, wenn sie die zusammengedrehte Tüte in den Papierkorb warf, fühlte es sich an, als ließe sie einen Teil von ihrem alten und schrecklichen Ich verschwinden. Kalorien einzusparen erweckte ähnliche Emotionen bei Ebbe wie ein lang ersehntes Geschenk auf dem Geburtstagstisch eines kleinen Kindes. In diesen Momenten fühlte sich Ebbe beflügelt und spürte eine angenehme Windbö, die ihre graue Wolke ein wenig zur Seite schob. Den ganzen Tag über kreisten ihre Gedanken nun um dieses eine Thema. Wie würde sie es bei der nächsten Mahlzeit schaffen, möglichst wenig zu essen? Selbst während der Schulstunden und abends im Bett dachte sie an nichts anderes mehr. Ebbe war besessen davon zu hungern und fest entschlossen es durchzuziehen. Bis sie ihr eigens entworfenes Idealbild erreicht hätte. Schließlich wurde Ebbe ja auch ständig mit ihrem Aussehen konfrontiert. Überall schienen plötzlich Spiegel zu hängen, in denen sie ihre fürchterliche Figur gezeigt bekam. Mittlerweile kniff Ebbe dann die Augen zusammen und blickte sich selbst mit finsterer Miene entgegen. Ihr Spiegelbild entsetzte sie. Und gleichzeitig war es die beste Motivation. Sie reduzierte ihre Nahrungsaufnahme, wo sie nur konnte. Wenn sie für sich alleine war, aß sie überhaupt nicht mehr. Das Hungern stand im Vordergrund. In Gemeinschaft anderer Menschen erfand sie viele Ausreden, um nicht mit anderen essen zu müssen. Ihren Eltern erzählte sie, gerade starke Bauchschmerzen oder bereits auswärts gegessen zu haben. Manchmal sagte sie auch, ihr sei übel oder zu dieser Uhrzeit habe sie noch keinen Hunger und würde daher später etwas essen. Letzteres in der Hoffnung, dass die Mahlzeit dann vollständig in Vergessenheit geraten würde. Wenn Ebbe morgens vor der Schule gegen halb sieben in die Küche kam, war der Tisch bereits gedeckt. Da ihr Vater das Haus immer schon gegen sechs Uhr verließ, war schon alles für das Frühstück vorbereitet und Lore wartete auf Ebbe. Sie saß am Küchentisch und hatte die Zeitung vor sich ausgebreitet. Freundlich und liebevoll wie immer stand sie auf und gab ihrer Tochter den üblichen Guten-Morgen-Kuss. In Ebbe sträubte sich alles. Sie wollte nicht frühstücken! Dann strich sie ihr über die langen Haare und fragte, ob Ebbe gut geschlafen habe. Ebbe versuchte zu lächeln, doch es fiel ihr schwerer als sonst. Innerlich kämpfte sie mit sich. Es war ungewohnt für Ebbe, nicht die Wahrheit zu sagen. Ihre Mutter anlügen zu müssen, tat ihr unglaublich leid. Ebbe schlief eigentlich immer gut. Doch für heute war ihr absolut keine bessere Ausrede eingefallen, um dem Frühstück zu entgehen. Daher antwortete sie, nicht so ganz gut geschlafen und Kopfweh zu haben. Außerdem sei sie noch immer todmüde und würde sich ihr Frühstück von daher mit in die Schule nehmen. Sie müsse erst einmal richtig wach werden, um etwas essen zu können. Wie Ebbe vermutet hatte, wirkte Lore besorgt. Ebbe sah schnell zum Tisch, um ihrem Blick zu entgehen. »Ist nicht dramatisch«, versuchte sie ihre Mutter zu beruhigen. Dann setze sie sich auf einen der braunen Holzstühle mit den cremefarbenen Kissen, schmierte sich ein Käsebrot und steckte es in ihre hellgrüne Brotdose. Damit ihre Mutter nicht misstrauisch wurde, bereitete sie sich sogar noch eine weitere Frühstücksdose mit Haferflocken in Milch zu und legte einen Apfel daneben. Sie fühlte sich unangenehm beobachtet. Jeder Handgriff wurde von Lore verfolgt. Und noch dazu schien sich gerade mal wieder alles um das Nicht- Essen zu drehen. »Fährst du heute wieder gleich nach der Schule mit Anina in den Stall?«, fragte Lore. Ebbe war froh über den Themenwechsel. »Ja«, antwortete sie, »deswegen muss ich schnell nochmal meine Tasche kontrollieren, ob ich auch alles dabei habe. Wir sehen uns dann heute Abend.« Sie drückte ihrer Mutter einen flüchtigen Kuss auf die Wange, schnappte sich ihre zwei Brotdosen und verließ die Küche. Es war der erste von vielen weiteren Morgen, an denen Ebbe zu Hause nicht mehr frühstückte. Ab jetzt betonte sie immer wieder, sie könne so früh vor der Schule nichts essen. Der Hunger käme erst später und sie würde sich lieber etwas mehr zum Frühstücken mitnehmen. Das tat sie auch. Selbstverständlich aber nicht, um es in der Schule zu essen! Da Ebbe es von zu Hause aus gewohnt war, keine Lebensmittel wegzuschmeißen, ließ sie sich immer neue Gelegenheiten einfallen, es sinnvoll an irgendwen abzugeben. Oftmals ließen sich Schulkameraden finden, die mit ihrem eigenen Frühstück unzufrieden waren. Sie nahmen Ebbes gerne an. Denn Jugendliche haben Hunger. Großen Hunger! Das bemerkte Ebbe umso stärker, seitdem sie selbst so wenig wie möglich zu sich nahm.

5. Leise Zweifel

Wenn jemand in Ebbes Umgebung abnehmen wollte, dann machte er kein Geheimnis daraus. Ganz im Gegenteil – die meisten Menschen betonten es ja geradezu immer wieder. Bei Familienfeiern zum Beispiel wiesen Ebbes Onkel und Tante gerne darauf hin, schon wieder viel zu viel gegessen zu haben oder sich dies oder das verkneifen zu müssen. Ähnliches hörte Ebbe nun immer aufmerksamer überall. In Cafés, Bäckereien, sogar im Supermarkt an der Kasse. Menschen, die abnehmen wollten, teilten sich gerne mit. Sie berichteten über Fortschritte oder Schwierigkeiten der Diät und ihrer damit angestrebten Figurveränderungen. Ebbe war hellhörig geworden. Ihr fiel auf, wie viele Menschen abnehmen wollten und darüber sprachen. Das war bei Ebbe ganz anders. Sie wollte nicht darüber sprechen, traute es sich auch gar nicht. Es war keine normale Diät, die sie machte. Es fiel ihr auch nicht schwer zu hungern. Das Gegenteil war sogar der Fall. Der Wunsch abzunehmen war mittlerweile so stark geworden, dass er alles beherrschte. Essen zu reduzieren oder am besten ganz wegzulassen stand im Vordergrund. Ebbe konnte kaum noch an etwas anderes denken. Wenn sie sich sorgte, etwas essen zu müssen, überkam Ebbe inzwischen regelrecht Angst. Denn Ausnahmen vom Hungern durften nicht sein, das war ihr oberstes Gebot!

Schon lange waren die beiden Freundinnen nicht mehr zusammen von der Schule nach Hause gefahren und bei ihrem Bäcker gewesen. Diese Tatsache kam Ebbe allerdings sehr entgegen. Lore fragte nicht nach, ob Ebbe mittags auf dem Rückweg von der Schule mit Anina etwas gegessen habe. Also beruhigte Ebbe ihr ab und zu auftauchendes schlechtes Gewissen damit, dass es ja nicht wirklich gelogen war, wenn sie nicht erwähnte, mittags nun oft überhaupt nichts mehr zu sich zu nehmen. Mittlerweile aß Ebbe bis zum frühen Abend meist nur das halbe trockene Brötchen mit Anina zusammen. An den Tagen, an denen sie nicht zum Bäcker fuhren, war es ein halber Apfel. Wenn überhaupt. Sie hatte sich daran gewöhnt und genoss es tatsächlich, wenn ihr Magen knurrte. Dann wusste sie, dass ihr Körper nach *mehr* verlangte. Nach mehr Nahrung, die sie ihm aber nicht geben würde. Niemals. In diesen Momenten war Ebbe sich sicher, dass sie nun ein bisschen körperliche

Masse verlieren würde und ihrem Ziel somit ein wenig näher käme. An einigen Tagen allerdings überkamen Ebbe plötzlich ganz leise Zweifel. Sie waren tatsächlich nur ganz klein, aber Ebbe konnte sie deutlich spüren. Sie hinterfragte dann vorsichtig, ob sie es nicht doch ein bisschen zu weit trieb. In diesen winzigen Augenblicken war sie plötzlich nicht mehr ganz überzeugt von ihrem Vorhaben. Ihr fiel auf, dass die Themen Essen und ihr selbst erfundenes Idealbild alle weiteren Themen in ihrem Leben überdeckten. Der Reitstall, ihr Pony, ihre neu gewonnenen Klassenkameraden und nicht zuletzt auch ihre veränderte Freundschaft zu Anina waren ganz klar in den Hintergrund getreten. Ihr gesamtes Leben, so schien es, lief mittlerweile hinter dem Schleier des Hungerns ab. Dass dies nicht mehr normal sein konnte, zeigte sich Ebbe besonders an einem Dienstag im November. Es war früh am Abend und Ebbe war gerade vom Reiten zurück nach Hause gekommen. Draußen war es an diesem Tag besonders stürmisch und dunkel. Immer wieder ließ der nahezu durchgängig von grauen Wolken bedeckte Himmel einen kleinen Sturzregen auf die Erde herab. Anina und Ebbe waren dennoch auf dem außen gelegenen, sandigen Reitplatz geritten. Mit ihrer kompletten Regenausrüstung hatten sie sich dem düsteren Herbstwetter entgegengesetzt und entschlossen ihre Runden gedreht. Die Hufe von Klara waren tief in den Matsch eingesunken und mussten hinterher gründlich abgewaschen werden. Ebbe war auf dem Reitplatz komplett durchgefroren und daher sehr müde und erschöpft. Die dunkle Wolke am Himmel warf einen eisigen Schatten auf sie. Es kostete sie deutlich mehr Kraft als sonst, ihre Stute zu versorgen. Auf dem Rückweg nach Hause fühlte sie sich seltsam schwach und wackelig auf dem Fahrrad. Sie hatte fast das Gefühl, zwischendurch eine Pause zu brauchen. Seltsam, denn für den Heimweg benötigten die Mädchen nur 20 Minuten – wer würde das schon nicht durchhalten? Ebbe zitterte und war mit ihren Kräften am Ende. Doch das wollte sie vor Anina auf keinen Fall zugeben. Wie peinlich – nicht nur dick, sondern auch noch faul, dachte Ebbe verächtlich über sich selbst. Bemüht, Aninas Tempo auf dem Fahrrad halten zu können, trat sie stärker in die Pedale. Erleichtert, als sie endlich die Kreuzung erreichten, an der sich ihre Nach-Hause-Wege trennten, verabschiedete sich Ebbe von Anina. Ihr Magen knurrte heute eindeutig lauter als sonst! Ein gutes Zeichen, fand Ebbe. So nahm sie bestimmt schnell ab. Ihr Körper brauchte heute wohl mehr Energie als sonst. Aber essen würde sie selbstverständlich dennoch so wenig wie möglich. Etwas zittrig stellte sie ihr Fahrrad in den elterlichen Schuppen und schloss die Haustür auf. Lore war in der Küche und bereitete offenbar schon das Abendessen vor. Dabei brauche ich doch gar nichts, dachte Ebbe bei sich, als sie den dunklen Flur betrat. Es tat ihr ein bisschen leid, dass ihre Mutter sich all die Mühe für sie umsonst machte. »Bin wieder da!«, rief sie Lore zu, während sie Schuhe und Jacke auszog und nach oben lief. »Ich muss nur unbedingt noch schnell duschen!« Lore murmelte irgendetwas wie: »Ja, natürlich Schatz. Das Essen dauert noch ein paar Minuten.« Doch das hörte Ebbe kaum noch. Im Badezimmer sprang sie so schnell wie nur möglich unter den angenehm heißen Wasserstrahl. Endlich! Ihr war so entsetzlich kalt gewesen. Sie drehte den Temperaturregler auf Höchstleistung. Heiße Wassertropfen liefen über ihren Körper. Doch das Prasseln der Tropfen an der Duschwand war kaum lauter als das wilde Knurren ihres Magens. Während sie langsam durchwärmte und sich von der Kälte erholte, überkam Ebbe plötzlich eine leichte Übelkeit. Auch das Zittern in ihren Händen und Beinen war nicht weniger geworden. Obwohl Ebbe jetzt nicht mehr fror. Sie spürte, dass sie vollkommen erschöpft war. Wie wertlos mein Körper nur ist, dachte sie und ballte automatisch ihre Fäuste. Jetzt konnte ihr widerlicher und dicker Körper noch nicht einmal mehr einen stürmischen Reitertag durchhalten! Ebbes Wut wuchs. Die zunehmende Übelkeit allerdings kam ihr ganz gelegen. Denn so musste sie ihre Eltern nicht anlügen. Sicherlich würden sie wie jeden der letzten Abende wissen wollen, warum sie kein Abendbrot essen wollte. Bestimmt würde die Übelkeit noch deutlich stärker werden. Und Essen wäre da ganz bestimmt nicht förderlich. Davon könnte Ebbe dann auch ihre Eltern überzeugen. Sie freute sich, mal wieder einen Weg gefunden zu haben, sich begründet vor dem Essen zu drücken. Immer wieder sagte sie sich, wie faul sie war und kniff sich beim Heraustreten aus der Dusche in den Speck an Oberschenkeln und Unterarmen. *Ekelhaft. Einfach ekelhaft!* Die Übelkeit wurde immer stärker und Ebbe fühlte sich absolut elend. Für gewöhnlich saßen Ebbe, Lore und ihr Vater Josse gegen 19 Uhr gerne gemeinsam im Wohnzimmer. Der Fernseher lief nebenbei mit Nachrichten. Sie aßen Abendbrot und sprachen hin und wieder über die Ereignisse des Tages. So auch an diesem Abend. Ebbe kam ein paar Minuten später als gewöhnlich in den gemütlichen Wohnraum. Sie gab ihren Eltern einen Kuss zur Begrüßung und setzte sich. Sofort schob Lore ihr einen Teller zu. »Du hast bestimmt Hunger nach dem Reiten!«, mutmaßte sie. Ebbe nahm den Teller nur zögerlich entgegen. Sie mochte es nach wie vor nicht, ihre Eltern anzulügen. Vorsichtig sah sie den weißen Camembert an, der in der Tischmitte lag. Voller Selbstverachtung erinnerte sie sich, dass sie ihn eigentlich sehr lecker fand. Doch zum Glück meldete sich da die Übelkeit und Ebbe würde tatsächlich keinen Bissen hinunterbekommen. In der Hoffnung etwas zu finden, um vom Thema abzulenken, widmete sie ihre Aufmerksamkeit dem Fernseher. »Schaut euch das mal an, ihr beiden. Das ist ganz interessant«, sagte Josse da und stellte den Ton des Fernsehapparates lauter. »Es scheint einen neuen Trend unter Jugendlichen zu geben. Sieht ziemlich gefährlich aus, was die Mädchen da machen. Die sind ja nur noch Haut und Knochen.« Ebbe wurde aufmerksam. Gemeinsam mit ihren Eltern sah sie sich die 20-minütige Reportage über Anorexie bis zum Ende an. Das Thema war für sie alle neu und jeder von ihnen nahm es anders wahr. Josse schien schockiert zu sein von den dünnen Mädchen mit den traurigen Gesichtern. Fast ein wenig empört kommentierte er die Sendung an vielen Stellen mit Sätzen wie »Das kann doch nicht sein, dass die einfach nicht essen wollen!« oder »Die müssen doch sehen, wie dürr sie sind!« Immer wieder schüttelte er verständnislos den Kopf und zog die Stirn kraus. Ein Zeichen vollkommenen Unverständnisses auf seiner Seite. Auch Lore verfolgte alles aufmerksam. Im Gegensatz zu ihrem Mann schien sie jedoch fast ein wenig Verständnis für die Mädchen aufzubringen. »Das ist eine Krankheit, Schatz, eine richtige Sucht. Die Mädels sehen sich selbst ganz anders«, führte sie an Ebbes Vater gewandt an. Während Ebbes Eltern sich voll auf die Sendung und die dort beschriebenen Krankheiten konzentrierten, war Ebbes Aufmerksamkeit geteilt. Es wurden Aufnahmen aus einer Klinik für Essstörungen gezeigt. Betroffene junge Mädchen sowie Ärzte und Betreuer berichteten über Beginn, Verlauf und mögliche Folgen von Erkrankungen wie Anorexie und Bulimie. Besonders die Interviews mit den betroffenen Anorexiepatienten weckten Ebbes Interesse. Wenn sie ganz ehrlich zu sich selbst war, dann erkannte sie ihre eigenen Gefühle in vielen der Aussagen der betroffenen Mädchen. Ebenso entdeckte sie Verhaltensweisen, die ihren eigenen sehr ähnelten. Die Betroffenen schilderten ihre Sucht als eine Selbstverständlichkeit. Eine Gewohnheit, die nicht hinterfragt wurde. Ebbe fragte sich, ob es bei ihr nicht genau so war. Hatte sie selbst nicht auch einen Punkt erreicht, an dem sie immer weniger infrage stellte, wie sie handelte? Aber diesen Gedanken verdrängte sie schnell wieder. Im gleichen Moment schämte sie sich sehr dafür, sich selbst ernsthaft mit Anorexiepatienten zu vergleichen! Denn die waren alle enorm dünn und gleichzeitig leistungsstark. Sie waren absolut nicht so wie Ebbe. Das war ja lächerlich! Ebbe wollte die Informationen distanziert betrachten und als einen neutralen Berichten ansehen. Eine ganz normale Reportage über irgendein Thema. Doch diesmal war es anders. Diesmal ging sie das Thema viel mehr an, als ihre Eltern oder irgendjemand sonst ahnten! Denn Ebbe wusste, dass ihr aktuelles Verhalten sich sehr von dem normaler Menschen in ihrer Umgebung unterschied. Doch sie hatte es sich einfach angewöhnt, so zu handeln. Genau so. Zu hungern. Überhaupt nicht mehr zu essen, wenn sie alleine war. Ausreden zu erfinden, um auch vor anderen möglichst nichts mehr essen zu müssen. Sie dachte auch nicht weiter darüber nach. Es war eine Gewohnheit geworden. Davon abzuweichen kam für Ebbe überhaupt nicht in Frage. In der Reportage aus der Klinik für Essstörungen war immer wieder davon die Rede, wie es begann. Wie diese Krankheit ihren Anfang nahm. Es wurde sehr genau beschrieben und Ebbe fiel sofort auf, dass dieser Beginn genau dem ähnelte, was sie in den vergangenen Wochen erlebte. Dass die Betroffenen ihr Verhalten ritualisierten, es aber selbst zunächst nicht als unnormal empfanden. Irgendwann ahnten sie, dass es ungewöhnlich war. Doch sie kamen gegen die Gewohnheit nicht mehr an und hinterfragten auch nichts. War das nicht genau so bei Ebbe? War sie nicht mittlerweile auch an einem Punkt angelangt, an dem sie immer weniger darüber nachdachte, wie sie handelte? Aber auch diesen Gedanken verdrängte sie. Nachdem der Bericht beendet war, hatte Ebbe erfolgreich ein paar Brotkrümel auf ihren Teller schummeln können. Da ihre Eltern so in ihr Gespräch über das Thema Essstörungen vertieft waren, fiel ihnen nicht auf, dass ihre Tochter in Wirklichkeit überhaupt nichts gegessen hatte. Erleichtert darüber sagte Ebbe, dass sie müde sei und heute schon früher ins Bett gehen wolle. Sie gab Lore und Josse den üblichen Gute-Nacht-Kuss und verschwand verwirrt im Badezimmer. Es war das erste Mal in ihrem Leben, dass Ebbe sich derart alleine fühlte. Alleine mit sich und ihrem Essen bzw. Nicht-Essen. Es war ein merkwürdiges Gefühl. Und plötzlich hatte Ebbe Angst. In dem Bericht aus der Klinik war von einer lebensbedrohlichen Erkrankung die Rede gewesen. Die meisten Betroffenen waren schon sehr bald nicht mehr dazu in der Lage, ihr Leben normal weiterzuleben. 25 Prozent der Erkrankten würden sogar an Anorexie *sterben*! Ebbes schüttelte entsetzt ihren Kopf. Jetzt ging es aber eindeutig zu weit mit ihren Gedanken! Ebbe blickte in den großzügigen Badezimmerspiegel. Dort sah sie sofort ihre Beine. Magersüchtig mit diesen Oberschenkeln? Viel zu viel Fett! Wütend kniff sie sich zwei Mal in die Haut an ihren Beinen und lief dann schnell in ihr Zimmer. Weg vom Spiegel. Am liebsten wäre sie auch vor ihren Gedanken davongelaufen. Doch das war nicht so einfach. Ebbes Magen knurrte unüberhörbar, als sie sich erschöpft ins Bett fallen ließ und in einen unruhigen Schlaf fiel.

Ebbe wollte nicht zu tief sinken. Den Halt verlieren im dunklen Wasser, das sie plötzlich überall um sich herum wahrnahm. Sonst gab es nichts. Lediglich diese unbeschreibliche Leere. Ebbe spürte nichts. Auch sich selbst nicht. Und das war das Schlimmste. Also lief sie los. Durch das Wasser hindurch. Dunkelheit umgab sie. Ebbe lief und lief, bis sie wieder etwas spürte. Bis sie sich endlich spürte. Dann kam der Hunger und mit ihm diese einzigartige Wärme. Ein Glücksgefühl. Endlich. Endlich war sie wieder da. Doch sie dauert nicht lange an, diese Zufriedenheit. Denn auch, wenn sie froh war sich selbst wieder zu spüren, dämmerte es ihr doch. Dass dort noch etwas anderes war. Und dann kam die Angst. Und sie kam nicht langsam, schleichend und sanft. Nein, sie traf Ebbe wie ein Fausthieb in die Magengrube. Eine eisige Kälte erfüllte sie und jedes Licht schien sich zu verdunkeln. Sie wusste nicht, wohin mit sich. Wohin mit ihren Gefühlen. Ebbe wusste nur, dass es zu viel war. Viel zu viel. Dass es begann, sie zu erdrücken. Dass sie selbst begann, sich zu erdrücken. War es das? Schaffte sie es, sich selbst zu erdrücken? Oder waren es doch nur diese Unmengen an dunklem Wasser? Sie musste weniger werden. Viel weniger. Und das so schnell wie möglich! Denn die Angst war groß und nur schwer zu ertragen. Alles war dunkel. Sie konnte weder Anfang noch Ende der dunklen Masse erkennen. War es überhaupt Wasser? Oder eine Wolke? Sie war prall gefüllt mit schweren Eiskristallen, die bedrohlich funkelten. Wie böse Augen, dachte Ebbe. Sie fror. Doch plötzlich änderte sich etwas. Die Eiseskälte wandelte sich plötzlich und wurde zu einer unvorstellbaren Hitze, die Ebbe auseinandergehen ließ. Wie einen Hefekloß. Einen riesigen, runden Kloß. Dick und immer weiter wachsend. Nur nicht angenehm beige oder sandfarben, sondern aggressiv rot und fett. Gefährlich. Sie wuchs und wuchs und färbte alles in ihrer Umgebung ebenfalls rot. Ebbe wusste nicht, wie ihr geschah. Es erdrückte sie. Aber wenn sie jetzt stark war und nichts essen würde, dann behielt sie wenigstens dieses einmalige Hungergefühl. Hunger, der immer stärker wurde und sie erfüllte. Mit Stolz und Macht. Ein Hunger, der Ebbe erleichtern und wieder schrumpfen lassen würde. Und sie wusste, dass sie auf dem Weg war, die Erdrückung zu bekämpfen. Es war wie ein Geländer, an das sie sich klammern konnte, wenn sie auf einem schmalen Steg entlangging. Ihr Magen knurrte laut. Aber anstatt Schmerz zu empfinden, fühlte Ebbe Stärke und Überlegenheit und der riesige fette Hefekloß verkleinerte sich. Immer weiter und weiter. Die Dunkelheit kam zurück und auch das Wasser. Doch das war Ebbe egal. Sie spürte das laute Knurren ihres Magens und dieses bestärkte sie. Sie hatte Kraft genug, um auch im dunklen Wasser schwimmen zu können. Wenn es denn notwendig werden würde. Mit der Körpergröße des Kloßes nahm auch die Reichweite seiner aggressiv roten Färbung der Umwelt ab. Alles wurde dunkel, grau und schwarz.

Ebbe zuckte zusammen und schlug die Augen auf. Sie lag in ihrem Bett und fror tatsächlich.

6. Entdeckt

Zwei Jahre waren vergangen, seit Ebbe und Anina sich kennengelernt hatten. Die ersten Sommer-, Herbst- und Weihnachtsferien auf der neuen Schule waren schnell vergangen. Die beiden Freundinnen gingen mittlerweile in die sechste Klasse. Ebbes Gedanken an ihr Ziel waren präsenter als je zuvor. Im Vordergrund stand nach wie vor das Hungern bzw. so wenig wie möglich zu sich zu nehmen. Und das Verheimlichen. Noch immer hatte Ebbe mit niemandem darüber gesprochen. Weder darüber, wie sie sich fühlte, noch darüber, in welcher Form sie sich verändern wollte. Irgendwann würden sie es ja selbst sehen und ihr verändertes Verhalten bemerken, dachte Ebbe oft bei sich. Sie war sich sicher, dass es noch niemandem aufgefallen war, wie wenig sie tatsächlich aß und wie sehr sie sich und ihren Körper verabscheute. Es war April und das Wetter sehr wechselhaft. Mal strahlte die heiße Sonne und es war hell und warm. Dann wiederum gab es kühle Tage, an denen sich sogar die Blätter an den Bäumen zu verfärben schienen. Wind kam auf und veränderte die Form der Wolken am Himmel. Während er die weißen Federwolken zu leichten Schlieren zerriss, konnte er der dunkelgrauen Wolke über Ebbe kaum etwas anhaben. Sie blieb groß und mächtig als zusammenhängende Kugel. In der Schule fiel Ebbe nun immer häufiger dadurch auf, dass sich ihre Lippen von Zeit zu Zeit blau verfärbten. Zudem zitterte sie zwischendurch und fühlte sich merkwürdig schwach. An einem Tag Ende April war es so schlimm, dass Ebbe vom Sekretariat aus ihre Mutter anrufen sollte, um sich von der Schule abholen zu lassen. Ihr Klassenlehrer Herr Frank hatte sie aus dem Unterricht geschickt. »Du siehst aber gar nicht fit aus, Ebbe«, hatte er gesagt, »ich möchte, dass du dich abholen lässt. Am besten, deine Mutter fährt mit dir mal zum Arzt, vielleicht wirst du krank.« Anina war mit zum Telefon gegangen und hatte tatsächlich ein wenig besorgt ausgesehen. Als Lore kurze Zeit später da war, um Ebbe abzuholen, strich Anina ihrer Freundin sogar über die Schulter und wünschte ihr gute Besserung. Die unerwartete Berührung von Anina verwunderte Ebbe sehr. Denn die beiden ehemals so eng befreundeten Mädchen hatten sich mittlerweile deutlich auseinandergelebt und standen sich nicht mehr sehr nah. Ebbe zuckte fast zusammen, als Anina ihre Schulter streichelte. Ein bisschen verwirrt bedankte sie sich und fuhr mit Lore zu Dr. Petersen. Der Kinderarzt kannte Ebbe von klein auf. Kaum hatte sie das Behandlungszimmer betreten, begrüßte er sie mit einem freundlichen Lächeln, das sich jedoch schnell in einen besorgten Blick verwandelte. »Schön dich zu sehen, Ebbe. Sehr schmal und blass bist du geworden. Geht es dir nicht gut?«, fragte er. »Doch, eigentlich schon«, log Ebbe und sah auf den Boden. »Mir ist nur recht oft kalt und etwas schwindelig. Meine Lippen werden dann blau und Herr Frank hat sich Sorgen gemacht.« Dr. Petersen untersuchte Ebbe nur kurz. »Ich würde sagen, das sind Anzeichen für eine Unterversorgung deines Körpers. Isst und trinkst du genug, Ebbe?«, fragte er schließlich. »Ja, wie immer«, log Ebbe ein zweites Mal und wünschte sich, dass sie ganz schnell wieder aus dem Behandlungszimmer herauskämen. Herr Petersen wandte sich nun an Lore. »Ist Ihnen aufgefallen, dass Ebbe in der letzten Zeit weniger oder verändert isst oder trinkt?« Ebbes Mutter sah Ebbe an und legte den Kopf schief. »Ich bin mir nicht sicher. Du hast schon öfter mal Bauchweh gehabt und weniger gegessen Ebbe, das stimmt schon.« Ebbe wusste nicht, was sie sagen sollte. Sie ertrug die angespannte Atmosphäre nicht, fühlte sich ertappt und wollte nicht noch einmal lügen müssen. Natürlich wusste sie, wie wenig sie aß. Aber dass ihr Körper gleich so reagieren musste! Noch bevor sie ein paar Worte herausbekam, war es Dr. Petersen, der das Wort ergriff. »Du brauchst dir keine Sorgen zu machen! Das ist in deinem Alter nicht ungewöhnlich. Viele Kinder machen diese Wachstumsschübe durch. Wenn der Körper in die Länge schießt, kann es schon mal zu einer leichten Unterversorgung kommen. Du musst gut auf dich achten, Ebbe. Und am besten wieder mehr essen. Dann regelt sich das mit Sicherheit ganz von selbst wieder.« Er nickte Ebbe und Lore freundlich zu. Ebbe lächelte gequält zurück und schämte sich. Denn sie wusste schon jetzt, dass sie diesen ärztlichen Rat niemals befolgen würde. Lore hingegen schien erst einmal beruhigt und erleichtert. Auf dem Rückweg parkte sie beim Supermarkt. »So, Ebbe. Jetzt kaufen wir gleich mal ein paar leckere Dinge für dich ein. Heute Mittag backe ich dir dein Lieblingsessen, Pfannkuchen. Was meinst du?« Ebbe wusste nicht, wie sie reagieren sollte. In ihrem Kopf herrschte Chaos. Irgendwie rauschte plötzlich nur noch alles an ihr vorbei. Ihr Ziel, das strenge Essen bzw. Nicht-Essen in den letzten Wochen. Der Verlust ihrer engen Freundschaft zu Anina, die Sendung über die essgestörten Mädchen in der Klinik, der Arztbesuch heute, ihre Schwäche, der Schwindel, der Begriff *Unterversorgung.* »Mir ist schlecht und ich habe Kopfweh«, sagte Ebbe. Und diesmal war es nicht einmal geschwindelt. Sie fühlte sich tatsächlich elend und wollte nur noch nach Hause auf das gemütliche Sofa im Wohnzimmer. »Ja, natürlich«, sagte Lore verständnisvoll und strich Ebbe über ihre Wange. »Ich flitze nur eben rein und besorge das Nötigste.« An diesem Tag kam Ebbe nur bis zum frühen Nachmittag mit der Ausrede durch, noch nichts essen zu können, weil es ihr zu schlecht ginge. Sie hatte sich gleich nach der Rückkehr vom Supermarkt mit einer Decke ins Wohnzimmer gelegt, um sich auszuruhen. Um 14 Uhr kam Josse nach Hause. Fröhlich begrüßte er Ebbe. »Mama hat mir schon erzählt, was der Arzt gesagt hat. Das bekommen wir schnell wieder hin, Ebbe«, sagte er überschwänglich und überreichte ihr augenzwinkernd zwei Tafeln Schokolade und eine Tüte Schoko-Erdnüsse. Ebbe erschrak, als sie die Süßigkeiten sah und hoffte, ihr Vater würde nicht erwarten, dass sie diese gleich probierte! Doch Ebbes Sorge war unbegründet – zumindest bezüglich der Naschereien. Denn wenige Minuten später kam Lore ins Wohnzimmer. In der Hand hielt sie zwei Teller mit dampfenden Pfannkuchen. Der Duft nach Butter und Zimt war unglaublich. Ebbe kam es wie eine Ewigkeit vor, dass sie etwas so Leckeres gerochen hatte. Geschweige denn, gegessen. Sie sah ihre braun gebackene Lieblingsspeise an und erinnerte sich an deren unwiderstehlichen Geschmack, den sie schon als kleines Mädchen so sehr geliebt hatte. Früher brauchte Lore Ebbe nie zu fragen, was sie essen wolle, wenn sie sich etwas wünschen durfte. Die Antwort lautete stets »Pfannkuchen mit Butter und Zimt«. Der Duft erinnerte Ebbe an die Zeit, in der das Essen einfach noch schmecken durfte. Ebbe hätte an diesem verwirrenden Tag gleich drei Pfannkuchen auf einmal verdrücken können. Kaum war ihr dieser Gedanke gekommen, ärgerte sie sich über sich selbst. Wie konnte sie den Duft nur genießen? Wo war ihre Selbstbeherrschung? Niemals würde sie eine derartige Kalorienbombe zulassen. Niemals! Ebbe hatte ein furchtbar schlechtes Gewissen ihren Eltern gegenüber, als sie mal wieder ihre Übelkeit und Erschöpfung betonte, um nichts zu sich nehmen zu müssen. Doch zu ihrer Überraschung ließ Lore dieses Mal nicht locker. »Nein, so geht das nicht weiter, Ebbe!«, sagte sie streng. »Du hast den Arzt ja gehört. Iss wenigstens einen kleinen Pfannkuchen und danach schläfst du, um zu Kräften zu kommen.« Alles Bitten half nichts.

Damit Lore keinen Verdacht schöpfte, dass Ebbe sich womöglich bewusst gegen das Essen sträubte, zwängte sie sich schließlich einen Pfannkuchen rein. Während sie kaute und den buttrigen Zimt in ihrem Mund schmeckte, wurde sie von ihren Gefühlen übermannt. Mit einem Mal wurde ihr bewusst, wie wenig sie in den letzten Wochen tatsächlich gegessen hatte und wie furchtbar wenig schmackhaft ihre Mahlzeiten gewesen waren. Nur trockene Brötchen oder ein halber Apfel. Hin und wieder etwas Gemüse ohne alles. Und jetzt diese Pfannkuchen ihrer Mutter! Kindheitspfannkuchen mit Zimt und warmer Butter. Ebbe wurde schwindelig und sie hätte am liebsten losgeweint. Es war eine Mischung aus wunderschönen Erinnerungen an eine sorgenfreie Kindheit, unendlicher Glückseligkeit und gleichzeitig der Wut darüber, ihr Ziel so aus den Augen zu verlieren. Wochenlang hatte sie schließlich durchgehalten und kaum etwas zu sich genommen. Ihre Energie zuvor auf ein Minimum begrenzt. Und nun? Dieser Pfannkuchen musste eine Ausnahme sein! Es war nur notwendig ihn zu essen, um ihre Eltern zu beruhigen. Ansonsten hätte Ebbe sich niemals so etwas Leckeres – und gleichzeitig so Kalorienreiches gegönnt. Immer und immer wieder sagte sie sich das. Ebbe aß einen ganzen Pfannkuchen. Wenig später schlief sie auf dem Wohnzimmersofa ein. Entschlossen, so etwas nie wieder zuzulassen. Und ihr Plan funktionierte. Wenige Tage später schien wieder alles normal zu sein. Ihrer Mutter zu Liebe war Ebbe tatsächlich zu Hause geblieben und hatte sich ausgeruht. Es hatte ihr gutgetan. Denn, wenn Ebbe ehrlich zu sich war, fühlte sie sich tatsächlich sehr erschöpft. Und sie genoss die Zeit im Bett oder auf dem Sofa. Schon als Kind war das Liegen auf dem Sofa, zugedeckt mit ihrer Bettdecke und umgeben von den großen Kissen, das Schönste für sie gewesen. Wenn sie krank war, durfte Ebbe fernsehen. Es waren wunderschöne Erinnerungen an eine Zeit mit Zeichentrickfiguren und Knabberkram. Voller Ruhe und Gemütlichkeit. Ohne jegliche Art von Sorgen. Doch jetzt war das anders. Während Ebbe dort auf dem Sofa lag, umgeben von großen Kissen und warm zugedeckt, beschlich sie noch ein weiteres Gefühl. Und dieses war auf keinen Fall positiv! Irgendetwas trübte Ebbes Zufriedenheit und die Erlaubnis sich ausruhen und neue Kraft schöpfen zu dürfen. Es dauerte eine Weile, doch dann kam sie dahinter, welches Gefühl es war. Sie hatte ein schlechtes Gewissen. Wenig bis gar nichts zu essen war die eine Seite. Doch auch Bewegung gehörte dazu, wenn man tatsächlich abnehmen wollte. Sie musste sich dringend wieder mehr bewegen. Wie sollte Ebbe das nur Lore erklären? Sie beschloss die frische Luft vorzuschieben. Gerade wenn man krank ist, sollte dies doch die beste Medizin sein. Und an der frischen Luft könnte sie dann auch ein bisschen joggen. Davon musste ihre Mutter ja nichts erfahren. Ebbe war unendlich froh über die Aussicht, joggen gehen zu können. Denn sie musste sich steigern. Besser werden. Sich das Ausruhen verdienen. Eigentlich wusste Ebbe, dass ihr Körper durch die wochenlange Unterernährung keine Kraft mehr hatte. Doch gleichzeitig verlangte sie ihm die volle Leistungsfähigkeit ab. Und noch viel mehr. Doch tief in ihrem Inneren gab es noch einen Teil von Ebbe, der um diese Tatsache wusste. Und dieser Teil sorgte dafür, dass Ebbe Angst verspürte, wenn sie an das Joggen dachte. Angst davor, nicht durchzuhalten. Ebbes Kopf brummte und sie verstand die Welt nicht mehr. Was war nur mit ihr los? Als sie schließlich zu Lore ging, um ihr zu sagen, dass sie ein bisschen spazieren gehen wolle, ließ diese Ebbes Pläne platzen. »Alleine gehst du jetzt bestimmt nirgends hin, Ebbe! Dazu bist du noch zu schwach und es ist mir zu unsicher«, sagte sie ungewöhnlich streng. Widerworte duldete sie an dieser Stelle ebenso wenig wie bei den Pfannkuchen. Doch wenige Tage später ließ sie Ebbe wieder ganz normal in die Schule gehen. Im Juni wurde Ebbe zwölf Jahre alt. Gemeinsam mit ein paar Freunden und Freundinnen aus ihrer Klasse feierte sie ihren Geburtstag in einem Bowlingcenter. Auch Anina war dabei. Sie schenkte Ebbe gemeinsam mit zwei weiteren Freundinnen eine Pferde-Armbanduhr. Die Uhr gefiel Ebbe sehr. Aber dennoch vermisste sie etwas. Was fehlte, war die persönliche Note in der Auswahl des Geschenkes. Zu ihrem letzten Geburtstag hatte Ebbe von Anina einen Freundschaftsanhänger und eine passende Kette bekommen. Außerdem hatte ihre beste Freundin ihr damals einen seitenlangen Freundschaftsbrief geschrieben, der nur sie beide etwas anging. Doch das gehörte der Vergangenheit an. Auf der Geburtstagsfeier sprachen Ebbe und Anina kaum ein Wort miteinander. Die Distanz zwischen ihnen war riesig geworden. Und bei dieser Enttäuschung alleine blieb es nicht. Nur einen Tag später bestand Lore darauf, noch einmal zum Arzt zu gehen. Besorgt blickte sie Ebbe an und sagte: »Blau verfärbte Lippen sind in deinem Alter nicht normal, Ebbe. Es könnte etwas Ernsteres dahinterstecken und das möchte ich gerne ausschließen.« Ebbe hatte keine Wahl. Der Kinderarzt hörte sich diesmal nur sehr kurz an, was die Besorgnis der Mutter auslöste. Er wies Ebbe daraufhin in die Kinderklinik ein. Dort sollten weitere Maßnahmen ergriffen werden, um die Ursache für Ebbes blaue Lippen und ihr Zittern herauszufinden. Ebbe blieb nichts anderes übrig, als der Entscheidung zuzustimmen. Und somit fuhr sie eine Woche später mit gemischten Gefühlen in die Kinderklinik. Zum Glück hatte sie Lore an ihrer Seite. Ebbe brauchte plötzlich die Nähe ihrer Mutter. Obwohl sie gleichzeitig sehr verärgert darüber war, überhaupt ins Krankenhaus zu müssen! Ebbe ahnte, dass das Verfärben ihrer Lippen und ihre gesamte körperliche Verfassung etwas mit ihrem Essverhalten zu tun haben könnte. Sie fragte sich, ob man sie hier in der Klinik beobachten und – noch viel schlimmer – zum Essen drängen würde? Vielleicht würde dann herauskommen, wie wenig Ebbe tatsächlich noch aß!? Das wäre schrecklich! Ebbe wollte nicht ertappt werden und auch noch etwas ändern müssen. Angst überkam sie. Doch gleichzeitig existierte in ihr – so verwirrend es auch erscheinen mag – der ganz leise Wunsch danach, mehr essen zu *müssen*. Plötzlich fielen ihr all die Lebensmittel ein, die sie so gerne gegessen hatte. Sie stellte sich vor, morgens frische Brötchen essen zu müssen und mittags geradezu *genötigt* zu werden, eine warme Mahlzeit zu sich zu nehmen. Abends würde es bestimmt Käse zum Brot dazu geben, den Ebbe angehalten war zu essen. Frischkäse vielleicht. Oder sogar fett- und kalorienreichen Schnittkäse wie Gouda. Eventuell würde es sogar Camembert geben! Nur wenige Sekunden, nachdem Ebbe sich diesen Gedanken hingegeben hatte, wurde sie fürchterlich wütend auf sich. Wie konnte sie so etwas überhaupt nur denken? Sie saß im Auto und erblickte in der Beifahrerscheibe ihr Spiegelbild. Es war nicht sehr klar zu erkennen. Doch was sehr deutlich wurde, waren die beiden Wölbungen unter ihrem T-Shirt. Ebbes Brust. Sie hasste sich. Wie konnte sie ans Essen denken, wenn ihre Brüste noch immer so groß waren? Sie sah einfach schrecklich aus! Missbilligend musterte Ebbe ihren Oberkörper. Ihr Blick blieb schließlich an ihren Armen hängen. Dick, dick und nochmals dick, dachte sie voller Wut. Ekelhaft. Voller Fett. Ebbe war so in Gedanken versunken, dass sie zusammenzuckte, als Lore sie an der Schulter antippte. Sie waren angekommen. Auf dem Parkplatz der Klinik. Ob Ebbe träume, fragte Lore. Gleich darauf forderte sie ihre Tochter dazu auf, ihre Jacke anzuziehen. Damit sie endlich hereingehen könnten. Lore öffnete energisch die Autotür.

7. In der Kinderklinik

Ebbe und Lore wurden in der Kinderklinik freundlich begrüßt. Eine junge und sehr fröhlich aussehende Schwester führte die beiden in ein Zimmer, an dessen Tür mit rot-blau gepunkteten Holzbuchstaben die Aufschrift *Untersuchung 1* angebracht war. An den weißen Krankenhauswänden hingen farbenfrohe Bilder. In der Ecke stand ein kleiner Kindertisch aus Holz mit winzigen Stühlchen. Buntes Spielzeug und verschiedene Kinderbücher lagen in einem Holzregal daneben. Insgesamt wirkte alles sehr hell und freundlich. Der Raum vermittelte eine freundliche Atmosphäre. Ganz anders, als Ebbe sich ein Krankenhaus vorgestellt hatte. Dennoch war sie angespannt. Diese außergewöhnliche Angst vor dem Essen hier in der Klinik war nicht weniger geworden. Sie wusste nicht, was sie hier noch erwarten würde und diese Tatsache schürte Ebbes Nervosität. »Ich bin übrigens Schwester Svenja«, stellte sich die junge Krankenschwester vor. »Gleich werde ich dir etwas Blut abnehmen, Ebbe. Du brauchst aber keine Angst davor zu haben. Es wird nicht weh tun. Danach messe und wiege ich dich noch, bevor du dann mit deiner Mutter zum Arzt reingehst.« Svenja lächelte Ebbe ermutigend und freundlich zu. Etwas verunsichert erwiderte Ebbe das Lächeln. Die Blutabnahme war schnell erledigt. Danach wurde Ebbe gemessen. Ihre Größe hatte sich nicht verändert. Ebbe maß noch immer einen Meter und dreiundsechzig Zentimeter. Genau wie ihrem letzten Routinetermin bei Dr. Petersen. Dann sollte Ebbe auf die Waage steigen. Plötzlich wurde sie deutlich nervöser. Wie erstarrt stand sie auf der uralten Pendelwaage. Schwester Svenja musste von Hand den kleinen Regler verstellen und darauf warten, dass ein Gleichgewicht hergestellt wurde. Dann stand das Pendel still. Ebbes Körpergewicht war deutlich gesunken. Bei den letzten Untersuchungen in der Praxis von Dr. Petersen hatte Ebbe bereits gute 45 Kilogramm gewogen. Heute brachte sie dagegen nur noch 40 Kilogramm auf die Waage. Sie stand in Unterwäsche auf dem silbernen Boden der Waage und sah gespannt auf die Anzeigefläche. Ebbe konnte es nicht glauben, nur noch 40 Kilogramm dort stehen zu sehen. Sie war unglaublich stolz auf dieses Gewicht. Dann hatte sie ja doch schon etwas geschafft! Ihr trockenes Brötchen und die vielen Ausreden hatten sich also gelohnt. Ebbes Herz machte einen kleinen Hüpfer. Sie war also auf dem richtigen Weg! Ein Lächeln huschte über ihr Gesicht. Lore dagegen konnte kaum fassen, dass Ebbe nun fünf Kilo weniger wog. Sie schien besorgt und wollte unbedingt gleich mit dem Arzt sprechen. Nur kurze Zeit nach der Aufnahmeuntersuchung erfolgte dann auch das Gespräch mit Dr. Hupert, dem leitenden Arzt der Kinderklinik. Er hatte den Arztbericht von Dr. Petersen bereits gelesen und vor sich auf dem Schreibtisch liegen. Das sah Ebbe sofort. Sie und ihre Mutter sollten auf den Stühlen vor dem Arzttisch Platz nehmen. Ebbe spürte bereits beim Hereinkommen, dass dieses Gespräch unangenehm werden würde. Die Art und Weise wie der Oberarzt sie ansah, flößte ihr Angst ein. Er durchbohrte sie regelrecht mit seinem Blick. Ebbe kam es plötzlich so vor, als könne er mit seinen dicken, rahmenlosen Brillengläsern direkt durch sie hindurch sehen. Bis in das Innerste ihres Körpers. Als wüsste er über sie und ihr kontrolliertes Essverhalten Bescheid. Wüsste, was sie insgeheim vorhatte. Nur wenige Minuten danach bestätigte er ihre Befürchtung. »Ich will ganz ehrlich zu Ihnen sein, Frau Sander. Und auch zu dir, Ebbe. Für mich gibt es viele Hinweise auf eine Essstörung. Die deutliche Gewichtsabnahme und die körperlichen Anzeichen wie das Frieren und die blauen Lippen – das sind typische Symptome. Sie zeigen, dass dein Körper, Ebbe, bereits unterversorgt ist. Ich möchte dich ein paar Tage hier in der Klinik behalten und noch ein paar Untersuchungen vornehmen. Außerdem würde ich dir auch gerne noch ein paar Fragen stellen.« Er schaute Lore eindringlich an, bevor er fragte: »Sind Sie damit einverstanden?« Ebbes Mutter schien verwirrt. »Eine Essstörung? Was bedeutet das genau?«, fragte sie. Der Oberarzt öffnete eine Schublade und zog ein kleines Heftchen mit dem Titel *Anorexie und Bulimie. Ein Ratgeber für Betroffene und ihre Angehörigen* hervor. »Ich gebe Ihnen diese Broschüre einmal mit. Lesen Sie sich diese ganz in Ruhe durch. Aber bitte machen Sie sich noch keine allzu großen Sorgen. Es ist erst einmal nur eine Vermutung.« Ebbe konnte in diesem Moment überhaupt nichts sagen. Alles war wie im Film. Sie war verwirrt und hatte jetzt noch größere Angst vor dem, was sie hier in der Kinderklinik erwarten würde. Denn wenn eine Essstörung bereits vermutet wurde, dann würde ihr Essverhalten ganz bestimmt auch beobachtet werden. Ob sie dann mit ihrem einen trockenen Brötchen am Tag durchkam? Würde man sie womöglich zwingen, mehr zu essen?

Ebbe erhielt ein Drei-Bett-Zimmer auf der Station. Hier war nichts mehr auch nur annähernd so freundlich und fröhlich wie bei der Aufnahme. Hier fand sie sich auf einer ganz normalen Krankenhausstation wieder. Alles war weiß. Es gab stabile Betten mit weißen Stäben in den sterilen Zimmern und metallene Essenswagen auf den Fluren. Der Geruch auf der Station war Ebbe lediglich aus der Kinderarztpraxis bekannt. Bisher war nur eines der beiden weiteren Betten in Ebbes Zimmer belegt. Das dritte war noch frei. Als Josse von der Entscheidung des Arztes erfahren hatte, war er umgehend in die Klinik gekommen. Nun brachten Lore und Ebbes Vater sie gemeinsam in ihr Zimmer. Kaum dort angekommen, herrschte mit einem Mal eine sehr merkwürdige Atmosphäre. Alle drei standen wie verloren in dem eiskalt eingerichteten Raum herum. Keiner sagte etwas. Einzig und allein die bunte Bettwäsche von Ebbes Zimmergenossin sowie die über ihrem Bett hängenden Poster sorgten für etwas Farbe und Leben im Zimmer. Sandra sei ein sehr nettes Mädchen, mit dem Ebbe sich ganz bestimmt gut verstehen würde, hatte Schwester Svenja gesagt. Weder Lore noch Ebbe oder Josse wussten in diesem Moment, was sie sagen oder tun sollten. Etwas, irgendetwas hing unausgesprochen in der Luft und schnürte ihnen allen die Kehle zu. Ließ sie bewegungslos dort herumstehen. Es war beklemmend. Schließlich stellte Ebbe widerwillig ihre Tasche neben das Gitter des Krankenhausbettes. Auspacken wollte sie auf keinen Fall. Sie hatte keineswegs vor, länger als bis zum nächsten Morgen hier zu bleiben. Es waren schließlich in drei Wochen Ferien! Doch es sollte anders kommen.

Ebbe musste bleiben. Und das deutlich länger, als sie es wollte. Gleich am nächsten Tag sollte sie Gespräche mit einer Psychotherapeutin führen. In diesen wurden ihr sehr merkwürdige Fragen zu ihren Gefühlen oder ihrer Familie gestellt. Das Zimmer der Kindertherapeutin Frau Habermaß war sehr farbenfroh eingerichtet. Sie bat Ebbe höflich, auf dem rostroten Ohrensessel Platz zu nehmen und setzte sich selbst gegenüber auf ein ebenfalls rostrotes Sofa. Sowohl im ersten als auch in den darauffolgenden Gesprächen sollte Ebbe verschiedene Figuren und Personen auf weiße Zeichenblätter malen. Kleine Bilder in einem Buch, die verschiedene Formen und Szenen darstellten, sollte sie deuten. Das alles war Ebbe sehr fremd. Es kam ihr so absurd vor, dass sie es als lächerlich abtat. Was sollte das? Sie war doch nicht verrückt! Warum immer dieser psychologische Unterton? Warum wurde sie mit Samthandschuhen angefasst? Was sollten diese durchbohrenden und sehr skeptischen Blicke von all dem Personal, mit dem sie hier in der Kinderklinik zu tun hatte? Ebbe fühlte sich schrecklich. Sie hatte das Gefühl, für psychisch gestört gehalten zu werden. Dabei wollte sie doch einfach nur ihre Ruhe haben. Und abnehmen. Sich verändern. Vor allem aber wollte Ebbe so schnell wie möglich wieder aus dieser Klinik entlassen werden. Denn Ebbe spürte natürlich, dass die Diagnose der Ärzte stimmte. Sie war eindeutig essgestört. Doch bisher schienen Lore und Josse das noch nicht ganz durchblickt zu haben. Das Gegenteil war sogar der Fall. Ebbes Eltern fanden die therapeutischen Behandlungsformen und die Gespräche, die sie hier führen sollte, sehr merkwürdig. Zum Glück! Denn so konnte Ebbe Lore und Josse davon überzeugen, nicht essgestört und hier vollkommen deplatziert zu sein. Gleich am folgenden Tag bestand sie darauf, wieder nach Hause zu dürfen. Sie klammerte sich förmlich an Lore. »Mama, das kann doch gar keine Essstörung sein! Dr. Petersen hat doch auch gesagt, dass das alles an meinem altersbedingten Wachstumsschub liegt. Ich kann ja einfach wieder zunehmen!«, flehte sie ihre Eltern an. »Aber ich möchte nach Hause. Unbedingt!«

»Wir sprechen morgen darüber«, versprach Lore und verabschiedete sich gemeinsam mit Josse. An ihrem ersten Abend in der Kinderklinik beobachtete Ebbe, wie die Schwestern ihren Teller nach dem Abendessen kontrollierten, als sie ihn nach dem Abendbrot in den Essenswagen zurückgebracht hatte. Ebbe hatte alles auf ihrem Teller liegen gelassen. Das Schwarzbrot, die Butter und den Käse sowie den Salat. Selbstverständlich wollte sie nichts essen! Sie war zwar bei 40 Kilogramm angelangt. Aber das reichte schließlich noch lange nicht aus. Sie wollte mehr abnehmen. Viel mehr. Die Stationsschwestern hatten sich Ebbes Teller angesehen und wenig später im Schwesternzimmer miteinander gesprochen. Geflüstert zwar, aber laut genug, damit Ebbe es mit anhören konnte. Ebbes Verhalten sei ganz typisch für eine Essstörung, sagten sie. Aus diesem Grund legte Ebbe am darauffolgenden Morgen ihre Frühstücksbrötchen einfach auf ein anderes Tablett im Essenswagen. Als keiner sie beobachten konnte. Ihr Margarinepäckchen hatte sie geöffnet und ein bisschen Marmelade auf dem Teller verschmiert. So sah es aus, als hätte sie selbst gut gefrühstückt, obwohl sie eigentlich nur einen Tee getrunken hatte. Und diesen Schein wollte sie unbedingt wahren. Schließlich war sie doch nur ein vollkommen unauffälliges, durchschnittliches und – vor allem – normales Mädchen. Das redete Ebbe sich immer wieder ein und wollte auch nach außen so wirken. Dass ihr die Ärzte auf die Schliche gekommen waren, war schlimm genug. Niemand sonst sollte von ihrem Plan erfahren. Also musste sie einfach so tun, als wolle sie selbst tatsächlich mehr essen. Und vielleicht sogar auch an Gewicht zunehmen.

Und ihre Eltern noch mehr davon zu überzeugen, dass die Ärzte sich irrten, ging sie am nächsten Tag sogar mit Lore und Josse in die Cafeteria auf dem Klinikgelände. Natürlich nicht ohne Hintergedanken. In dem kleinen Café mit den vielen Holzstühlen roch es unwiderstehlich gut. Nach warmen Hefeteilchen. Nach Kaffee und Zimt. Vor allem aber roch es angenehm süß. So süß, wie Ebbe es gefühlt schon seit Jahren nicht mehr gerochen hatte. Nach Wärme und Zucker. Zucker in seiner schönsten Form. Nach einem Lebensmittel, das Ebbe sich unter normalen Umständen nie und nimmer erlauben durfte. Doch jetzt und hier durfte sie nicht nur, sie musste es tun. Ebbe war dazu gezwungen Lore und Josse zu zeigen, dass sie wieder gut essen und an Gewicht zunehmen wollte. Dass ihr Essverhalten absolut normal war. Als die drei sich an einen Tisch am Fenster gesetzt hatten, bestellten Lore und Josse zunächst Kaffee. Anschließend ging es darum, den Kuchen auszuwählen. Josse wandte sich an Ebbe und fragte sie, was sie gerne hätte. Ebbe spürte Angst in sich hochsteigen. Verzweifelt schaute sie auf die vielen verschiedenen Gebäckstücke in der Vitrine. Was sie wollte? Ebbe konnte die Formulierung der Frage nicht fassen. Von wollen konnte in diesem Fall doch überhaupt nicht die Rede sein! Am liebsten hätte Ebbe ihren Vater in diesem Moment direkt zurückgefragt, was sie denn verdammt nochmal nehmen müsse, um nicht weiter als essgestört zu gelten?! Ebbe starrte die Gebäckauswahl an und war unschlüssig. Da sie die zunehmende Ungeduld ihrer Eltern spürte, entschied sich Ebbe schließlich für eine Nussecke. Diese sah noch am Ungefährlichsten aus, denn sie wirkte sehr trocken. Als die freundliche Kellnerin den Kaffee, Ebbes Nussecke und zwei Stücke Apfelkuchen für ihre Eltern an den Tisch brachte, überkamen Ebbe plötzlich merkwürdige Gefühle. Es waren die gleichen Gefühle wie damals, als sie während ihrer Krankheit gezwungen war, Lores Pfannkuchen zu essen. Erinnerungen an ihre frühe Kindheit. An eine vollkommen unbeschwerte Zeit. Als Essen noch etwas Schönes war, über das man nicht nachdenken musste. Ebbe dachte auch an Anina und die gemeinsame Zeit mit ihr. Die beiden Freundinnen hatten sich am Anfang ihrer Freundschaft auch gerne mit Leckereien an einen kuscheligen Ort zurückgezogen. Sie hatten es sich gemütlich gemacht und geredet. Mit Eis, Schokolade, belegten Broten oder Pizza. Noch lange, bevor Ebbe auf ihr trockenes Brötchen umgestiegen war. Wieviel Zeit war seitdem vergangen? Es kam Ebbe wie ein ganzes Leben vor! Sie hatte erst ein winziges Stück des Nussgebäcks zu sich genommen und bemerkte die erwartungsvollen Blicke von Lore und Josse. Also biss sie rasch ein größeres Stück von ihrer Nussecke ab. Widerwillig kaute sie und schmeckte den süßen Zimt, der sich mit köstlichen Nüssen und geschmolzener Butter vermischte. Pures Fett. Ebbe schluckte und aß weiter. Einen Bissen nach dem anderen. Als sie über die Hälfte des gefährlichen Nahrungsmittels geschafft hatte, konnte sie einfach nicht mehr an sich halten. Haltlos sackte sie auf ihrem Stuhl zusammen, schluchzte heftig und stotterte unter Tränen, sie wolle nach Hause. Einfach nur nach Hause. Ebbes Eltern waren erschrocken und betroffen zugleich. Offenbar hilflos nahm Josse sie in den Arm und versprach ihr, dass sie bald wieder zu Hause sein würde. Beide Elternteile interpretierten Ebbes Gefühlsausbruch vollkommen fehl. Für Lore und Josse war dieses Weinen der Ausdruck eines gesunden jungen Mädchens, das sich nach der Geborgenheit seines Zuhauses sehnte. Niemals hätten sie sich vorstellen können, dass dieser Zusammenbruch der Tatsache geschuldet war, dass Ebbe sich zum Essen gezwungen fühlte. Dass es ihr innigster Wunsch war, zu Hause wieder hungern zu können. Dass sie sich vor dem Essen fürchtete.

Während sie von ihrem Vater fest umarmt und gleichzeitig leicht geschaukelt wurde, flossen die Tränen immer weiter. Ebbe erwischte sich selbst dabei, dass sie den genauen Grund für ihre unendliche Traurigkeit gerade selbst nicht benennen konnte. Waren es die Erinnerungen an eine einmalige Vergangenheit, die es in dieser Form nicht mehr geben würde? War es die Angst, in der Klinik bleiben und essen zu müssen? Oder war es das schlechte Gewissen, ihre Eltern so zu hintergehen? Vermutlich war es eine Mischung aus alledem. Ebbe hasste es zu lügen. Doch sie hatte gleichzeitig so unendlich große Angst vor dieser Nussecke. Das schlechte Gewissen, etwas so Kohlenhydratreiches und Fettiges gegessen zu haben, übermannte sie. Es war vor allem die Tatsache, dass sie sich selbst dabei einredete, es müsse sein. Das ließ Ebbes Wut wachsen. Was hatte sie nur getan? Hätte sie ihre Eltern nicht auch anders überzeugen können, ein gesundes Essverhalten zu haben? Am liebsten hätte Ebbe sich das Kuchenstück aus dem Bauch herausgerissen. Tränen der Verzweiflung und Trauer verwandelten sich in Tränen der Wut. Sie zitterte vor Aufregung und betonte, es sei lediglich das starke Heimweh. Zu Hause würde sie ganz bestimmt schnell wieder gesund werden. Ganz bestimmt. Ebbe merkte, dass ihr Weinen Lore und Josse verunsicherte. Also wiederholte sie es immer und immer wieder. Sie müsse doch einfach nur wieder zu Hause sein und essen. Zum Glück sah Ebbes Familie es ebenso. Sie könne ja einfach nur wieder mehr essen und ein bisschen zunehmen. Das sagten sie alle. Lore, Josse und Ebbes Großeltern. Ebbe nickte. Sie nickte und lächelte. Und wusste doch in genau diesem Moment, dass sie ab jetzt ein Geheimnis mit sich trug. Ein Geheimnis, das niemand so schnell aufdecken würde. Ihr Vorhaben, ihr selbst erfundenes Ideal, hatte sie nicht vergessen. Niemals würde sie es aufgeben, ihr gesetztes Ziel zu verfolgen. Ebbe wollte einfach perfekt sein.

Bereits zu diesem Zeitpunkt wusste sie, dass ihre Familie einen ganz anderen Eindruck von der Situation hatte als sie selbst. Alle schienen besorgt um ihre Gesundheit. Das stand außer Frage. Allerdings schien niemand auch nur zu ahnen, dass Ebbe bewusst an der Veränderung ihres Körpers arbeitete. Dass sie sich natürlich keine Sorgen machte, abgenommen zu haben. Sondern sich – ganz im Gegenteil- sogar darüber freute. Für Ebbe stand fest, dass sie auf keinen Fall zunehmen, sondern einfach nur wieder aus dem Krankenhaus entlassen werden wollte. Und sie wusste, es war das erste Mal in ihrem Leben, dass sie nicht ehrlich zu den Menschen war, die sie liebte. »Zu Hause werde ich zunehmen, ganz bestimmt«, log sie jeden an, der fragte, wie es nach der Entlassung weitergehen würde. Doch zunächst waren selbst Josse und Lore noch skeptisch. Ebbes Lippen und Finger färbten sich noch immer von Zeit zu Zeit blau und somit ließen sie ihre Tochter noch einige Tage in der Kinderklinik. Als Ebbe eine Woche später auf die Waage steigen sollte, zeigte die Anzeige nur noch 38,3 Kilogramm an. Ebbes Herz hüpfte vor Freude. Sie konnte ihr Glück kaum fassen. Fast zwei ganze Kilogramm in nur wenigen Tagen! Das war ja ein wahnsinniger Erfolg! Die Schwester hingegen blickte Ebbe erst besorgt und dann merkwürdig durchdringend und prüfend an. Es war Schwester Svenja, die Ebbe als einzige von allen Schwestern auf der Station gerne mochte. »Du hast ja abgenommen, Ebbe. Solltest du nicht mehr essen und zunehmen?«, fragte sie mit ernstem Blick. Ebbe wusste nicht, was sie sagen sollte. Gerade Schwester Svenja wollte sie nicht so direkt anlügen.

Obwohl Ebbe sowohl Schwester Svenja als auch all den anderen Ärzten und Psychologen in der Kinderklinik anschließend immer wieder beteuerte, von nun an mehr zu essen und auf jeden Fall zuzunehmen, wurden weitere Maßnahmen ergriffen. Ebbe bekam noch am Nachmittag desselben Tages ihr erstes hochkalorisches Getränk – Fresubin. Oder auch Astronautennahrung. So wurde es umgangssprachlich genannt. Es war ein bisschen dickflüssiger als üblicher Kakao. Und es hatte einen eigenartigen Beigeschmack. Durch die zusätzliche Energie würde sie schneller zunehmen, erklärten ihr die Schwestern. Bei diesen Worten zog sich Ebbes Magen zusammen und sie wurde richtig wütend. Genau das war es doch, was sie nicht wollte! Und nun würde sie offensichtlich nicht drum herumkommen. Nach Aussage der Ärzte sollte Ebbe auf jeden Fall wieder deutlich über 40 Kilogramm wiegen, damit sich ihr physischer Zustand erholen konnte. Mindestens 43 Kilogramm. Unter 40 Kilogramm sei es bei ihrer Größe und ihrem Alter gefährlich für die Organe, da diese unterversorgt seien. Als Ebbe das hörte, hatte sie das Gefühl, jeden Moment ohnmächtig zu werden. Fünf Kilo sollte sie zunehmen? Es würde sie Tage – wenn nicht Wochen – kosten, diese wieder loszuwerden. Wie konnte man ihr das hier nur antun? Ebbe weinte vor Verzweiflung und flehte ihre Eltern an, nicht länger bleiben zu müssen. Doch Josse und Lore waren sehr besorgt um Ebbes körperliche Verfassung und wollten sie daher noch weiter im Krankenhaus beobachten lassen. Die angeordnete Gewichtszunahme war für Ebbe die schrecklichste Maßnahme, die sie sich vorstellen konnte. Gleich nachdem sie ihr erstes Glas Fresubin getrunken hatte, war sie sehr bemüht darum, dieses gefährliche, hochkalorische Getränk auf seinen Nährwert zu überprüfen. Zu Hause hatte sie in der letzten Zeit nur noch sehr wenig zu sich genommen und es damit ja auch bereits auf stolze 40 Kilogramm gebracht. Ausgerechnet hatte sie sich eine aktuelle Kalorienzufuhr von maximal 500 Kilokalorien am Tag. Das trockene Brötchen mittags, vielleicht ein halber Apfel. Und abends beim Abendbrot eine Scheibe Brot. Mit Belag, damit Lore und Josse keinen Verdacht schöpften. Möglichst etwas Leichtes. Doch hier im Krankenhaus würde sie auf deutlich mehr Kalorien kommen. Ebbe hatte gesehen, dass bereits ein einziges Getränk Fresubin, das sie jetzt drei Mal täglich trinken sollte, bereits 300 Kilokalorien hatte. Wo würde das nur hinführen?!

Die darauffolgenden Tage schienen nur so dahin zu schleichen. Minuten kamen Ebbe hier im Krankenhaus vor wie Stunden. Langeweile und Angst prägten ihre Gedanken und ihren Alltag. Ganz besonders die Angst vor den Mahlzeiten. Ebbes Gedanken kreisten unaufhörlich darum, wie sie die vorgeschriebenen Essensmengen verringern könnte. Und darum, auf welche Weise sie möglichst viel Energie schnell wieder loswerden konnte. Andere Themen gab es nicht mehr. Dabei hätte sich Ebbe so darüber freuen können, dass Anina sie tatsächlich jeden Tag im Krankenhaus anrief. Jeden Morgen meldete sich ihre ehemals allerbeste Freundin telefonisch bei ihr. Noch vor Schulbeginn. Anina erkundigte sich, wie es Ebbe in der Klinik ging und was sie den ganzen Tag über so tat. Dann erzählte sie von der Schule und vom Reitstall. Von den Jungs, auf die sie aktuell stand und den Turnieren, an denen sie in der kommenden Zeit teilnehmen würde. Ebbe sagte währenddessen kaum etwas. Auch Kathi aus ihrer Klasse, mit der Ebbe bisher wenig Kontakt gehabt hatte, rief sie regelmäßig an. Nach zwei Tagen erhielt Ebbe sogar einen Brief von ihrer Klasse. Es hatten tatsächlich alle Kinder auf der großen Giraffen-Karte unterschrieben. Sie wünschten Ebbe alles Liebe und hofften, dass sie bald wieder gesund werden und in die Schule kommen würde. Was dachten die nur alle, warum sie hier sei? Richtig gefragt hatte sie keiner von ihnen, wunderte Ebbe sich. Es kam ihr auch alles schon so lange her vor. Die Schule, der Reitstall, die Freude. Das alles war in weite Ferne gerückt. Was zählte, war das (Nicht-)Essen. In der zweiten Woche nach Ebbes Ankunft in der Kinderklinik besuchte Anina sie. Es war eine merkwürdig angespannte Atmosphäre zwischen ihnen. Beide redeten kaum. Anina brachte Ebbe ein kleines Geschenk mit. Es war ein Briefbeschwerer. Eine schwere Glaskugel, in der auf einem blauen Meer ein Segelboot schwamm. Es schaukelte schon, wenn man die Kugel nur ganz sanft bewegte. Sie gefiel Ebbe ungemein. Neben dem Boot schwamm eine kleine Möwe auf dem Wasser. Das Bild hatte eine Leichtigkeit und Unbeschwertheit, die Ebbe faszinierte. Sie stellte es auf das Fensterbrett gleich neben ihrem Bett. Doch über all diese an sich positiven Erlebnisse konnte Ebbe sich merkwürdigerweise nur schwer freuen. So sehr sie sich auch bemühte, ihre Konzentration auf Themen wie Freunde, Schule oder den Reitstall zu lenken – es gelang ihr einfach nicht. Alles war so fern und fremd geworden. Es berührte Ebbe nicht mehr, weckte keinerlei Gefühle. Es war so, als lebte Ebbe nun nicht mehr nur rein gedanklich in ihrer eigenen Welt, sondern wäre gänzlich darin versunken. In den nächsten Tagen sollte sie jeden Morgen noch vor dem Frühstück auf die gehasste Waage steigen. Und fast täglich sah sie 100 bis 200 Gramm mehr auf der Anzeige. Das Zunehmen war für Ebbe der reinste Horror. Die Höchststrafe. Etwas Schlimmeres konnte man ihr nicht antun. Der Ekel vor ihrem eigenen Körper wuchs mit jedem Gramm, das sie an Gewicht zulegte. Nach außen hin das liebe und angepasste Mädchen vorgebend baute sich innerlich immer mehr Hass und Wut in Ebbe auf. Denn alles, was hier mit ihr geschah, verstieß gegen ihr gestecktes Ziel. Sie wollte stark, dünn und perfekt sein. Nein! Ebbe musste stark, dünn und perfekt sein. Doch hier im Krankenhaus wurde sie einfach nur mit Nahrung vollgepumpt und fühlte sich vollkommen unverstanden. Ebbe interessierte sich sehr für die Gespräche, die sie mit den Schwestern auf der Station führte. Denn in diesen ging es oftmals um Essstörungen. Um Krankheiten wie Anorexie und Bulimie. Besonders Schwester Svenja und Schwester Beate unterhielten sich ganz ausführlich über die Verhaltensweisen der betroffenen Menschen. Über Patienten. Wenn die beiden Schwestern gemeinsam Dienst hatten, war es besonders spannend für Ebbe. Es kam bei den beiden häufig vor, dass sie die Anwesenheit von Patienten scheinbar einfach ausblendeten. Sie sprachen dann ganz offen über Namen und Erlebnisse mit den Essgestörten. Und eines Tages auch über die Gefährlichkeit dieser Erkrankung. Man könne schließlich daran sterben, sagte sie. Ebbe wollte mehr über diese Erkrankungen erfahren. Sobald es jedoch eine Andeutung gab, dass sie selbst ebenfalls auf dem besten Wege war, in diese Sucht zu geraten, stritt Ebbe diese Vermutung vehement ab. Sie wehrte sich dagegen, dass es sich bei ihr um eine Essstörung handeln könnte. SO etwas hatte sie nicht. Niemals.

An einem Nachmittag nahm Schwester Svenja Ebbe nach dem Essen beiseite. Sie müsse ihr etwas erzählen, sagte sie und schob Ebbe sanft in ihr Schwesternzimmer. Die während des Essens stets sehr angespannte Atmosphäre änderte sich schlagartig. Svenjas Stimme klang ruhig und vertraulich. Einfühlsam und verständnisvoll. Es war plötzlich, als wenn zwei Freundinnen sich zurückzogen, um über persönliche Dinge zu sprechen, fand Ebbe und freute sich über diese Geste. Schwester Svenja erzählte, dass sie selbst einmal sehr stark unter Anorexie gelitten hatte. Damals war Svenja 14 Jahre alt gewesen. Sie hatte zum Schluss lediglich zwei Pfefferminzbonbons am Tag gegessen. Einen morgens und einen abends. Mit 26 Kilogramm Körpergewicht sei sie auf der psychosomatischen Station in Lübeck nur noch mit einer Wärmflasche und dicken Pullovern herumgelaufen. Dem Tode gerade noch einmal entkommen, sagte sie und schaute Ebbe dabei durchdringend an. »Ich kann heute keine Pfefferminzbonbons mehr essen«, sagte Svenja bewegt. »Glaube mir, liebe Ebbe. Ich sehe, was mit dir los ist. Ich weiß, wie es sich anfühlt. Doch du musst es dir eingestehen. Lass dich in einer Fachklinik behandeln.«

Svenjas letzter Satz klang geradezu wie eine Bitte. Ebbe wusste nicht, wie sie reagieren sollte. In ihrem Kopf wirbelten die verrücktesten Gedanken umher. 26 Kilo! Zwei Pfefferminzbonbons am Tag! Das war tatsächlich krank, keine Frage! Schwester Svenja blickte Ebbe direkt an. »Ebbe, dein Körper und dein Gewicht müssen wieder unwichtiger werden. Konzentriere dich auf die wirklich wichtigen Dinge im Leben. Du hast eine Familie. Freunde. Du willst deine Schule beenden und sicherlich einen tollen Beruf erlernen. Setze das nicht alles aufs Spiel, nur weil du dich viel zu sehr mit deinem Körper und deinem Gewicht beschäftigst. Es wäre so schade um dich, liebe Ebbe!« Ebbe blickte auf den Boden. Svenjas Worte hallten in ihrem Kopf nach. Ihr Körper und ihr Gewicht sollten unwichtiger werden? Ebbe konnte es nicht fassen. Alleine der Gedanke, ihr Ziel in den Hintergrund treten zu lassen, löste wieder diese unbändige Angst in ihr aus. Angst davor, loszulassen und ein großes Stück Kontrolle abzugeben. Ebbe sollte einfach so den größten Teil von sich aufgeben? Das konnte und wollte sie sich nicht einmal nur vorstellen. Sie hielt daran fest, dass das Erreichen ihrer ersehnten perfekten Persönlichkeit das Beste war, das sie schaffen konnte. Und mit dieser Vorstellung eines Idealbildes hielt Ebbe auch an ihrer Krankheit fest. Ihr Ziel aufzugeben, das hieße in diesem Moment genau das loszulassen, was Ebbe zusammenzuhalten schien. Sie schaffte es nicht, Schwester Svenja anzusehen, als sie antwortete: »Ich habe keine Essstörung!«

Und schließlich wurde Ebbe tatsächlich entlassen. Jedenfalls aus dem Krankenhaus. Mit 43,2 Kilogramm. Die Zahl der verhassten Waage an diesem Morgen war für Ebbe entsetzlich anzusehen. Doch noch viel schlimmer empfand sie diesen Ekel und Hass ihrem eigenen Körper gegenüber. Sie hatte das Gefühl, vor Wut und Angst zu platzen. Alles spannte an ihr. Dehnte sich aus. Wurde eng. Ihr gesamter Körper fühlte sich aufgequollen an. Im Spiegel sah Ebbe einen großen roten Luftballon. Aufgepumpt. Rote, runde Wangen. Speck. Wenn sie sich bewegte, dann spürte sie ihn. Bei jeder Bewegung. Fühlte, wie der Speck schwabbelte. Lange Zeit würde Ebbe es nach außen nicht mehr verbergen können. Doch noch spielte sie ihre Rolle perfekt. Die brave und einsichtige Patientin. Sie täuschte vor, von sich aus gut essen und zunehmen zu wollen. Selbstverständlich nur, um nicht daran gehindert zu werden, ihr Ziel weiterzuverfolgen. Die Frühstücksbrötchen auf ein anderes Tablett zu legen, war nur der Anfang gewesen. Ein Zeichen für sie selbst, dass sie trotz des zunehmenden Drucks auf ihre Person dazu in der Lage war, durchzuhalten.

8. Ebbes Geheimnis

Fast zwei Monate vergingen. Nun war sie frei. Da war Ebbe sich sicher. Und diese zurück gewonnene Freiheit nutzte sie, um weiter zu verschwinden. In der darauffolgenden Zeit hungerte Ebbe wie vor dem Krankenhausaufenthalt. Zusätzlich trieb sie heimlich Sport. Ebbe lächelte ihre Umwelt an und glaubte, dass niemand auch nur etwas ahnen würde. Sie unterdrückte Gedanken, die sie daran erinnerten, dass ihr Verhalten längst nicht mehr normal war. Von morgens bis abends gab es nur zwei Themen: Sport und Essen. Essen nein, Sport ja. Laufen unter einem blauen Himmel, an welchem nur eine einzige Wolke schwebte. Dunkel und bedrohlich. Ebbe lief einfach schneller. Es ging niemanden etwas an. Niemanden! Weder Ebbes Gefühle noch ihre Gedanken. Oder sonst irgendetwas von ihr! Ebbes eigene Welt gab ihr Halt und Geborgenheit. Das Gefühl, sicher zu sein. Denn – tief in ihrem Inneren – sehnte sie sich eigentlich genau danach. Nach Sicherheit und Halt. Nach Anerkennung und Nähe. Auch von anderen Menschen. Nicht nur von Lore und Josse, ihren Eltern. Allerdings hatten weitere Menschen in Ebbes eigener Welt zu diesem Zeitpunkt keinen Platz. Denn ihr Verhalten, ja, alles was sie tat und sagte, entsprach nicht dem eines gesunden Menschen. Ebbe war anders als der Durchschnitt. Anders als die meisten Menschen um sie herum. Denn Ebbe wollte und konnte sich selbst einfach nichts mehr gönnen. Konnte es sich nicht mehr gutgehen lassen. So wie es normale Menschen tun würden. Ebbes Essverhalten veränderte ihr Leben in einem Ausmaß, das sie selbst nie für möglich gehalten hätte. Gemeinsame Mahlzeiten oder entspannende Aktivitäten mit anderen waren plötzlich absolut ausgeschlossen. Sie wollte und musste sich einfach immer bewegen. Möglichst pausenlos. Aber das war natürlich kaum zu vereinbaren mit dem Alltag. Denn Ebbes Art von Bewegung bezog sich nicht auf ganz normale, also sportliche Aktivitäten. Nein, ganz und gar nicht. Dahinter steckte viel, viel mehr. Mit dem Augenaufschlag am Morgen fing es an. Und endete schließlich in dauerhaftem Stehen und Herumlaufen während des gesamten Tages. Doch das kam alles erst viel später. Und war Ebbe zu diesem Zeitpunkt noch nicht bewusst. Ihr war absolut nicht klar, auf was sie sich da eingelassen hatte, als sie die Entscheidung für sich getroffen hatte, zu verschwinden. Ebbes wahnsinnige Unruhe entwickelte sich schleichend. Zunächst wollte sie sich einfach nur etwas mehr bewegen. Doch irgendwann begann diese Bewegung eine neue Bedeutung zu erlangen. Sie fing an, zu einem Zwang zu werden. Es dauerte nicht lange und Ebbe konnte kaum eine Art der Bewegung noch genießen. Denn sie war – ihrer Ansicht nach – für alles zu langsam. Zu schlecht. Ob es in der Schule im Sportunterricht, auf dem Fahrrad oder sogar auf der Treppe im eigenen Haus war: Ebbe genügte einfach nicht. Sie war einfach nicht gut genug. Oft kam es nun vor, dass sie sich zwang, immer schneller mit dem Rad zu fahren. So schnell, bis sie schließlich nicht mehr weitertreten konnte und vor Anstrengung keine Luft mehr bekam. In diesen Momenten kam sie sich dann noch schlechter vor und hasste sich regelrecht für dieses Nichts-Können.

So war es auch an diesem Montag. Ebbe wollte zu Klara fahren. Sie raste mit ihrem Fahrrad los und strampelte so lange, bis sie vor Kraftlosigkeit nicht mehr weiterfahren konnte. Ihre Beine taten weh und sie rang nach Luft beim Atmen. Ebbe musste anhalten. Eine kurze Pause einlegen. Dann stand sie dort. Auf der Landstraße. Umgeben von Bäumen und Sträuchern. Umgeben von einer unglaublichen Angst. Ebbe wusste nicht, woher dieses Gefühl kam. Aber es versetzte sie extrem in Panik. Ihre Beine taten weh, da sie so kräftig in die Pedale getreten hatte. Es ließ sie wütend werden. Immer wütender. Es war eine Mischung aus Wut und Angst. Und irgendwie auch aus Verzweiflung. Als kämpfte Ebbe gegen etwas an, das sie nicht greifen und auch nicht verstehen konnte. Sie stand neben ihrem Fahrrad. Die Hände zu Fäusten geballt und alle Muskeln angespannt. Sie war so wütend, dass sie nicht mal mehr weinen konnte. Obwohl sie gleichzeitig diese tiefe, unerklärliche Trauer empfand. Sie mochte sich nicht. Ihren Körper nicht. Ihre Unsportlichkeit und Unkontrolliertheit nicht. Es ekelte sie an. Ja, genau das war es. Ebbe begann, sich vor sich selbst zu ekeln. Jeden Tag. Immer intensiver. Die Vorboten dieses Ekelgefühls gegenüber ihrem eigenen Körper waren bereits viel früher aufgetreten. Im Sportunterricht des privaten Gymnasiums, das Ebbe gemeinsam mit Anina besuchte. Zu Beginn jeder Sportstunde stellten die Schüler sich immer in eine Reihe an der roten Turnhallenbodenlinie nebeneinander auf. Wenn man sich weit genug nach links stellte, konnte man direkt auf die Glasscheibe blicken bis zum kleinen Lehrerbüro innerhalb der Sporthalle. Und in genau dieser Scheibe konnte man – wenn das Turnhallenlicht eingeschaltet war – sein eigenes Spiegelbild sehen. Und das Licht war eigentlich immer angeschaltet. Warum auch nicht? Wer sollte auch ahnen, dass es genau dieses Turnhallenlicht war, das ein zwölfjähriges Mädchen zu derartig verqueren Gedanken verleiten würde? Jedes Mal, wenn sich die Schüler in dieser Form dort aufstellten, wollte Ebbe genau diesen einen Platz haben. Immer denselben. Um ihr eigenes Spiegelbild zu kontrollieren. Während die anderen Schüler damit beschäftigt waren, sich gegenseitig zur Seite zu schubsen, miteinander zu reden oder – den Blick nach unten gerichtet – ihre Sportschuhe zu vergleichen, maß Ebbe mit den Augen die Breite ihrer Oberschenkel ab. In der Spiegelung der Scheibe suchte sie sich dabei Gegenstände im Lehrerbüro aus, an denen sie sich orientieren konnte. Dann hatte sie in der nächsten Sportstunde einen Vergleich, ob sie bereits abgenommen hatte. Ob ihre Oberschenkel – endlich endlich – schmaler geworden waren. Wenn sie das tat, kam Ebbe niemals die Frage nach einem Warum in den Sinn. Wieso tat sie das? Sie hatte einfach ein Ziel. Und den festen Willen, dieses zu erreichen. Dünn, schön, intelligent, perfekt. So wollte und – nein – ganz genau so musste sie sein. Und die graue enge Sporthose war eine gute Kontrollmöglichkeit auf ihrem Weg dorthin. Obwohl genau diese Hose so eng saß, dass Ebbe sich schämte. Sie schämte sich dafür, dass jeder ihre Beine sehen konnte. Ihre dicken, lediglich von einer kurzen grauen Leggins umrahmten Beine. Wie ein Elefant, dachte sie jedes Mal, wenn sie sich gemeinsam mit den anderen Mädchen in der Umkleidekabine umzog. Aber bald, so dachte sie oft, bald würden sie alle genau an dieser engen Hose erkennen, dass Ebbe sich veränderte. Dass sie abnehmen und schöner werden konnte. Aus dem grauen, dicken Tollpatsch würde ein zartes Wesen werden. Da war sie sich sicher. Ebbe beschloss, sich bei Erreichen ihres Zieles eine helle Sporthose zu kaufen. Hell wie leicht. Sie würde leicht und schön sein und alle sollten das sehen. Alle sollten sehen, dass auch sie, Ebbe, etwas konnte. Nämlich abnehmen! Sich verändern. Dünn sein. Dass sie endlich irgendetwas konnte. Und beflügelt von diesen Gedanken lächelte sie dann vor sich hin. Sie lächelte und lächelte gedankenversunken. Bis sie wieder in die Fensterscheibe zum Lehrerbüro blickte. Denn dort sah sie, dass dies bisher lediglich Träume waren, die noch in der Ferne schwebten. Noch war Ebbe der graue Trampel mit den Elefantenbeinen in der eng sitzenden Leggins. Und genau das war es, was die anderen Schüler jetzt gerade sehen konnten. Ebbe schämte sich und war gleichzeitig wütend und verzweifelt.

Im zweiten Halbjahr der sechsten Klasse bekamen Ebbe und ihre Klassenkameraden ein neues Fach. Statt Sport in der Turnhalle ging es jetzt jeden Freitag für zwei Stunden in die Schwimmhalle. Schwimmunterricht sei ein Privileg, betonten die Lehrer immer wieder. Denn nicht jede Schule habe eine ausreichende Anzahl befähigter Lehrkräfte, um eine komplette Klassenstufe zum Schwimmen zu begleiten. Die meisten Schüler sahen das ganz genauso und konnten es kaum erwarten, dass das zweite Halbjahr mit Schwimmunterricht startete. Ebbe ging es da ganz anders. Statt sich mit den anderen Kindern auf das bevorstehende neue Fach zu freuen, wuchs ihre Angst mit jedem Tag, der bis dahin verstrich. Im Schwimmunterricht mussten natürlich alle Mädchen und Jungen Schwimmbekleidung tragen. Allein der Gedanke an einen Badeanzug ließ bei Ebbe ein Gefühl der Panik aufsteigen. Als sie sich vorstellte, ihren Körper im Badeanzug präsentieren zu müssen, wurde ihr schlecht. Diese dicken Arme und Beine und dazu diese ungewöhnlich schmale Taille, die ihre Hüfte so betonte. Es würde ein Alptraum werden!

Aber das zweite Halbjahr kam und somit auch der Schwimm-Freitag. Es war tatsächlich eine Strafe für Ebbe und sie war jedes Mal erleichtert, wenn dieser Tag vorüber war. Nach dem gemeinschaftlichen Umziehen in der kalten Umkleidekabine des Hallenbades stand der Rückweg an. Zurück zur Schule nach einer anstrengenden Doppelstunde Schwimmen. Die Klasse teilte sich hierbei immer in drei kleinere Gruppen auf. Diese liefen zusammen die fünf Minuten zum Bus und legten schließlich noch den etwa 20-minütigen Fußweg zum Gymnasium zurück. Als Ebbes Gruppe bei Bäcker Knolle vorbeikam, wollten einige Schüler sich – wie jedes Mal – etwas kaufen. Die anderen warteten währenddessen draußen vor der Bäckerei in der aufkommenden Augusthitze. Sie setzten sich auf den Boden und tranken Eistee oder Saft. Ebbe stand daneben und hatte ihre Wasserflasche in der Hand. Sie überlegte, wie viel Zucker die anderen Schüler wohl gerade zu sich nahmen. An diesem Morgen kaufte Henning sich ein Mandelhörnchen. Ausgerechnet ein Mandelhörnchen! Ebbe wurde unruhig und furchtbar wütend. Ein Mandelhörnchen zum Frühstück! Eigentlich liebte Ebbe Mandelhörnchen! Doch selbstverständlich gehörte das süße Marzipangebäck mit den kleinen Mandelblättchen und den schokoladig überzogenen Enden längst zu den Nahrungsmitteln, die Ebbe sich nicht mehr erlauben konnte. Der viele Zucker und dazu noch die fette Nussdekoration. Hennings Hörnchen war zudem noch mit einer sehr kräftigen Schicht Kakaoglasur überzogen. Heimlich stellte Ebbe sich vor, wie verächtlich es doch von ihr selbst wäre, sich ein derartiges Teilchen vom Bäcker zu kaufen. So viele Zuckerkalorien bereits am Morgen zu essen, das war undenkbar! Aber Henning konnte es sich natürlich erlauben. Ebbe war vollkommen aus der Fassung und verstand sich selbst nicht mehr. Immer wieder blickte sie verstohlen zu Henning und seiner Bäckertüte rüber. Er aß genüsslich, offenbar ohne sich auch nur einen einzigen Gedanken darüber zu machen. Als alle wieder da waren, brach die Kleingruppe auf. Ebbe hielt ihre Wasserflasche krampfhaft fest.

Gedanken wie »Du bist nichts wert!« oder »Kein Wunder, dass du so fett bist. Hast dich ja gar nicht mehr unter Kontrolle. Nicht mal schlank sein kannst du!« wurden für Ebbe zu Leitsprüchen, die sie sich immer häufiger sagte. Je öfter sie sich diese Dinge einredete, desto stärker glaubte sie daran. Ebbe war so erfüllt von Wut und Verzweiflung; dem Hass auf ihren Körper, dass sie immer trauriger wurde. Was war nur aus den schönen Sommernachmittagen mit Anina geworden? An denen sie beide die Sonne genießen konnten und sich absolut wohlfühlten? Die jetzigen Sommertage waren geprägt von Ekel und Hitze. Eine Zeit, in der Ebbe die Enge ihrer Reithosen bemerkte. In der ihr die Masse ihres eigenen Körpers zur Last fiel und sie das Gefühl hatte, sie würde davon erdrückt werden. Es war, als würde Ebbe von einer riesigen Hülle umgeben, die ihr fremd und zudem sehr unangenehm war. Ihr eigener Körper. Er gehörte nicht mehr zu ihr; er sollte nicht mehr zu ihr gehören. Jedenfalls nicht in dieser Form. Ebbe verabscheute ihn und somit sich selbst, weil sie zu schwach war, ihn zu verändern. Noch. Das Schlimmste aber war, dass ihr Körper Ebbe selbst immer bewusster; immer präsenter wurde und sie immer mehr zu beanspruchen versuchte. Er war nicht nur einfach da.

Im September feierte Schack seinen dreizehnten Geburtstag auf dem Zeltplatz. Er war Ebbes Klassenkamerad und hatte einige Kinder aus Ebbes Jahrgang zum gemeinsamen Übernachten im Zelt eingeladen. Insgesamt waren sie neun Mädchen und acht Jungen. Anina war ebenfalls dort. Alle hatten viel Spaß zusammen. Sehr viel Spaß! Bereits beim Aufbauen der Unterkünfte wurde viel gelacht. Immer wieder fielen halbfertige Zelte in sich zusammen. Ebbe konnte beobachten, wie dabei auch einige der Kinder stürzten, übereinander rollten und sich lachend auf die Wiese schubsten. Als sie sich das Geschehen so ansah, fühlte Ebbe sich auf eine merkwürdige Weise absolut unpassend. Die körperliche Nähe der Kinder zueinander löste bei Ebbe Furcht aus. Was wäre, wenn jemand in ihrer Nähe hinfallen würde? An sie und ihren schrecklichen Körper heranstieß? Er oder sie würde ihre Masse sicherlich sofort spüren. Wie entsetzlich. Das durfte auf gar keinen Fall geschehen! Alleine der Gedanke daran ließ Ebbe erschaudern. Vorsichtshalber hielt sie sich deshalb lieber am Rand des Zeltplatzes auf. Um nicht den Eindruck zu erwecken, sich vor dem Zeltaufbau zu drücken, nahm sie sich eine der Anleitungen in die Hand und blätterte eifrig darin herum. Ab und zu erhaschte sie aus dem Augenwinkel das Geschehen. Anina war mittendrin. Sie alberte mit den anderen herum. Lachend ließ sie sich gegen die Jungs schubsen und tat so, als könne sie sich nicht dagegen wehren. Aber Ebbe kannte ihre ehemals beste Freundin viel zu gut. Ihr blieb nicht verborgen, dass Anina sich an Niko und Adrian heranschmiss. Gespielt unauffällig. Ebbe war sehr erleichtert, als nach einer knappen Stunde alle Zelte fest auf der Wiese standen. Anschließend gab es Geburtstagskuchen. Ein großzügiger Holztisch war mit Papptellern, Bechern und Plastik-Kuchengabeln bunt gedeckt. Es gab selbst gebackenen Marmor- und Zitronenkuchen von Schacks Mutter. Ebbe wollte natürlich nichts essen, hatte aber Angst, durch ein Verweigern aufzufallen. Denn, wenn es etwas gab, das Ebbe noch mehr wollte als abnehmen, dann war es, unauffällig zu sein. Und am besten gar nicht wahrgenommen zu werden. Also nahm auch sie ein Stück Marmorkuchen, das ihr angeboten wurde. Tom, ein Junge aus ihrer Klasse, wollte dagegen keinen Kuchen. Es sei auf Diät, sagte er lachend. Durch seinen schlacksigen, dünnen Körper war diese Aussage einfach lustig und alle um ihn herum lachten mit. Alle, bis auf Ebbe. Bei ihr hingegen löste diese Aussage Angst aus. Es war, als hätte Tom etwas angesprochen, dass nur ihr allein gehörte. Dünn zu sein. *Sie* musste abnehmen, nicht er. Nicht Tom! Wie konnte er so etwas nur als Scherz sagen? Ebbe schämte sich entsetzlich für ihre Gier, den Kuchen scheinbar gerne essen zu wollen, indem sie ein Stück angenommen hatte. Sie schämte sich, weil sie ihn nicht ablehnt hatte. War Toms Aussage womöglich sogar eine versteckte Anspielung auf ihre Figur? Sagte er das, weil sie so dick war und ein Stück Kuchen auf ihrem Teller liegen hatte? Es konnte ja niemand auch nur ansatzweise ahnen, was ihr durch den Kopf ging. Ebbe merkte, wie sich ihre Hände wieder automatisch zu Fäusten ballten und es sie wie Strom durchfuhr. Sie begann zu zittern. Am liebsten hätte sie den Kuchen quer über den Tisch geschmissen oder auf dem Boden zertreten.

Nicht nur dieser erste Nachmittag, sondern die gesamten zwei Tage auf dem Zeltplatz waren bestimmt von dem Gedanken, ihren Körper zu reduzieren. So wenig wie möglich zu essen. Und es war der Zeitpunkt, an dem Ebbe viele Möglichkeiten entdeckte und Methoden entwickelte, unauffällig auf eine Mahlzeit zu verzichten. Während die anderen Kinder sich unbeschwert scherzhaft um Brothäppchen oder Käsespieße prügelten, lachend ein Würstchen nach dem anderen vor dem Grill aßen, saß Ebbe stumm daneben und war in Gedanken versunken. Sie selbst aß zwar nichts. Doch Ebbe beobachtete sehr genau, welches Kind wieviel und welche Lebensmittel zu sich nahm. Und sie war gleichzeitig eifersüchtig darauf. Der Grillduft war einfach unwiderstehlich. Nur allzu gerne hätte auch Ebbe etwas gegessen und sich keinerlei Gedanken darum gemacht. Einerseits. Andererseits erfüllte es Ebbe auch mit Stolz. Sie war stolz darauf zu wissen, dass sie so stark war, all den leckeren Versuchungen zu widerstehen. Vor lauter Euphorie über ihre Stärke animierte Ebbe sogar hin und wieder einige ihrer Klassenkameradinnen dazu, noch mehr zu essen. Einfach deswegen, weil es ihr ein Gefühl der Überlegenheit gab, wenn sie selbst nur dabei zusah.

Tage und Wochen vergingen, in denen Ebbe voller Stolz – und noch dazu scheinbar unentdeckt – hungerte. Schnell schon empfand sie den Hunger und die damit verbundenen Bauchschmerzen gar nicht mehr als unangenehm, sondern ließ sich sogar durch sie bestärken. Ebbe brauchte nichts zu essen. Sie würde dem Hunger nicht nachgeben, bis sie ihr Ziel erreicht hatte. Sie hatte die Kraft dazu! Und sie lächelte dabei. So erschien es Ebbe selbst zumindest. Sie war so unglaublich glücklich, wenn sie an ihr Ziel dachte, dass sie zu strahlen glaubte. Doch Ebbes Lächeln war mittlerweile eingefroren und künstlich. Erschöpfung war an dessen Stelle getreten. Und diese blieb den Menschen in Ebbes Umgebung keineswegs verborgen. Ebbe wurde dünner, grauer und ernster. Das fiel selbstverständlich auf. Auch Anina.

Ebbe bemerkte die besorgten Blicke ihrer ehemals besten Freundin. Wenn sie morgens vor dem Unterricht ihre Jacken an die Garderobe im dunklen Schulflur aufhängten. Es war Herbst und die Temperaturen fielen. Anina versuchte unauffällig zu sein. Sie blickte scheinbar an Ebbe vorbei und starrte auf irgendetwas an der Wand oder Tür. Doch Ebbe entging ihr erschrockenes Gesicht nicht, als Aninas Blick auf Ebbes Hose fiel, die mittlerweile viel zu groß war und um ihre dürre Gestalt schlackerte. Und Anina war nicht die einzige, die Ebbe auf diese erschrockene und besorgte Weise ansah. Doch jede Bemerkung, die darauf abzielte, Ebbe ihren tatsächlichen körperlichen Zustand zu verdeutlichen, wehrte sie ab. Es machte sie lediglich wütend. Immer wütender und noch müder. Sie hatte keine Kraft dafür. In Ebbe selbst lebte das Bild der Perfektion. Der Perfektion ihrer selbst. Dünner, dünner, dünner. Schöner. Und eleganter würde sie werden. Eine perfekte Ebbe eben. Eine unglaublich schöne Vorstellung. Das Bild dieser perfekten Person ließ Ebbe nicht mehr los. Und es leuchtete so hell, dass sie es erreichen musste. Nichts anderes! Sie strebte danach. Und der Gedanke, das Ziel bald zu erreichen und in unendliche Leichtigkeit verfallen zu können, erfüllte sie mit Freude und Mut. Das ließ auch die körperliche Schwäche erträglich werden. Denn Ebbe war sehr müde und sehr erschöpft. Dauerhaft. Und wenn sie ganz ehrlich zu sich selbst war, dann wusste sie es. Ihre mittlerweile auf kaum erwähnenswerte Portionen reduzierte Nahrungsaufnahme war daran schuld. Doch Ebbe war nicht ehrlich. Weder zu sich selbst noch zu ihrem Körper. Müdigkeit und anhaltende Schwäche verstärkten die Wut auf sich selbst. Ebbe leistete zu wenig und war nichts wert. Immer wieder sagte sie sich dies und ihre Meinung war mittlerweile unumstößlich geworden. Sie ignorierte die Bemerkungen ihrer Mitmenschen, die das eventuell anders sahen. Ebbes Klassenlehrer Herr Kurt fragte sie immer häufiger, ob es ihr auch wirklich gut ginge. Sie sei so dünn geworden. Ebbe lächelte, wenn sie das hörte und sagte jedes Mal, sie sei lediglich gewachsen. Selbst Anina, die mittlerweile kaum noch ein Wort mit Ebbe wechselte, sprach sie eines Mittags darauf an. Betont beiläufig, während sie nach Schulschluss ihre Räder vom Fahrradständer abschlossen. Anina starrte auffällig lange und intensiv auf ihren Schlüsselbund. Nervös fummelte sie daran herum, als sie fragte, ob Ebbe eigentlich abgenommen habe. Angeblich hatte Hanne dies am Tag zuvor im Reitstall bemerkt. Unverzüglich schnaubte Ebbe. Vor Wut. Ausgerechnet einen Tag zuvor?! Ebbe erinnerte sich, an diesem Tag ihre verhasste dunkelgrüne Reithose und die alte Weste getragen zu haben. Die Hose hatte so eng gesessen, dass Ebbe sich fürchterlich unwohl fühlte, wenn sie diese trug. In dieser Hose konnte man sogar die Speckringe über ihren Knien erkennen! Ebbe zog diese Hose nur noch an, weil Lore darauf bestand. Sie hatte einen Ganzlederbesatz und war teuer gewesen. Auch die Reitweste sorgte dafür, dass Ebbe sich schämte. Von der Seite aus betrachtet stand ihr Bauch so weit nach vorne. Sie hasste sich dafür. Der Wind wehte Aninas Schal vor deren Augen und sie fummelte ihn umständlich zurück. Ebbe erkannte einen Schatten wieder, den sie so oft bemerkte. Es war ihre dunkle Wolke, die sich ganz plötzlich vor die Sonne geschoben hatte. Ebbe dachte zurück an ihre Reithose. Ausgerechnet in diesem Outfit sollte Hanne bemerkt haben, dass Ebbe abgenommen hatte? Das konnte sie sich beim besten Willen nicht vorstellen, das war absolut lächerlich. Ebenso lächerlich wie die besorgten Blicke von Lore und Josse jeden Abend beim Abendessen. Sie sei so blass und staksig geworden, sagten sie fast jeden Tag. Doch Ebbe sah nur ihr Ziel und glaubte, alle täuschen zu können. Sie mussten doch sehen, dass Ebbe noch immer viel zu dick war. Ihr Ziel vor Augen ließ Ebbe die Schwäche ihres Körpers und die totale Kraftlosigkeit vergessen. Bis ihre Familie es eines Tages nicht mehr ertragen konnte.

Sie kam wie immer aus der Schule nach Hause. Am Nachmittag war sie mit Anina im Stall verabredet. Ebbe freute sich auf diesen Tag! Denn der Kontakt zu Anina war sehr selten. Und jeder gemeinsame Nachmittag im Stall mittlerweile etwas ganz Besonderes. Die beiden Mädchen wollten sich Kreuze auf dem Reitplatz aufbauen und etwas Springreiten trainieren. Außerdem war Ebbe schon gespannt auf den kommenden Tag. Denn Katha aus ihrer Klasse feierte ihren dreizehnten Geburtstag und sie hatte Ebbe eingeladen. Doch es sollte alles schließlich ganz anders kommen. Kaum war Ebbe an diesem Mittwoch im Dezember zur Tür hineingetreten, spürte sie die veränderte Atmosphäre im Haus. Irgendetwas schwebte in der Luft. Es war angespannt wie sonst nie. »Hallo, ich bin da!«, rief sie. Wie immer, wenn sie aus der Schule zurück war. »Hallo Ebbe«, hörte sie ihre Mutter rufen. »Wir sind im Wohnzimmer, komm doch mal her.« Nichts Gutes ahnend stellte Ebbe ihren Ranzen ab und schlich in die Wohnstube. Lore und Josse saßen auf dem Sofa. Sie blickten ernst drein und baten Ebbe, sich neben sie zu setzen. Ebbe hatte Angst. Sie wusste, dass es etwas mit ihrem Essverhalten und dem deutlich gesunkenen Gewicht zu tun haben musste. Ebbe hatte sich gestern heimlich auf die Waage gestellt. Sie wog nun nur noch 36 Kilogramm.

Josse war derjenige, der das Wort ergriff, als Ebbe den Raum betrat. »Es kann so nicht weitergehen, Ebbe. Das weißt du bestimmt auch selbst, oder?« Er sah zu ihr hin, aber Ebbe wich seinem Blick aus. »Du musst ins Krankenhaus, wir machen uns Sorgen. Es gibt da eine spezielle Station für Essstörungen. Dort fahren wir gleich mit dir hin.« Ebbe traute ihren Ohren kaum! Gleich hinfahren? Eine Station für Essgestörte? Alles lief plötzlich wie im Film ab. Ebbe wurde schwindelig. Sie wehrte sich mit aller Kraft. Wollte nicht ins Auto steigen und erklärte das alles für vollkommen übertrieben und unnötig. Sie hatte eine Verabredung mit Anina und eine Geburtstagseinladung! Doch es hatte keinen Zweck. Ebbe war minderjährig. Und somit fuhr sie gegen ihren eigenen Willen mit ihren Eltern ins Krankenhaus. Entschlossen zu schweigen und ihr Ziel – durch egal welche Mittel – weiter zu verfolgen.

9. STATION 13

Ebbe wurde zusammen mit ihren Eltern auf der Station 13 in Bremen begrüßt. Kinder- und Jugendpsychosomatik stand in großen Buchstaben auf einem grauen Schild vor dem hohen Klinikgebäude. Ebbe las es mit sehr gemischten Gefühlen. Was würde hier mit ihr geschehen? Galt sie nun bereits als Psychopath? War sie verrückt? Gemeinsam gingen sie die Treppe hinauf und gelangten in einen schmalen Flur. Von diesem aus führten braune Holztüren seitlich in verschiedene Zimmer. Ein Mann mittleren Alters mit freundlichen braunen Augen stellte sich als Betreuer Werner vor. Er gab Ebbe, Lore und Josse höflich die Hand und setzte sich mit ihnen an einen kleinen, runden Tisch hinter einer Glastür am Ende des Flures. Eine rote Tischdecke hing sehr schief darüber. Oberhalb der Glastür waren Sprüche an die Wand geschrieben – besser gesagt hingeschmiert – worden. Genau in der Mitte prangte das Wort *Mungo*. Dick und fett geschrieben. Das Aufnahmegespräch interessierte Ebbe nicht. Sie war sich sicher, nicht hierbleiben zu müssen und zeigte sich daher ziemlich gelangweilt. Mehr Interesse als Werner und ihren Eltern widmete sie den Wandschmierereien. Während sie auf den Schriftzug *Mungo* starrte, überlegte Ebbe, ob es ein Schimpfwort sei oder ob dieser Begriff eine Bedeutung hatte, die sie nicht kannte. Werner stellte indessen ihren Eltern und ihr selbst verschiedene Fragen, um den persönlichen Datenbogen für die Klinik auszufüllen. Zunächst nur sehr neutrale Fakten. Wie ein Roboter beantwortete sie alles, während sie in Gedanken ganz woanders war. Doch irgendwann veränderten sich die Fragestellungen inhaltlich. Sie wurden persönlicher und zielten auf Ebbes Verhaltensweisen ab. Immer wieder überlegte sie und entwickelte verschiedene Szenarien, wie eine Behandlung auf dieser Station für sie aussehen würde. Und wie sie auf die folgenden Fragen – nach ihrem Tagesablauf, ihren Hobbies und Interessen – am geschicktesten antworten könnte. Damit man sie hier nicht als essgestört einstufte. Sie bemühte sich, so normal wie möglich über ihren Alltag, das Essen und über sich selbst zu berichten. Ebbe war bewusst, dass sie hier und jetzt nicht ganz wahrheitsgetreu erzählen durfte! Denn ihr (Ess-) Verhalten war mehr als auffällig. Daher antwortete sie so, wie sie es für normal hielt. So, wie sie es von Anina und den weiteren Klassenkameraden kannte. Ebbe zählte ihre Lieblingsspeisen auf und erzählte, dass sie mit Anina in den Pausen frühstückte und mittags immer beim Bäcker Pizza aß. Sie erwähnte auch die leckeren Pfannkuchen. Jene, die Lore gebacken hatte, während sie krank auf dem Sofa gelegen hatte. Hierbei bemühte Ebbe sich besonders intensiv, einen positiven Gesichtsausdruck zu machen, obwohl sich alleine bei der Erinnerung an diese Sünde Übelkeit und Wut in Ebbes Bauch ausbreiteten. Und doch wurde sie in der Klinik aufgenommen. Station 13, Psychosomatik. Aufenthaltsdauer unbekannt. Ebbe bekam ein Bett in einem Viererzimmer zugewiesen. Gleich nach dem Aufnahmegespräch sah sie es sich gemeinsam mit Lore und Josse an. Es wirkte überhaupt nicht wie in einem Krankenhaus. Dafür war es hier viel zu wohnlich eingerichtet. Fast schon gemütlich, fand Ebbe. Doch das hätte sie selbstverständlich niemals zugegeben. Ebbe dachte nicht im Traum daran, tatsächlich in diesem Krankenhaus zu bleiben. In jedem der Zimmer gab es farbig angestrichene Betten. Und Nachtschränkchen aus Holz, auf denen bunte Nachttischlämpchen standen. An den Fenstern hingen farbige Gardinen und die Wände waren mit Postern aller Art übersät. Über den beiden belegten Betten entdeckte Ebbe zudem Fotos und Postkarten mit Menschen und Tieren darauf. Alles schien sehr persönlich zu sein. Es hatte tatsächlich überhaupt nichts mehr mit einem sterilen Patientenzimmer in einem Krankenhaus zu tun. Und dennoch war es für sie absolut unvorstellbar, hier zu bleiben. Ihren Unmut zeigte Ebbe dann auch lautstark, als es wenige Minuten später darum ging, ihre Eltern zu verabschieden. Werner verabschiedete sich von Lore und Josse. Ebenso freundlich wie bestimmt und zügig. »Du kannst deine Eltern noch bis zur Treppe begleiten, Ebbe. Dort verabschiedest du dich und kommst bitte nochmal zu mir. Ich möchte deinen Essenplan noch mit dir besprechen«, wandte er sich an sie. Er blickte sie freundlich an und schien es auch so zu meinen. Ebbe jedoch war außer sich vor Wut und Verzweiflung. Werner tat ja gerade so, als wäre es ein Privileg, dass sie ihre eigenen Eltern bis zum Treppenabsatz begleiten durfte. Hatte man sie hier auch nur ein einziges Mal nach ihrer Meinung dazu gefragt? War sie etwa eine Gefangene? Jedenfalls kam sie sich hier ganz so vor. Ebbe wurde von einer maßlosen Wut erfasst. Und schließlich rastete sie aus.

Es war ein richtiges Drama, das die zwölfjährige Ebbe an diesem Dezembertag auf der Station veranstaltete. Die Angst, die sie überkam, war einfach unfassbar groß. Alles schien über Ebbe hereinzubrechen. Es war nicht nur die Tatsache, dass sie dabei ertappt worden war, abnehmen zu wollen. Sondern vielmehr der Fakt, dass man ihr hier alles nehmen wollte, was ihr vertraut war. Das Hungern und der Ausblick auf die Veränderung ihrer selbst gaben Ebbe den notwendigen Halt, den sie zum Leben brauchte. Es war alles, was sie noch hatte. Der einzige Grund, warum sie noch leben wollte. All dies wollte man ihr hier nun nehmen. Ebbe fühlte sich absolut ausgeliefert. Hilflos. Sie schrie auf dem Flur herum. Hielt sich panisch an Lore fest und umklammerte den Mantel ihres Vaters. Sie wollte um alles in der Welt wieder mit nach Hause. Hier zu bleiben, konnte sie sich einfach nicht vorstellen. Ebbe war vollkommen außer sich. In zwei Wochen war Weihnachten. Wütend schlurfte sie noch – am Mantel ihres Vaters hängend – ein ganzes Stück mit ihren Hauschuhen über den Flur. »Mama, das kannst du mir nicht antun«, flehte sie. Als ginge es um Leben und Tod, steigerte sie sich immer mehr in die Situation hinein. Bis Werner ihre Hände schließlich sanft, aber bestimmt packte und von ihren Eltern trennte. Ebbe verstand die Welt nicht mehr, als Lore und Josse sie tatsächlich auf der Station zurückließen und die Treppe hinunterschritten. Lore blickte noch ein einziges Mal über die Schulter zurück. Ein wenig unsicher. Schuldbewusst und verängstigt lächelnd. Doch gleichzeitig liebevoll. Ebbe kniff nur wütend die Augen zusammen und erwiderte ihren Blick mit einer bösen Grimasse. Sie konnte es einfach nicht fassen, ihre Eltern tatsächlich gehen zu sehen. Viel Zeit zum Nachdenken hatte Ebbe allerdings nicht. Denn Werner hielt sie sehr bestimmt fest, nickte Lore und Josse zu und schob die verwirrte Ebbe schließlich in das Besprechungszimmer. Ebbe konnte es noch immer nicht glauben, was hier gerade mit ihr geschah. Es war wie in einem bösen Alptraum. Sie schlug noch ein paar Mal um sich, bevor sie erschöpft nachließ und auf ihrem Stuhl – Bielefelds Arbeitsstuhl, wie sie später erfahren sollte – zusammensackte. Ebbe musste bleiben.

»Ich weiß, dass das nun alles sehr viel für dich ist, liebe Ebbe. Aber trotzdem möchte ich jetzt erstmal deinen Essensplan mit dir besprechen. Noch bevor es das Abendbrot gibt«, sagte der Betreuer und holte ein DIN-A4-Papier mit dem Vordruck einer Tabelle aus einem Stapel verschiedener Unterlagen hervor. Wütend und fassungslos, doch gleichzeitig auch neugierig versuchte Ebbe einen Blick auf das Papier zu erhaschen. »Wir haben hier insgesamt sechs Mahlzeiten. Drei Haupt- und drei Zwischenmahlzeiten. An den Hauptmahlzeiten nehmen immer alle Patienten der Station teil. Die Zwischenmahlzeiten könnten von denen, die nicht an einer Essstörung leiden, auch ausgelassen werden. Du beginnst mit Stufe eins. Wie alle Patienten hier. Das bedeutet, du nimmst zunächst die geringste Essensmenge zu dir. Um dich langsam wieder daran zu gewöhnen, regelmäßig zu essen.« In Ebbes Kopf ratterte es. Was hieß denn die geringste Menge? Was bedeutete, damit anfangen? Wie viel würde sie essen müssen? Wut und Enttäuschung wandelten sich plötzlich und Ebbe wurde erneut von einer riesigen Angst erfasst. Werner schaute Ebbe währenddessen mit einem Blick an, der ihr deutlich zu verstehen gab, dass er sich vergewissern wollte, ob sie ihm überhaupt folgen konnte. Ebbe blickte ihn einfach nur ernst und ausdruckslos an. Sollte er doch denken, was er wollte! Natürlich verstand sie seine Worte. Sie war sich nur nicht sicher, was die »geringste Menge« in einem Essenplan sein sollte. Sicherlich deutlich mehr, als sie bisher aß. Sie kämpfte damit, die in ihr aufsteigende Panik zu unterdrücken und versuchte sich damit zu beruhigen, heute den ganzen Tag über noch gar nichts gegessen zu haben. Dann konnte sie das Abendbrot vielleicht noch verkraften. Denn Ebbe merkte, dass sie bereits unterzuckert war und zitterte. Dieser Tag war einfach zu viel für sie gewesen. Werner schien etwas sagen zu wollen. Doch als er auf die Uhr blickte, stand er plötzlich auf. Es war kurz vor 18 Uhr und somit Zeit für das Abendessen auf Station 13. »Wir sitzen alle zusammen am Tisch, dann weißt du genau, was du essen musst«, sagte er und ging mit Ebbe in den Aufenthaltsraum. Hier stand der Esstisch. Das großzügige Zimmer umfasste neben der offenen Küche auch einen Sitzbereich mit Fernseher. Auf den Sofas waren bunte Kissen verstreut. Der Tisch wurde täglich um 17.30 Uhr vom eingeteilten Tischdienst von Patienten der Station gedeckt. Auf der gelben Wachstischdecke standen dann 12 weiße Teller und Tassen. Passendes Besteck lag daneben. Es gab gemischte Käse- und Wurstteller. Neben diesen gab es Schälchen mit verschiedenen Aufstrichen. Vegetarische Leberwurst und Frischkäse. Auch kleine, einzeln verpackte Camembert-Ecken konnte Ebbe auf dem Tisch erkennen. Außerdem zierten bunte Gemüseteller den Tisch. Auf diesen waren in Streifen und Scheiben geschnittene Tomaten und Gurken sowie Paprika kreisförmig drapiert. Alles in allem sah der Esstisch sehr familiär und appetitlich aus. Das musste sich sogar Ebbe eingestehen. Und dennoch löste er in ihr immer mehr Furcht aus. Das viele

Essen, das dort stand. Und diese unzähligen Kalorien! Ebbes Essenplan sah eine Scheibe Schwarzbrot vor. Diese musste mit zehn Gramm Butter oder Margarine sowie mit einem Aufstrich aus der Schale oder zwei Scheiben Käse oder Wurst belegt werden. Dazu gab es Tee oder – nach Wunsch – auch Milch oder Kakao zu trinken. Gemüse durfte sich jeder selbst nehmen, musste dies aber nicht. Ebbe kauerte auf ihrem Stuhl und kam sich plötzlich furchtbar alleine vor, obwohl sie ja mit neun weiteren Patienten und zwei Betreuern gemeinsam am Tisch saß. Alles hier auf der Station wirkte riesig und bedrohlich. Die Schwarzbrote waren viel größer als gewöhnlich und wogen bestimmt mehr als die durchschnittlichen 50 Gramm, die Ebbe von zu Hause gewohnt war. Auch die Käsescheiben waren hier wesentlich dicker. Die zahlreichen Butterpäckchen und fettigen Aufstriche waren überall verteilt. Ebbe fühlte sich von all den gefährlichen Lebensmitteln erdrückt. Es war wie eine riesige Welle, die sie überspülte und auf den Boden drückte. Sie fühlte sich ausgeliefert und hatte es schon jetzt satt, ständig unter Beobachtung zu stehen. Ihr Margarinepäckchen wurde kontrolliert, nachdem Ebbe ihr erstes Brot widerwillig bestrichen hatte. Werner wollte sich vergewissern, dass Ebbe auch tatsächlich die vorgeschriebenen zehn Gramm zu sich nahm. Er lobte sie dafür. Ebbe zeigte keine Regung. Verstohlen blickte sie auf die anderen Teller. Sie wollte sehen, ob alle Patienten hier so viel essen mussten. Doch sie hatte sich bereits über zwanzig Minuten so auf ihre eine Scheibe Brot konzentriert, dass die anderen Patienten bereits aufgegessen hatten. Da Ebbe viel zu schüchtern war, sich zu wehren bzw. zu widersprechen, aß sie ihr erstes Abendbrot ohne ein Wort auf. Anschließend lernte sie die so genannte Sitzzeit kennen. Diese bestand aus 30 Minuten, die jeder der essgestörten Patienten in der Sofaecke verbringen musste. Es gab einen Fernseher, der jedoch erst nach 20 Uhr abends angestellt werden durfte. Ein Buch konnte man sich mitnehmen. Ansonsten blieb nur das Sitzen als ausschließliche Beschäftigung. Niemand durfte in dieser Zeit aufstehen. »Vor allem nicht, um auf die Toilette zu gehen«, erklärte ihr Mitpatientin Sandra. »Deswegen ist vor den Mahlzeiten auch immer eine so lange Schlange vor dem Klo.« Sie lächelte Ebbe an. Doch diese saß einfach nur starr dort auf dem Sofa und war noch immer wie in Trance damit beschäftigt zu begreifen, dass sie nun tatsächlich in einer Klinik für Essstörungen aufgenommen worden war. Das konnte einfach nicht wahr sein! Sandra hatte lange braune

Locken, die sie zu einem strengen Pferdeschwanz zusammengebunden trug. Sie hatte ein schmales, sehr bleiches Gesicht und war so furchtbar dünn, dass Ebbe kaum hinsehen mochte. So jemand war hier richtig, dachte sie wütend. Aber doch nicht Ebbe! Sie kam sich plötzlich noch viel fetter und ekliger vor als jemals zuvor. Am liebsten hätte sie sich in Luft aufgelöst. Das Bild, das Ebbe selbst sah, wenn sie in den Spiegel blickte, unterschied sich weit von dem, das ihre Mitmenschen offenbar von ihr hatten. Denn Ebbe sah nicht einen Menschen an sich. Sie sah auch nicht nur einen dicken Menschen. Das alles war oberflächlich. Darum ging es nicht bei dieser Krankheit. Ebbe hatte einen Hass auf ihren Körper entwickelt. Einen Hass, den sie in dieser Form noch niemals in ihrem Leben empfunden hatte. Sie blickte sich selbst voller Abscheu an und wollte nichts an sich selbst akzeptieren. Alles sollte sich verändern. Sie selbst sollte es so, in dieser Form, nicht mehr geben. Nichts auf der Welt war wichtiger für Ebbe. Durch die Einweisung in die Klinik würde ihr das alles genommen werden. Sie war absolut fassungslos.

10. Gefangen

Die psychosomatische Station, auf der Ebbe nun wohl oder übel bleiben musste, war so ausgerichtet, dass die Patienten am Samstagmorgen nach dem Frühstück abgeholt werden und das Wochenende zu Hause verbringen durften. Am darauffolgenden Sonntag mussten sie dann bis kurz vor dem Abendessen, das um 18 Uhr stattfand, wieder auf der Station sein. Jeder Patient mit einer Essstörung wurde zwei Mal wöchentlich morgens vor dem Frühstück gewogen. Jeden Dienstag und Freitag. Nüchtern und in Unterwäsche. Falls das Gewicht am Dienstag nach einem Besuch zu Hause 500 Gramm oder sogar noch weiter unter dem vorherigen Gewicht lag, musste das folgende Wochenende auf einer weiteren Station in der Klinik verbracht werden. Familie oder Freunde durften dort nur in Ausnahmefällen zu Besuch kommen. »Da willst du auf keinen Fall hin, Ebbe, es ist schrecklich!«, hatte Ina Ebbe bereits kurz nach ihrer Ankunft auf der Station gewarnt. Inas Gesichtsausdruck dazu sprach Bände und jagte Ebbe immer mehr Furcht ein. Für jedes Wochenende, das zu Hause verbracht wurde, mussten die Patienten einen Plan schreiben. Die Betreuer wollten wissen, was sie sich für Samstag und Sonntag an Unternehmungen und Aktivitäten vornahmen. Ebbe fand diese Vorgabe sehr seltsam. Sie sprach ihre Zimmergenossin Sandra darauf an. Diese verdrehte genervt die Augen. »Sie wollen dich kontrollieren, ist doch klar. Vermeide bloß ungünstige Formulierungen. Ein sportliches Wochenende wird von den Betreuern bei einer Essstörung absolut nicht akzeptiert! Das führt nur zu weiteren Gesprächen und Besprechungen. Da werden dir jede Menge blöde Fragen gestellt. Jede Aktivität wird dahingehend hinterfragt, ob sie nicht dazu dienen könnte, weiter abnehmen zu wollen.« Sie stöhnte. Offensichtlich hatte Sandra, die schon seit mehreren Monaten auf dieser Station war, mehr als genug von diesem Thema. Ebbes Ankunft auf der Station fand an einem Mittwoch statt und ihre Planung musste bis zum Donnerstagabend abgegeben werden. Nach Sandras Warnung nahm Ebbe sich daher für das erste Wochenende zu Hause vorsichtshalber also nur sehr ruhige Aktivitäten vor. Sie wolle Zeit mit Freunden und der Familie verbringen, Klara besuchen und ein bisschen telefonieren, notierte sie. Lediglich der Besuch bei ihrer heiß geliebten Stute war Ebbe tatsächlich wichtig.

Außer Anina war ihr keine Freundin jemals wirklich wichtig gewesen. Jedenfalls nicht so wichtig, sich die Chance auf mehr Bewegung entgehen zu lassen. Besuch von Freunden hieß nur wieder noch mehr sitzen. Hier auf der Station durfte sie kaum nach draußen und musste ständig Ruhe einhalten. Ebbe gab ihren sauber geschriebenen Zettel pünktlich bei der Stationsleistung ab. Markus Bielefeld war ein kleiner, schwarzhaariger Mann, der immer finster schaute. Er wurde von allen nur Bielefeld genannt und oft auf den Arm genommen. Ebbe hatte dennoch Respekt vor ihm. Als sie ihre Planung abgab, war sie sich sicher, dass niemand etwas mit ihr würde besprechen wollen. Denn Ebbe hatte absichtlich alles so formuliert, als würde kaum körperliche Betätigung dahinterstecken. Um 20 Uhr gab es eine Spätmahlzeit, an der nicht alle Patienten teilnehmen mussten. Ebbes Essenplan sah hier jedoch einen Multivitaminsaft und einen Joghurt vor. Sie hasste Multivitaminsaft! Bereits von klein auf. Das hatte sie Werner in der Essenplanbesprechung auch gleich mitgeteilt. Doch auf der Station für Essgestörte gab es kein Nachsehen. Alle Essgestörten mussten diesen Saft trinken. Also würgte Ebbe ihn sich diesen Abend wütend hinein. Sie stocherte in ihrem Joghurt herum und versuchte möglichst viel an den Rand zu wischen. Nach wenigen Löffeln klappte sie den halb geöffneten Deckel herunter und schob den Becher von sich weg. Werner lächelte ihr aufmunternd zu. »Klasse, Ebbe«, lobte er. »Jetzt hast du ja schon einmal alles geschafft für heute.« Sein offenbar aufmunternd gemeinter Satz brachte Ebbe völlig aus der Fassung. Erschrocken blickte sie Werner an. Hätte sie etwa gar nicht alles aufessen müssen? Wäre es am ersten Tag auch in Ordnung gewesen, etwas liegen zu lassen? Ebbe spürte, wie Panik in ihr aufstieg. Hatte sie jetzt etwa freiwillig so viel gegessen? Und dadurch gegen ihr Ziel gearbeitet? Mit aller Macht bemühte Ebbe sich, die Fassung zu bewahren. Die ersten Nächte verbrachte sie fast schlaflos. Stundenlang lag sie wach in ihrem Zimmer. Ein absolutes Durcheinander verschiedenster Gefühle ließ Ebbe einfach nicht zur Ruhe kommen. Sie war wütend auf ihre Eltern, die sie in diese Klinik gesteckt hatten. Gleichzeitig hatte sie Angst vor dem Essen und den strengen Betreuern, die sie hier ständig zu beobachten schienen. Ebbe fragte sich auch, was wohl in der Schule über sie gesprochen werden würde. Noch vor wenigen Stunden hatte sie Lore am Telefon unter Tränen angefleht, dass niemand erfahren sollte, wo sie tatsächlich war. Und aus welchem Grund. Denn das war aktuell das Schlimmste, das Ebbe sich vorstellen konnte! Was würden ihre Mitschüler nur denken?! Ebbe und essgestört, das war ja absolut lächerlich. So rund, wie sie schließlich aussah. Das wäre unvorstellbar peinlich. Nirgends könnte sie sich mehr blicken lassen, wenn jemand davon wusste, schoss es Ebbe während des Telefonats immer wieder durch den Kopf. Das Gespräch hatte nur zehn Minuten dauern dürfen. So war das hier auf der Station. Am so genannten Telefontag. Diesen gab es zwei Mal in der Woche. Dienstag und Donnerstag. Auch hier zeigte sich die strenge Kontrolle. Keinesfalls durfte zu viel Kontakt nach außen aufgenommen werden. Ebbe war es so vorgekommen, als hätte sie gerade erst eine einzige Minute mit Lore gesprochen. Für sie hatte das Gespräch gerade erst begonnen, da hatte Ina ihr den Hörer schon fast wieder aus der Hand gerissen. Mit einem bösen Blick hatte sie darauf bestanden, dass Ebbe auflegte, da sie als Nächstes mit ihren zehn Minuten an der Reihe sei. Das sei die Vereinbarung hier. Ebbe war auch darüber erbost! Das Handy hatte man ihr abgenommen, weil jeglicher Kontakt nach draußen überwacht und – vor allem –untersagt wurde. Das Telefon stand in einem langen und dunklen Flur, der durch eine Holztür vom Essbereich getrennt war. Von dort aus gingen seitlich die Türen zu den Therapiezimmern von Frau Pfeiffer und Herrn Saidel ab. Am Ende dieses Flures gab es außerdem noch ein großes Badezimmer mit einer Badewanne. Ebbes Stimme hallte lauter als erwartet von den weißen Wänden wider, als sie Lore mit den deutlichen Worten verabschiedete, dass niemand etwas über ihren Aufenthalt hier erfahren dürfe. »Hier bin ich auf jeden Fall falsch, ich muss wieder nach Hause!«, hatte sie gebrüllt. Während Ebbe nun schlaflos in ihrem Holzbett lag, hörte sie in der Dunkelheit das sanfte und gleichmäßige Atmen von Sandra und Ina, mit denen sie das Zimmer teilte. Sandra hatte ebenfalls Essstörungen, keine Frage. Bei Ina dagegen war Ebbe sich nicht ganz so sicher. Sie war zwar schlank – und Ebbe war überzeugt davon, dass Ina weniger als die Hälfte von ihr selbst war –, aber sie hatte an der Spätmahlzeit nicht teilgenommen. Auch beim Abendbrot schien Ina mit Freude und Appetit gegessen zu haben. Das passte nicht in das Bild einer Essgestörten. Sandra hingegen hatte sehr, sehr langsam gegessen und ewig auf einem kleinen Happen Brot herumgekaut. Außerdem hatte sie Ebbe verstohlene Blicke zugeworfen. Besonders, als Ebbe mit ihrer einen Scheibe Schwarzbrot fertig gewesen war und Sandra von Betreuerin Elke dazu aufgefordert wurde, ein wenig zügiger zu essen, um ihre zwei Scheiben zu schaffen. Penibel hatte Elke daraufhin die Margarinetöpfchen kontrolliert, ob auch wirklich genau zwanzig Gramm fehlten. Sandra musste ihr Töpfchen noch einmal sauber auskratzen. Ebbe grübelte und grübelte. Ihr Wecker zeigte bereits zwei Uhr morgens an. In regelmäßigen Abständen ging die Zimmertür einen Spalt breit auf und die Nachtschwester Imke sah hindurch. Sie wollte nachschauen, ob alles in Ordnung sei. Ebbe wollte nicht gefragt werden, warum sie nicht zur Ruhe kam und stellte sich daher jedes Mal einfach schlafend. Irgendwann am frühen Morgen fiel sie dann tatsächlich noch in einen traumlosen und unruhigen Schlaf. Um viertel vor sieben klingelte Sandras Wecker. Das schrille Geräusch ließ Ebbe aufschrecken und zur Uhr sehen. Sandra drückte auf den Off-Knopf und der Lärm ließ abrupt nach. Ina stöhnte, zog sich die Decke über den Kopf und drehte sich zur anderen Seite. Ebbe brauchte einen Moment, um sich zu orientieren. Doch schnell wurde ihr bewusst, dass sie tatsächlich noch immer auf der Station 13 in der Psychosomatik war. Sandra schlug ihre Decke zurück und setzte sich auf die Bettkante. »Heute ist Wiegetag«, flüsterte sie in Ebbes Richtung. »Um sieben Uhr müssen wir vor dem Wiegezimmer stehen, sonst holen uns die Betreuer persönlich hier ab. Du solltest vorher nochmal aufs Klo gehen – oder zumindest so tun, als ob, indem du ein wenig vor der Toilette wartest und dann spülst. Heute hat Renata Frühdienst und die ist da ganz besonders streng. Sie denken sonst, du hast eine volle Blase und bringst dadurch ein paar Gramm mehr auf die Waage.« Sandra zwinkerte Ebbe zu und flitzte zur Tür hinaus. Offenbar kannte sie die Abläufe ebenso gut wie die Betreuer. Als Ebbe von der Toilette aus zum Wiegezimmer ging, wartete Renata bereits auf sie. Ihre Miene war skeptisch und sie durchbohrte Ebbe mit ihrem strengen Blick über die dicken Brillengläser hinweg. Im Wiegezimmer musste Ebbe sich bis auf die Unterhose ausziehen und dann auf die Waage steigen. Wie gebannt sah sie auf die Anzeige, während Renata sie weiterhin nicht aus den Augen ließ. Nach einer gefühlten Ewigkeit zeigte diese endlich eine Zahl an. 35,8 kg. Ebbes Herz schien einen Sprung zu machen. Über sieben Kilo hatte sie in der kurzen Zeit seit ihrem letzten Krankenhausaufenthalt geschafft. Es schien so, als habe sie nun den Bogen raus! Renata schrieb das Gewicht kommentar- und scheinbar emotionslos auf einen Block. Ebbe freute sich und verließ das Wiegezimmer gut gelaunt mit Blick auf das bevorstehende Wochenende. Doch entgegen ihrer Erwartung wurde sie noch am selben Vormittag von einem sehr ernst dreinschauenden Werner ins Besprechungszimmer gerufen. Misstrauisch setzte sich Ebbe auf den roten Lehnsessel. Werners Gesicht nahm etwas freundlichere Züge an. »Ich habe deine Wochenendplanung gelesen, Ebbe. Dazu möchte ich dir ein paar Fragen stellen, ist das in Ordnung für dich?«, fragte er. »Ja natürlich«, antwortete Ebbe scheinbar gleichgültig. Doch innerlich sah es anders aus. Sie ahnte Böses und dachte unweigerlich an Sandras Warnung. »Du schreibst, dass du Zeit mit deinen Freunden und der Familie verbringen und dein Pferd besuchen möchtest. Was genau meinst du damit? Was macht ihr gemeinsam und was tust du bei deinem Pferd?« Ebbe fühlte sich plötzlich wie bei einem Verhör. Genervt blickte sie auf die Uhr an der Wand und sagte: »Wir werden uns unterhalten und vielleicht spazieren gehen. Auf meinem Pony werde ich reiten«. Dabei bemühte Ebbe sich um einen freundlichen Tonfall. Ein wenig herausfordernd sah sie den Betreuer an und musste sich Mühe geben, keinen trotzigen Unterton anzuschlagen. »Das ist ein Sport, den du in deinem Zustand nicht ausüben darfst, Ebbe«, sagte Werner. »Es tut mir leid für dich. Du darfst dein Pony besuchen und streicheln«, fügte er hinzu, als er ihre traurige Miene sah. Ebbe sah Werner weiterhin nicht an. Sie wusste nicht, was sie sagen oder wie sie reagieren sollte. Es war einfach alles so unfair. Unfair. Unfair!

Wenn Ebbe die Wochenenden zu Hause verbrachte, dann gab es die Klinik mit ihren strengen Essensvorgaben und Regeln für jeden Handgriff nicht mehr. Vor ihren Freunden gab es keine Probleme. Keinen Selbsthass. Keine Krankheit. Jedenfalls keine Essstörungen. Es gab lediglich die vorgetäuschte Krankheit, wegen der Ebbe angeblich in der Klinik behandelt werden musste. Rheuma. Und darüber wollte sie nicht sprechen. Mit niemandem. Es war wie eine Mauer, die Ebbe um sich selbst herum gezogen hatte. Eine Mauer, die eine andere, fremde Welt umschloss. Deren Existenz verschwiegen wurde. Verschwiegen werden musste. Denn Ebbe hielt daran fest. Sie hielt fest an dem Gedanken, auf nichts zu hören, was ihr geraten wurde und ihr Ziel weiterhin konsequent zu verfolgen. Nach außen hin hielt hatte sie eine glänzende Fassade aufgebaut. Sie spielte ihre Rolle so perfekt, dass sie es tatsächlich schaffte, ihren Selbsthass weitgehend zu verbergen. Sogar in dieser Klinik. In einer Klinik, die auf Essstörungen spezialisiert war. Auf die

Idee, die Therapie als eine Hilfe anzusehen und einmal nach dem warum zu fragen, kam Ebbe nicht. Dafür war sie viel zu verbohrt und überzeugt davon, dass ihr Ziel das Wichtigste in ihrem Leben sei. Über die Feiertage durfte Ebbe nach Hause. Doch es waren keine Feiertage. Weihnachten ohne Schnee, doch kälter als je zuvor. Draußen fror der Boden und Ebbe wünschte sich, ebenfalls zu erfrieren. Sie wollte niemanden sehen. Blieb Heiligabend allein mit Josse und Lore. Sie stritten um jeden Bissen und Ebbe ging früh ins Bett. Sie bekam eine neue Abschwitzdecke und Gamaschen für Klara. Doch freuen konnte sie sich nicht, durfte sie ja doch kaum zu ihr. Silvester verlief ebenfalls einsam und mit viel Streit.

Zwei Mal wöchentlich hatte Ebbe Gesprächstherapie. Wie alle Patienten auf dieser Station. In diesen Stunden bei Frau Pfeiffer sagte Ebbe absolut nichts. Kein einziges Wort. Sie saß auf dem grauen Ohrensessel, der für die Patienten der Station vorgesehen war. Direkt am Fenster. Von hier aus hatte sie einen wunderbaren Blick auf den nahgelegenen Park und die Bäume. Diese fixierte Ebbe mit ihren Augen. Über all dem sah sie deutlicher als je zuvor die große dunkle Wolke schweben. Den Blick aus dem Fenster gerichtet und den Kopf nach rechts geneigt ignorierte sie jede Frage oder Aussage, die Frau Pfeiffer in ihre Richtung tätigte. Die Therapeutin saß ihr gegenüber und blieb durchgängig ruhig und freundlich. Sie erkundigte sich nach Ebbes Wohlbefinden und wollte von ihr wissen, warum sie hier in dieser Klinik sei. Welchen Grund sie selbst nennen würde und was sie von ihrer Einweisung hielt. Ebbe würdigte ihre Therapeutin keines Blickes. Als wenn diese das nicht selbst genau wüsste! Was stellte sie ihr so dämliche Fragen, die sie sich selbst beantworten konnte? Ebbe war trotzig. Sie ließ sich ihr Ziel nicht nehmen. Schon gar nicht in einer psychosomatischen Einrichtung. Die Gesprächstherapiestunden vergingen schweigend. Frau Pfeiffer saß die 60 Minuten gemeinsam mit Ebbe im Therapieraum ab. Jedes Mal. Anschließend entließ sie Ebbe. Mit Worten wie »Ich wünsche mir, dass du Vertrauen zu mir findest, Ebbe. Vielleicht erzählst du mir in der nächsten Sitzung etwas.« Dabei schaute Frau Pfeiffer mitleidig in Ebbes starres und ausdrucksloses Gesicht. Dann gaben sie sich die Hand und Ebbe beeilte sich, schnell in ihr Zimmer zu gelangen. Nach außen hin gab sie auf der Station eine ruhige, angepasste Erscheinung ab. Ihr war nicht anzusehen, wie sehr sie innerlich gegen alles kämpfte, was hier mit ihr geschah. Wie sehr sie sich selbst verabscheute. Ebbe war komplett erfüllt von Hass. Dieser Hass bezog sich einzig und allein auf sie selbst als Person. Weil sie es nicht schnell genug geschafft hatte, ihr selbst gestecktes Ziel zu erreichen. Und jetzt wurde es ihr hier in der Klinik auch noch sehr erschwert! Gerade jetzt. Die Ärzte hielten es für dringend notwendig, dass Ebbe an Gewicht zunahm. Daher achteten die Betreuer penibel genau darauf, dass Ebbe und ihre Mitpatienten ihre individuell aufgestellten Essenpläne auch einhielten. Bis ins kleinste Detail. Standen eineinhalb Scheiben Brot auf dem Plan, so schnitten sie die Scheibe ganz exakt in der Mitte durch. Durfte ein Patient nach einiger Zeit die Scheibe selbst durchteilen, so suchten die Betreuer aus, welche er zurücklegen durfte. Und das war bekanntermaßen immer die kleinere der beiden Brothälften. Das Margarinetöpfchen wurde ebenso genau unter die Lupe genommen wie die angebrochenen Butterstückchen. Falls einer der Betreuer nicht ganz zufrieden war, kam es auch vor, dass er ein kleines Stückchen Butter dazu gab. Da hatte Ebbe ebenso wie alle anderen essgestörten Patienten auf der Station keine Wahl. »Man wird hier gemästet wie ein Schwein!«, dachte Ebbe oft bei sich. Ihre Wut steigerte sich dabei ins Unermessliche. Und als ob das Essen alleine nicht schon ausreichend genug wäre, gab es nach den Mahlzeiten auch noch die Sitzzeit. Schon der Name an sich war lächerlich. Ebbe schnaubte vor Wut, wenn sie daran dachte. Kaum hatte man die Mengen an Essen verdrückt, die einem hier aufgeladen worden waren, musste man diese auch noch in Ruhe ansetzen lassen. Die 30 Minuten erschienen ihr endlos und die Einhaltung wurde durch die Betreuer der Station streng überwacht. Nicht eine Minute weniger war erlaubt. Ebenso wurde jede Form zusätzlicher Bewegung streng unterbunden. Gleich am zweiten Abend auf der Station wies Betreuerin Renata Ebbe darauf hin, nicht mit ihren Füßen zu zappeln. Denn dadurch würde sie zu viele Kalorien verlieren. Ebbe verdrehte die Augen. Wenn sie ihren Unmut über das Vollstopfen mit Essen und die anschließende sinnlose Ruhe-Einhaltung laut äußerte, reagierten die Betreuer zunächst mit vorgetäuschtem Verständnis. »Ja, Ebbe, wir wissen, dass es besonders am Anfang sehr schwer ist. Aber du musst uns glauben – es ist alles nur zu deinem Besten! Wir wollen alle nur, dass du schnell wieder gesund wirst«, sagten sie dann. Bla, bla, bla! Ebbe ballte die Fäuste vor Wut. So ein Schwachsinn! Einige Tage lang behielt sie ihre Wut für sich. Doch eines Tages konnte sie einfach nicht mehr an sich halten. Während sie die ersten Wochen auf der Station 13 den Schein der lieben und stets angepassten Patientin wahren konnte, gelang es ihr irgendwann nicht mehr. Sie musste ihre Gefühle rauslassen. Und das geschah schließlich in einer der Therapiesitzungen mit Frau Pfeiffer. »Warum willst du daran festhalten? Was ist es, das dazu führt diese Krankheit so zu umklammern, Ebbe? Siehst du denn die Wahrheit dahinter nicht?«, fragte ihre Therapeutin sie eines Tages. »Du bist ein intelligentes Mädchen, Ebbe, da habe ich keine Zweifel. Das sind alle, die an Anorexie erkranken. Leider. Dazu muss ich dir etwas sagen.« Frau Pfeiffer holte tief Luft.

Ebbe, die wie in jeder anderen Sitzung auch stur aus dem Fenster sah, spürte ihren intensiven und durchbohrenden Blick. Etwas war heute anders als sonst. Sie hörte die durchdringenden Worte der Psychologin. »Es ist dieses Gefühl der Macht, das dich dazu bewegt. Ich weiß das, Ebbe. Diese unbeschreibliche Überlegenheit. Sie ist stärker als alles andere. Ich weiß es leider wirklich, liebe Ebbe. Ich kenne ihre Macht. Und gleichzeitig schaut sie auf dich hinab. Denn genau dieses Gefühl wird durch die Anorexie verursacht. Es ist gegen deinen eigenen Körper gerichtet. Und genau dann wird es gefährlich! Deinem eigenen Körper scheinst du überlegen zu sein, weil du ihn beherrschen kannst. Ihn unterdrückst, indem du seine Wünsche und Bedürfnisse ignorierst. Doch du schadest damit einzig und alleine dir selbst, Ebbe. Und zwar sehr stark! Das wirst du später zu spüren bekommen, glaube mir das. Denn du vergisst dabei etwas sehr Entscheidendes. Dass es *dein* Körper ist. Und somit ein Teil deines eigenen Ichs. Das verdrängst du. Er ist scheinbar der Feind, denkst du, Ebbe. Doch es ist ganz anders und das musst du verstehen. So schwer es auch ist. Du selbst bist dein eigener und somit dein größter Feind! Dein einziger und größter Feind.« Die Therapeutin war sehr ergriffen. Denn sie verstand einfach nicht, warum sich Ebbe der Therapie so sehr verweigerte und sich offensichtlich überhaupt nicht helfen lassen wollte.

11. ENTLASSUNG

Die Zeit in der Klinik war ein einziger Kampf. Ebbe konnte nicht fassen, dass sie ihr Essverhalten nun sogar durch eine stationäre Therapie mit Hilfe von Psychologen ändern sollte. War sie denn schon verrückt? Sie schämte sich so sehr dafür in der Klinik zu sein, dass sie all ihre Energie darauf verwandte, vor ihren Klassenkameraden – und selbst vor ihrer besten Freundin – zu vertuschen, warum sie wirklich hier war. Sie wehrte sich strikt, irgendeine Art von Hilfe anzunehmen. Niemals würde sie ihr Ziel aufgeben, da war sie sich sicher. Und niemals sollte jemand erfahren, warum sie tatsächlich hier im Krankenhaus war. Auf keinen Fall. Nach außen hin täuschte Ebbe von nun an etwas vor. Sie gab sich dabei so viel Mühe, dass tatsächlich niemand ahnte, wie es wirklich in ihr aussah. Mit ihren Freunden konnte und wollte sie über all die Dinge, die sie ab jetzt erlebte und die sie von nun an auch pausenlos beschäftigten, nicht sprechen. Ebbe wollte am liebsten die ganze Klinik samt Krankheit ungeschehen machen. Sie war nicht magersüchtig. Dazu war sie doch noch viel zu dick. Ebbe wollte einfach nur ein bisschen abnehmen. Da musste man sie doch nicht gleich für verrückt erklären und stationär behandeln. Wochen – und schließlich sogar Monate – vergingen. Fast täglich schrieb Lore einen Brief an Ebbe. Sie wünschte sich, dass sie endlich nach Hause käme. Gesund. Sie vermisse sie. Josse und Lore könnten die Leere im Haus nicht ertragen. Sie erzählte von zu Hause und auch von Klara. Sie würde Ebbe ebenfalls vermissen. Ebbe berührten diese Briefe sehr. Mehrmals die Woche antwortete sie. Unter Tränen schrieb sie über ihr Heimweh und dass sie ebenfalls nichts sehnlicher wolle, als wieder zu Hause zu sein. Sie schrieb, dass sie alles tun würde. In Gedanken klammerte Ebbe dabei allerdings ein höheres Gewicht oder das Absehen von ihrem Ziel aus. Auf der Station spielte Ebbe das Spiel mit. Sie passte sich den Regeln an. Schweigend. Unauffällig. Sie ließ sich nichts von der Wut anmerken, die in ihr brodelte. Von ihrem Hass gegenüber sich selbst, aber vor allem gegenüber der Klinik und deren Regeln. Sie aß die Unmengen an Essen auf, die ihr Essenplan enthielt. Jede Woche wurde er gesteigert. Morgens gab es anfangs eine, dann eineinhalb und schließlich zwei Scheiben Brot oder Brötchen. Als Zwischenmahlzeit wurde um 10 Uhr frisch gepresster Orangensaft ausgeschenkt. Dazu gab es wahlweise einen Joghurt oder ein Stück Obst. Mittags gab es mit einem so genannten Gemüselöffel – ein Löffel, den Ebbe selbst als halbe Bratpfanne bezeichnete – genauestens ausgemessene Portionen an Gemüse, Kartoffeln, Soße und Fleisch oder Fisch bzw. einer vegetarischen Alternative. Zu Ebbes Entsetzen wurde ihr Vegetarismus auf der Station nicht geduldet. Er gehöre zu den Essstörungen, sagten die Betreuer. Und aus diesem Grund musste sie mindestens ein Mal in der Woche ein Mittagessen mit Fleisch und ein mal eines mit Fisch bestellen. Jeder Patient konnte zwischen drei Gerichten auswählen. Der Plan für das Mittagessen variierte von Woche zu Woche. Doch nach vier Wochen fing er wieder von vorne an. Da die meisten Kinder bzw. Jugendlichen deutlich mehr Zeit auf der Station verbrachten, kannten sie die Pläne bereits in- und auswendig. Besonders die erste dieser vier Wochen war unter den vegetarischen Anorexie-Patienten eine allgemein verhasste. Denn in dieser wurde nicht nur an einem, sondern gleich an zwei Tagen kein Gericht ohne Fleisch angeboten. Der Zwang, Fleisch zu essen, brachte Ebbe an ihre Grenzen. Wo war sie hier nur? Womit hatte sie das verdient? Schlimmer konnte es in der Hölle auch nicht sein, da war sich Ebbe ganz sicher. Innerlich platze sie vor Wut und Verzweiflung. Doch das wollte sie nach außen auf keinen Fall zeigen. Da war sie streng und kontrolliert. Ebbe schwieg, hielt es aus und nahm die Gegebenheiten auf der Station scheinbar achtlos hin. Tat so, als würde sie alles mitmachen, ohne dass es sie weiter stören würde. Weigerte sich in den Therapiestunden allerdings weiterhin, irgendetwas zu sagen. Außer ihrer Standard-Aussage: »Ich bin nicht dünn und auch nicht essgestört. Ich will einfach nur nach Hause.« Diesen Satz hörte Frau Pfeiffer regelmäßig von ihrer Patientin. Ebbe schaffte es tatsächlich, dass die Therapeutin an ihre Grenzen kam. Ebbe hatte ein Gespräch zwischen ihr und Herrn Saidel mitbekommen, als keiner der beiden gesehen hatte, dass sie auf dem Flur war. Frau Pfeiffer hatte Ebbe als einen ihrer mit Abstand schwierigsten Fälle beschrieben. Sie wisse ehrlich gesagt nicht weiter, wenn Ebbe sich weiterhin derart verschließen würde.

Wenige Wochen später wurde Ebbe aus der Klinik entlassen. Wobei entlassen nicht der richtige Begriff war. Denn Ebbe wurde sowohl von Seiten der Therapeuten und Betreuer als auch von den Ärzten »aufgegeben«! Genauso drückten sie sich aus, in dem Abschlussgespräch, das sie gemeinsam mit Lore und Josse führten. Ebbe hatte zwar Körpergewicht zugenommen. Sie wog jetzt über 46 Kilogramm. Wobei keiner bisher dahintergekommen war, dass sie vor dem Wiegen jedes Mal einen ganzen Liter Leitungswasser trank. Da sie außer weniger trotziger Äußerungen nach wie vor schwieg, war sie für alle auf der Station unnahbar und uneinsichtig. Die Ärzte sahen schließlich keinen weiteren Behandlungsweg mehr, der ihrer Meinung nach erfolgsversprechend erschien. Ihr letzter Tag in der Klinik war ein Donnerstag und Ebbe wurde unerwartet noch ein letztes Mal gewogen. 45 Kilogramm zeigte die Glaswaage in dem von Ebbe so verhassten Badezimmer an. An diesem Donnerstagmorgen fand das Abschlussgespräch auf der Station statt. Ebbe saß mit ihrer Therapeutin Frau Pfeiffer und ihren Eltern in diesem Therapieraum, der so unglaublich »psychologisch«, wie Ebbe es abwertend nannte, eingerichtet war. Ein plätschernder kleiner Brunnen stand auf dem Fensterbrett. Viele grüne Pflanzen und dazu bunte Sessel und Gardinen zierten die übrige Fläche. Ein Stück heile Welt, dachte Ebbe verächtlich. Als ob man die hier erreichen könne! Doch als sie gegenüber der Therapeutin Platz nahm, beschlich Ebbe plötzlich ein sehr beklemmendes Gefühl, das sie zunächst nicht deuten konnte. Als Frau Pfeiffer das Gespräch mit den feierlichen Worten »Wir wissen alle, warum wir heute hier zusammenkommen, oder?« eröffnete, wusste sie es: Schuld. Ebbe fühlte sich unglaublich schuldig, weil sie vorgab, sich selbst keineswegs als krank (in irgendeiner Hinsicht) zu sehen. Weil sie so tat, als habe sie ein vollkommen normales Verhältnis zum Essen. Als sei dieses nie Thema oder wichtig für Ebbe gewesen. Schuldig auch deswegen, weil sie ihren Eltern versprach, zu Hause wieder ganz normal zu essen und das in der Klinik erreichte Gewicht zu halten. Lügen über Lügen. Nichts würde sie tun außer abnehmen. Sie sah auf den Boden und ließ das Gespräch über sicher ergehen. Dann ging es nach Hause. Heraus aus der Klinik und hinein ins echte Leben. Auf dem Rückweg im Auto vergingen nur wenige Sekunden, da fühlte Ebbe es bereits. Diese Schwere in den Beinen. Und diesen Druck im Gesicht. Es war wie Feuer in ihrem Körper, das sie vollkommen durchdrang. Ein Druck, den sie nicht auszuhalten glaubte. Sie hatte das Gefühl jeden Moment zu platzen und wusste nicht, was gerade schlimmer war – der mit lauter Sorgen überlastete Kopf oder die Anspannung in jeder Faser ihres Körpers. Dieses Fett überall muss weg, dachte Ebbe. Und genau dieser Gedanke war ihr treuer Begleiter. Rund um die Uhr. Sie ekelte sich mehr als je zuvor vor ihrem eigenen

Körper. Denn nun hatte sie so viel mehr Masse! Es war alles so unfair. In der Klinik hatte man alles zerstört. Ihre gesamte Planung, die sie sich so mühselig aufgebaut hatte. Nun würde sie sich alles erneut erarbeiten müssen. Ebbe fühlte sich unendlich alleine und verlassen. Ihr war all das genommen worden, das ihrem kleinen Leben einen Sinn gegeben hatte.

Zu Hause angekommen, wusste Ebbe nicht, was sie tun sollte. Sie wusste nicht einmal mehr, wo oben und wo unten war. So schien es ihr zumindest. Es war zum verrückt Werden. Sie stand im Flur und schlug die Hände vor ihr Gesicht. Alles in ihrem Elternhaus schien nach Essen zu riechen. Es roch auch nach dem Zwang, es zu sich nehmen zu müssen. Plötzlich dachte Ebbe an Anina. Sie dachte zurück an die Zeit mit Pizzastücken, aus denen letztlich trockene Brötchen geworden waren. In dieser Zeit war sie mit ihrem veränderten Essverhalten noch unerkannt gewesen. Konnte handeln, wie sie wollte. Doch jetzt würde es sicherlich nicht mehr so leicht sein wenig zu essen. Schließlich stand das böse Wort Essstörung im Raum. Es war wie ein Stempel, den Ebbe in der Klinik aufgedrückt bekommen hatte und den sie nun nicht mehr loswerden würde. Und genau dieser Stempel erschwerte es ihr, ihrem Leben einen Sinn zu geben. Ihr Ziel umzusetzen. Ebbe stand im Flur vor dem gold umrahmten Spiegel ihrer Mutter und sah voller Entsetzen ihr eigenes Spiegelbild darin. Rund war sie geworden. Entsetzlich rund und fett. Was hatte man ihr nur angetan? Ebbes Gesicht war vollkommen erstarrt. Da stellte sich Josse plötzlich neben sie. »Du bist auch froh, endlich wieder zu Hause zu sein, Ebbe, was? Jetzt wird alles gut!« Euphorisch drückte er sie kurz an sich und ging ins Schlafzimmer. Wie um Himmels Willen sollte denn jetzt alles wieder gut werden? Mit diesem Körper sollte sie ernsthaft wieder die Schule besuchen und sich ihren Klassenkameraden zeigen? Ebbe hatte das Gefühl, jeden Augenblick bewusstlos zu werden. Die Ankunft in ihrem Elternhaus und die auf Ebbes Entlassung folgenden Wochen waren geprägt von Verunsicherung und einer unfassbar großen Angst. Ebbe fürchtete sich vor sich selbst. Vor ihrem Körper und vor den anderen Menschen, denen sie sich – und vor allem ihren Körper – nun in dieser Form präsentieren musste. Sie schämte sich. Für das, was aus ihr geworden war. Für ihre Arme, ihre Beine und all die Kilos, die sie hatte zunehmen müssen. Nachdem sie sich genau diese doch so eisern abtrainiert bzw. weggehungert hatte. Zum Glück waren gerade noch Osterferien und folglich kein Schulunterricht. Denn Ebbe wollte in diesem Zustand keine Klassenkameraden in der Schule oder überhaupt irgendwo treffen! Auch Anina hätte sie sich mit diesem Körper am liebsten gar nicht gezeigt. Doch das ließ sich im Reitstall natürlich nicht verhindern. Leider! Denn besonders ihre Reithosen waren für Ebbe mittlerweile zu einem Albtraum geworden. Die enge Kluft konfrontierte sie jedes Mal mit der Form und dem Ausmaß ihrer Beine. Mit ihren dicken Oberschenkeln und unförmigen Waden, vor denen sie sich – besonders nach ihrem Klinikaufenthalt – so sehr ekelte wie nie zuvor. Wieder zu Hause zu sein, war ganz anders, als Ebbe es sich vorgestellt hatte. Nichts war so, wie es einmal gewesen war. Nicht so wie vor Jahren und auch nicht so wie kurz vor ihrer Einweisung in die Klinik. Es war eine Zeit, in der Ebbe sich durch den Alltag hindurchwinden musste. Erfüllt von Gefühlen wie Angst und Scham. Immer häufiger kam der Wunsch auf, einfach nicht mehr da zu sein. Ein Alltag, geprägt vom Ekel vor ihrem eigenen Körper. Und dem Bewusstsein, diesem nicht entfliehen zu können. Mehr als je zuvor spürte Ebbe den Zwang, abnehmen zu müssen. Zu hungern. Sich zu bewegen. Und letztlich selbst immer weniger zu werden. Verschwinden wollte sie. War hibbelig und unausgeglichen. Wenn sie nicht mehr oder weniger dazu gezwungen wurde, aß Ebbe nun überhaupt nicht mehr. Doch das blieb längst nicht mehr unbemerkt. Meistens von Lore. Ebbes Mutter fragte seit der Entlassung aus dem Krankenhaus besonders häufig nach, was und wieviel Ebbe gegessen hatte.

Ebbe hasste es nach wie vor, ihre Mutter anzulügen. Doch anders konnte sie nicht mehr, es ging einfach nicht. Oft behauptete sie, nach der Schule beim Bäcker gegessen zu haben. Wenn sie es nicht tat, würde Lore mit Sicherheit darauf bestehen, dass Ebbe zu Hause etwas aß. Daher wand sich Ebbe aus Situationen wie diesen mit Worten wie »Ich war beim Bäcker«. Vor ihren Augen sah sie sich dabei an genau der Bäckerei vorbeiradeln, in der sie sich mit Anina – vor gefühlt einer Ewigkeit – immer Pizzastücke bestellt hatte. Sie redete sich dabei ganz fest ein, ihre Mutter nicht anzulügen. Denn sie war ja dort gewesen. Nur hatte sie selbstverständlich nichts gegessen. Ihre Gedanken kreisten um nichts anderes mehr. Bloß nichts essen müssen, war das Wichtigste. Die Zeit flog dahin. Erst Wochen. Dann Monate. Der einst so blaue Himmel war nun geprägt durch die Wolkenfront, die Ebbe durch ihren Tag begleitete. Das schlechte Gewissen in Ebbe wuchs ins Unermessliche. Lore war so unglaublich liebevoll. Fast täglich bereitete sie irgendeine von Ebbes ehemaligen Lieblingsspeisen vor. Sie backte die besten Pfannkuchen, kochte den leckersten Pudding oder schnibbelte nahezu kunstvolle Obstsalate zusammen, die sie mit Honig dekorierte. Immer wieder bat sie Ebbe, etwas zu essen. Es sei so wichtig und sie mache sich Sorgen. Ebbe tat es unglaublich weh, ihre Mutter anlügen zu müssen. Oft versuchte sie, Lore dann unter einem Vorwand kurz aus dem Raum zu schicken. Dann konnte sie das Essen verschwinden lassen. Außerdem nutzte sie jede Gelegenheit, wenn Lore sich gerade um die Wäsche kümmerte oder im Badezimmer war. Manchmal kippte sie einen Teil der Mahlzeit dann schnell in den Biomüll und schob ihn unter, wenn Lore im Abstellraum war, um etwas zu holen. Ebbe hasste sich dafür, doch sie konnte nicht anders. Am einfachsten war es, wenn sie eine Verabredung vorschob. Dann füllte sie das Essen in eine Frühstücksdose und sagte, sie wolle es in Ruhe bei Klara auf der Wiese genießen. Ebbes dreizehnter Geburtstag war eine gezwungene Veranstaltung, ähnlich wie im vergangenen Jahr. Nichts war mehr so, wie es mal war.

12. Unruhe

Es war noch früh am Morgen, als sie erwachte. Kaum hatte Ebbe die Augen aufgeschlagen und festgestellt, dass der Wecker sie in zwei Minuten sowieso aus den Träumen gerissen hätte, stand sie bereits neben dem Bett. Es war Samstag. Ebbes Kopf war gefüllt mit Gedanken an die vielen unerledigten Aufgaben, die auf sie warteten. Sie bemühte sich, diese erneut in ihrem Kopf zu ordnen. Das hatte sie bereits einen Tag zuvor viel zu viel Zeit und Kraft gekostet. Doch sie musste einfach alles geordnet wissen. Sie musste wissen, was an diesem Tag auf sie zukam. Für alles gab es einen Plan: Sport, der erste Kaffee, Zeit zum Lernen, Bewegung, aufräumen und so weiter. Während sie sich ihren Kopf zermarterte, ergriff Ebbe bereits ihr Sportzeug und lief ins Badezimmer, um sich umzuziehen. Sie wollte keine Zeit verlieren und so bald wie möglich loslaufen. 50 Minuten joggen. Wie jeden Morgen in der Woche. Obwohl Ebbe sich wirklich gerne bewegte und es am Anfang auch noch ganz entspannt hatte angehen können, hatte sich etwas entscheidend verändert. Mittlerweile war überhaupt keine Ruhe mehr da. Sie betrieb kein bewusstes Training mehr, das ihr Spaß bereitete und ihrem Körper guttat. Es war ein Zwang entstanden, der ihr zur Last geworden war. Ebbe konnte das Joggen nicht mehr richtig genießen. Dabei war sie es letztlich selbst, die sich diese Last auferlegte. Niemand sonst erwartete von ihr, dass sie derart streng mit sich war und so regelmäßig Sport trieb. Doch sie selbst konnte es nicht mehr lassen; wollte immer mehr aus sich herausholen. Ebbe musste sich durchgehend bewegen und selbst das reichte nicht aus. Bereits während Ebbe ins Bad ging, spürte sie dieses beklemmende Gefühl, dessen Ursache sie erahnte. Es war wie eine kalte Faust, die sich um ihr Herz schloss, es festhielt und schüttelte. Ebbe spürte jeden einzelnen, eiskalten und heftigen Schlag und mit ihm diese unbeschreibliche Hektik. Schnell, schnell und schneller musste alles gehen. Und trotzdem war es noch zu langsam. War das noch normal? War sie selbst noch normal? Es war wie ein Konflikt, der sich in ihrem Kopf vollzog. Wütend und entschlossen packte Ebbe ihre Sachen. Das Klopfen ihres Herzens war nicht schwächer geworden. Doch sie ignorierte es mit aller Kraft und zwang sich zu anderen, zu *normalen* Gedanken. Jedenfalls zu solchen, die sie selbst für normal hielt. Sie bemühte sich, diese merkwürdige und verwirrende Angst nicht zuzulassen und zwang sich, an die Schule zu denken. An die Hausaufgaben, ihre Freunde und Mitschüler. An den Duft frisch gebackener Brezeln in der Pausenhalle, der sie in letzter Zeit fast wahnsinnig machte. *Wahnsinnig*, weil er Ebbe an etwas Schönes erinnerte, das sie nahezu vergessen hatte. Genuss! Was war schon dabei, wenn die anderen Schüler sich in der großen Hofpause ihr Frühstück kauften? Wenn sie mit belegten Brötchen und frisch aus dem Ofen kommenden, duftenden Käsebrezeln aus der kleinen Cafeteria schlenderten? Ebbe merkte, wie sie bereits der Gedanke an die Jugendlichen mit ihren warmen, duftenden Brötchentüten und dem glücklich entspannten Gesicht dabei wütend werden ließen. Nicht nur wütend. Beinahe aggressiv. Und gleichzeitig auch sehr traurig. Ebbe schüttelte den Kopf, als könne sie mit dieser Geste auch ihre wirren Gedanken loswerden, und zog sich eilig ihre Laufschuhe an. Sie hastete aus dem Haus und rannte los. Ebbe presste ihre Kopfhörer stärker in ihre Ohren, drehte die Musik lauter und lief. Sie war erst wenige Minuten unterwegs, da begann sie innerlich zu lächeln. Einerseits darüber, dass sie sich selbst derart in Panik versetzt hatte, was einfach nur lächerlich war. Andererseits war es ein Lächeln der Erleichterung. Erleichterung darüber, dass sie endlich losgelaufen war. Dass sie sich bewegte und anstrengte und somit der Gefahr entgangen war, sich dieser Bewegung zu entziehen. Ihr Pensum nicht zu erfüllen. Eigentlich gab es überhaupt keinen Grund für diesen Gedanken. Ebbe fiel nichts auf der ganzen Welt ein, das sie davon hätte abhalten können, morgens Sport zu treiben! Oder *überhaupt* Sport zu treiben und sich selbst an ihre Grenzen zu bringen. Dennoch hatte sie morgens oft Angst, es würde irgendetwas geschehen, sodass ihre Planung durcheinandergeraten könnte. Doch nichts war bisher geschehen oder konnte sie davon abhalten. Außer manchmal vielleicht ein Gedanke. Ab und zu. In den letzten Tagen. Dann gab es da dieses seltsam beklemmende Gefühl in Ebbes Brust. Etwas, das ihren Oberkörper zusammenschnürte. Ein sehr beengendes Gefühl. Doch diese Empfindung konnte sie verdrängen. Also machte Ebbe weiter. Ohne Ruhe. Den ganzen Tag in Bewegung. Von früh bis spät. Ebbe wusste nicht mehr, wie lange es gedauert hatte. Wie viele Wochen vergangen waren, bis sich die Situation so sehr verändert hatte. Warum war sie plötzlich so unruhig und nervös? Nichts konnte ihr schnell genug gehen, obwohl sie doch die morgendliche Ruhe so gerne genossen hätte. Es gab auch eigentlich gar keinen Grund zur Eile. Ebbe war immer früh morgens wach und hatte den ganzen Tag noch vor sich. Doch auch, wenn sie sich das jetzt immer und immer wieder sagte, es half nichts. Ihr Herz raste, der Puls stieg an. Es war, als hätte sie Angst vor irgendetwas. Doch Ebbe konnte sich nicht erklären, wovor sie Angst haben sollte. Sie kannte dieses Gefühl. Es tauchte regelmäßig auf und Ebbe konnte sich nicht dagegen wehren. Doch wenn sie erst einmal losgelaufen war, dann überkam sie ein einmaliges Glücksgefühl. Alles war plötzlich leicht und hell und ohne Wolken. Dann hing sie ihren Gedanken nach und hatte die wirrsten Phantasien. Oft dachte sie dann an ihr Traumhaus. An ihr großes Haus. Sie hatte es irgendwann ihr eigenes Haus genannt, weil sie so oft daran denken musste. Ein großes Haus mit wunderschön hellen Möbeln. Nahezu spießig. Aber nur fast. Die Möbel waren hell und fein. Sehr elegant, aber nicht unbedingt teuer. Sie bildeten einen Kontrast zum dunklen, aber ebenso schönen und feinen Holzboden. Er glänzte, als wäre er neu. Aber er war nicht neu, denn das Haus stand nicht leer. Wenn sie an dieses Haus dachte, dann kam manchmal dieser fröhlich und glücklich stimmende Gedanke an eine mit weichem Teppich ausgelegte Treppe in Ebbe auf. Wärme überall. Das Gefühl von Gemütlichkeit, das aufflammte wie ein Feuer im Kamin, während draußen sanft die Eisflocken fielen. Das Glück, das sie dann durchströmte, war unbeschreiblich. Dann schien alles nach Vanille und Zimt zu duften und so unbeschreiblich WARM und HELL zu sein. Sie konnte die Sonnenstrahlen fühlen, die glitzernd durch die hellen, von Holz umrahmten Fenster fielen. Drinnen wohlig und warm, draußen hell und eisig. Von dieser Kälte war im hölzernen Wohnraum nichts zu spüren. Es war dieses Haus, das ausstrahlte, was Ebbe sich tief in ihrem Inneren wünschte. Ein Stück Geborgenheit. Ruhe. Wärme. Gelassenheit. Doch all das schien so unerreichbar, dass Ebbe die Tränen in die Augen stiegen. Sie lief weiter und legte noch ein bisschen an Tempo zu, um das Gefühl der Traurigkeit nicht weiter wachsen zu lassen.

Ebbe lief auch innerhalb der Woche schon morgens vor der Schule eine Runde. Lore sagte sie, dass sie immer gerne früher in der Schule sei, um schon etwas zu lernen oder mit Anina zu tratschen. Notlügen gehörten leider zu Ebbes Alltag. Dass die ehemals so engen Freundinnen schon längst nicht mehr miteinander redeten, wusste Lore nicht. Gleich nach der Schule fuhr Ebbe in den Reitstall. Besser gesagt, sie raste. Niemals konnte es schnell oder anstrengend genug sein. Wenn Ebbe zu Hause ihre Hausaufgaben erledigte, lief sie mit ihren Heften im Zimmer herum. Manchmal hüpfte sie dabei auch auf der Stelle. Bewegung stand neben dem Nicht-Essen im Vordergrund und bestimmte Ebbes Alltag. Sie fühlte sich unentdeckt. Ebbe wurde 14 Jahre alt und das Jahr neigte sich dem Ende zu. Der Herbst begann und die Blätter fielen. Ebbes dunkle Wolke hatte nun Gesellschaft am Himmel gefunden.

Lore und Josse bestanden eines Tages darauf, dass Ebbe sich auf die Waage stellte. Ganz plötzlich und mitten am Nachmittag. Ebbe kann aus der Schule und stellte wie immer ihren Ranzen ab. In ihrem Kopf schwirrten schon wieder viele Ausreden, warum sie auch an diesem Tag kein Mittagessen zu sich nehmen könne. Denn für gewöhnlich war dies der erste Gesprächsanlass nach Schulschluss. »Was möchtest du essen, Ebbe?« Lore gab sich viel Mühe und kochte jeden Mittag eine warme Mahlzeit für ihre Tochter und sich. Josse kam erst später von der Arbeit, daher stellte Lore für ihn etwas zurück. Doch seit sie aus der Klinik entlassen worden war, hatte Ebbe zu Hause kaum noch irgendetwas ohne Diskussionen gegessen. Es war jedes Mal ein Kampf um jeden Bissen. Oftmals war Ebbe direkt nach der Schule zum Pferd gefahren, um dem mittags zu entgehen. Abends aß sie ihr Abendbrot nun lieber alleine in ihrem Zimmer. Erstaunlicherweise hatten ihre Eltern das einfach hingenommen, ohne es groß zu kommentieren. Ebbe hatte wenige Tage nach ihrer Entlassung gesagt, sie brauche abends jetzt etwas mehr Zeit für sich. Begründet hatte sie es damit, dass sie in den späten Abendstunden am besten lernen könne und ja einige Dinge aus der Schule nachzuarbeiten habe. Da passte das gemeinsame Abendessen vor dem Fernseher nicht mehr. Ebbe dachte sich, dass Lore und Josse es bestimmt auch auf ihr Alter und eine Phase schieben würden. Dass Ebbe sich einzig und allein vor dem Abendessen drücken wollte, ahnten sie scheinbar nicht. Bisher war Ebbe überzeugt gewesen, dass sie von ihrem ausgeprägten Hungern nichts mitbekamen. Doch offensichtlich hatte sie sich getäuscht. Das erkannte sie an den ernsten Gesichtern und dem sehr bestimmten Tonfall ihrer Eltern an diesem Tag. Lore und Josse wollten wissen, was Ebbe wog und wirkten beide sehr ernst und angespannt. Auch Josse, der sonst wenig von Ebbes Essverhalten wissen wollte, musterte sie fast ein wenig ängstlich. Bereits als Ebbe zur Tür hereinkommen war, hatte sie die Anspannung in der Luft gespürt. Ihre Eltern kamen ihr entgegen, kaum dass sie den Flur betreten hatte. Sie ließen Ebbe gerade noch ihre Sachen ablegen und forderten sie unmissverständlich dazu auf, ihnen ins Badezimmer zu folgen. Dort auf den Fliesen stand Ebbes ärgster Feind – die Personenwaage. Ebbe fühlte sich plötzlich wie ein Schwerverbrecher, der auf frischer Tat ertappt worden war. Hätte sie doch wenigstens eben noch ein großes Glas Wasser getrunken! Immerhin durfte sie ihre Klamotten und auch ihren dicken Wollpullover anbehalten. »Warum denn ausgerechnet jetzt? In der Klinik wurde ich immer vormittags gewogen, weil es nur dann das echte Gewicht ist. Es hat doch jetzt überhaupt keinen Sinn!«, versuchte sie ihre Eltern umzustimmen. Doch sie brauchte keine weitere Aufforderung – der strenge Blick ihrer Eltern ließ Ebbe wissen, dass es ihnen ernst war und sie keinerlei Widerworte duldeten. Zaghaft stieg Ebbe auf die Waage. Nach einer gefühlten Ewigkeit erschien das Ergebnis. 38,3kg. Lore weinte. »Wir haben zu lange gewartet«, sagte Josse. »Aber wir haben gedacht, du würdest es schaffen, Ebbe.« »Das tue ich auch!«, rief Ebbe. »Ich werde es schaffen! Dass ich so viel abgenommen habe, war mir nicht bewusst. Ich habe in der Schule Stress gehabt und mich beim Reiten vielleicht zu sehr verausgabt. Aber ich kann es ändern, versprochen. Versprochen!« Sie fiel ihren Eltern um den Hals und bettelte noch eine Weile, bloß nicht wieder in die Klinik zu müssen. Sie spürte die Verzweiflung ihrer Eltern und wusste, dass es unfair von ihr war. An diesem Abend redeten sie kaum miteinander. Doch gleich am nächsten Morgen rief Lore Ebbe zu sich. Sie saßen auf dem Sofa und Lore sah Ebbe mit diesem Blick an, den diese schon von ihrer Mutter kannte. Leider. Früher war er nicht so schlimm gewesen. Als Ebbe noch klein gewesen war, hatte ihr dieser Blick immer gesagt, dass sie etwas ausgefressen hatte oder dass sie wieder einmal zu frech gewesen war. Und dass ihre Mutter deswegen jetzt mit ihr reden wollte. Ein ernstes Gespräch führen, nannte Lore es dann. Auch damals war es für Ebbe zwar immer sehr unangenehm gewesen und sie wäre jedes Mal am liebsten einfach aus dem Raum gegangen. Aber sie wusste, dass sie das nicht durfte und sich diesem Gespräch stellen musste. Und das tat sie dann. Mürrisch. Sie hörte zu, was Lore zu sagen hatte. Bis sie fertig war. Anschließend versprach Ebbe ihrer Mutter, sich in Zukunft zu bessern. Und meistens löste sich die Situation positiv auf, indem die beiden sich in die Arme fielen oder einfach laut lachten. Die ganze unangenehme Situation einfach weglachten. Das war immer unglaublich erleichternd gewesen. Doch ganz so einfach war es leider schon lange nicht mehr. Wenn Lore in letzter Zeit zu Ebbe kam, ihren bekannten Blick aufsetzte und ein Gespräch mit Ebbe führen wollte, dann bekam Ebbe gleichzeitig Angst und Wut. Sie wusste ganz genau, um was es mal wieder gehen würde. Selbstverständlich um ihr Essverhalten. Die Essstörung. Das Thema war einfach omnipräsent. Ebbes verringerte Nahrungsaufnahme über die lange Zeit blieb selbstverständlich nicht verborgen. Ihr Gewicht war drastisch gesunken. So sehr dieser Umstand Ebbe auch mit Stolz erfüllte, kam sie nicht daran vorbei drüber nachzudenken, welche Konsequenzen Lore und Josse daraus ziehen würden. Sie beobachteten Ebbe besonders in der letzten Zeit sehr genau. Ebbe hatte einerseits Angst. Sie fürchtete Konsequenzen. Denn sie war ja noch minderjährig und musste sich den Entscheidungen ihrer Eltern fügen. Vielleicht würden Lore und Josse sie wieder in eine Klinik stecken?! Andererseits war sie unglaublich wütend darüber, dass sich ständig jemand in ihre Angelegenheiten einmischte. Besonders ihre Eltern. Immer wieder redeten sie Ebbe rein, gaben kluge Ratschläge oder zwangen sie sogar manchmal zu Dingen, die Ebbe absolut nicht wollte. Das war unfair! Vielleicht war Ebbe noch keine 18 Jahre alt – und somit nicht volljährig. Aber sie war doch auch kein kleines Kind mehr, das man immer so herumkommandieren konnte. Sie war fast 14 Jahre alt.

Doch Lore war gewarnt worden. Mehrfach. Während Ebbes Aufenthalt in der Klinik. Sie war darauf hingewiesen worden, dass ihre Tochter sehr schwer an Anorexie erkrankt sei. Ebbe war dabei gewesen und hatte sich die Worte ebenso genau eingeprägt wie ihre Mutter. Ein schwerer Fall, hatte die Therapeutin gesagt. Nicht selten hungerten sich anorektische Mädchen zu Tode. Oder hatten zumindest starke physische Beeinträchtigungen durch den Nährstoffmangel. Frau Pfeiffer hatte sehr eindringlich und ernst mit Lore gesprochen. Ihre Worte hatte diese noch sehr genau im Kopf. Sie sorgte sich um die Gesundheit ihrer Tochter und konnte dies nicht verbergen. Die Anspannung im Haus war mittlerweile unerträglich geworden.

Mit sehr gemischten Gefühlen setzte Ebbe sich neben ihre Mutter auf das Sofa. Lore zögerte nicht, sondern redete sofort drauflos. »Ja, ich weiß, es ist eine Krankheit. Das ist mir bewusst, Ebbe. Ob du es glaubst oder nicht. Natürlich kannst du nichts dafür, dass es dich erwischt hat«, begann sie. »Aber mal ganz ehrlich und unter uns: Gibst du dir überhaupt Mühe, Ebbe? Tust du etwas gegen die Krankheit? Manchmal habe ich das Gefühl, du genießt sie sogar! Du bist doch froh, wenn du weiter abnehmen kannst und ständig darauf angesprochen wirst. Du tust nicht genug, um gegen diese verheerende Sucht anzukämpfen, sondern hungerst einfach weiter! Das ist vermutlich ja auch viel einfacher.« Lores anfänglich sehr ruhige Stimme wurde immer zittriger und nahm schließlich einen nahezu trotzigen Unterton an. Der Ausdruck in ihrem Gesicht veränderte sich ebenfalls. Hatte sie Ebbe zuerst verständnisvoll und wohlwollend angesehen, so wurde ihre Miene immer ernster und beinahe zornig. Deutlich lauter fuhr sie fort: »Du bekommst es doch gar nicht mit, was du da tust! Was du mit deinem Vater und mir machst, wenn du nicht isst! Nur, weil dir das gerade in den Kram passt! Weil du wieder mal meinst, zu dick zu sein. Oder zugenommen zu haben. So etwas Dämliches! Sogar Oma und Opa fragen ständig nach. Als wenn wir nicht richtig auf dich aufpassen könnten. Ebbe, verdammt, wach' doch mal auf! Essen ist die einfachste Sache der Welt! Und wir haben dir alle schon hunderte und tausende Male gesagt, dass du dünn bist. Schau in den Spiegel. Iss' doch endlich einfach wieder mehr und alle sind zufrieden. Mehr ist es doch nicht! Das kann jedes Kind, Ebbe. Hör endlich auf uns alle fertig zu machen!«

Ebbe hatte sich während der gesamten Rede ihrer Mutter stark zusammengerissen. Sie hatte sich auf die Lippen gebissen und zugehört. Einfach so hingenommen, wie ihre Mutter die Situation schilderte. Doch jetzt reichte es ihr! Das konnte sie in dieser Form nicht im Raum stehen lassen.

»Weißt du eigentlich, wie es ist?« Ebbes Stimme überschlug sich und war viel lauter, als sie beabsichtigt hatte. »Weißt du es?« Lore sah ihre Tochter mit einem Blick an, den Ebbe in diesem Moment nicht deuten konnte. »Wie was ist?«, fragte sie etwas überrascht und unsicher. Ebbe war außer sich und konnte nun auch die Tränen nicht länger zurückhalten. Sie kullerten aus ihren Augen und liefen die Wangen herunter. Wütend wischte Ebbe sie mit ihrer Handfläche weg, doch es kamen immer mehr nach. Schließlich gab Ebbe auf. Sie sah ihre Mutter an und bemühte sich, nicht mehr ganz so laut zu schreien. »Weißt du eigentlich, wie es ist«, begann sie erneut, »vollkommen in Panik zu sein – und das auch noch grundlos? Nicht essen zu dürfen, obwohl du vor Unterzuckerung zitterst, den Schwindel spürst und einen Bärenhunger hast? Weißt du, wie es sich anfühlt, nachts aufzuwachen vor Bauchschmerzen und dir einzureden, sie kämen von deiner eigenen Dummheit? Und nicht etwa davon, dass du seit Tagen kaum etwas gegessen hast? Weißt du, was es heißt, sich mit Gedanken um einzelne Gramm von Nährstoffen zu quälen? Immer und immer wieder, in Endlosschleife? Wenn du nicht weißt, was du am nächsten Abend essen sollst, weil du eigentlich überhaupt nichts möchtest, aber Angst hast, den Alltag sonst nicht zu überstehen? Wenn die Menschen in deiner Umgebung das tun, was für dich genau das ist, was du nicht kannst, weil du es dir nicht gönnst? Wenn dir immer wieder klar wird, wie krank dein Verhalten ist und du es aber nicht ändern kannst? Hast du auch nur den blassesten Schimmer davon, Mama? Wenn du hungrig bist und nur an Essen denken kannst. An Lebensmittel, die du gerne essen würdest, aber nicht darfst, weil kein anderer als dein eigener Kopf es dir verbietet? Wenn du dir den Schlaf herbeisehnst, weil du Hunger hast? Wenn du dir wünschst, die Stunden würden schneller vergehen, damit du schnell wieder etwas essen darfst?« Ebbes Stimme war immer leiser geworden und schließlich flüsterte sie nur noch. »Du hast doch keine Ahnung, wie riesig das Chaos in meinem Kopf ist. Wie viele Regeln und Verbote mich immer beschäftigen. Immer! Ich kann nicht mehr, hab Kopfschmerzen und bin müde. Aber die Endlosschleife läuft. Und du sagst, ich solle doch einfach wieder essen?«

Die letzten Worte waren kaum noch zu hören. Ebbe sah auf den Boden. Sie war verwirrt und überwältigt von Gefühlen unterschiedlichster Art. Die Tränen waren weniger geworden, doch immer wieder kullerten einzelne Tropfen ihre Wange herunter. Ebbe schluchzte. Sie wünschte sich einerseits, dass Lore sie in den Arm nehmen und trösten würde. So, wie sie es mit der kleinen Ebbe damals gemacht hatte. Doch gleichzeitig spürte sie auch diese unbändige Wut auf ihre Mutter. Wie konnte sie denn denken, Ebbe müsse einfach nur wieder mehr essen?

13. STATION 8 (LÜBECK)

Die Monate flogen nur so dahin. Ebbes Angst vor dem Essen und letztlich vor ihrem Körper steigerte sich immer mehr. Alleine bei dem Gedanken daran, demnächst etwas essen zu müssen und nicht um eine Mahlzeit drumherum zu kommen, wurde sie unglaublich nervös und angespannt. Ebbe war ernsthaft krank. Essgestört. Sie wusste es und ihre Eltern ebenfalls. Ebbe hatte versprochen, weiter zu kämpfen und zuzunehmen. Und aus irgendeinem Grund akzeptierten Lore und Josse es. Jeden Tag war das Essen ein Kampf. Es gab viele Tränen. Aus Wut und Verzweiflung. Das Jahr ging vorüber und das neue brach an. Im Juni feierte Ebbe ihren 15. Geburtstag. Zum ersten Mal ohne Anina. Sie wollte nur mit ihren Eltern und Großeltern zusammen sein. Ein Geburtstagstisch mit Kerzen und Kuchen; alles wirkte normal.

Ebbe konnte sich so fest etwas einreden, dass sie es tatsächlich spürte. Hunger zu haben. Oder satt zu sein. Etwas gut oder schlecht zu finden. Finden zu müssen... Es war erstaunlich, wie schnell ihr Körper darauf reagierte, wenn es um das Thema Essen ging. Das kam ihr zwar damals bereits ein wenig merkwürdig vor, doch sie nahm es einfach so hin. Fragte man Ebbe bei Geburtstagen in der Schule, ob sie lieber einen Vanille- oder einen Schokoladen-Muffin essen wolle, wurde ihr plötzlich heiß und sie begann zu zittern. Sie wollte überhaupt keinen Muffin! Allein der Duft ließ sie erschaudern und machte sie wahnsinnig! Ebbe wurde richtig wütend. Jede Faser ihres Körpers schien sich dagegen wehren zu wollen. Gegen den Zucker. Die Kalorien. Gegen diesen unverschämten Genuss. Nein, nein, nein, brüllte eine Stimme in ihrem Kopf. So laut, dass sie sich am liebsten die Ohren zugehalten und dagegen angeschrien hätte. Sie wollte nicht, wurde rot und verkrampfte ihre Finger so stark, dass es schmerzte. Weglaufen, dachte sie. Einfach weglaufen. Dabei hätte Ebbe doch einfach nur »Nein, danke« sagen können. Und alles wäre in Ordnung gewesen. Wäre es das? Ebbes Familie war hilflos. Niemand wusste noch, wie er sich ihr nähern konnte. Es folgten viele intensive Gespräche mit Ebbes Eltern und Großeltern. Fast täglich. Ebbes Essstörung beeinflusste den gesamten Alltag. Und nicht nur ihren eigenen, sondern mittlerweile den ihrer engsten Familie mit dazu. Ebbes Großeltern kamen plötzlich öfter zu Besuch. Meistens nachmittags zum Kaffeetrinken. Zuerst war alles entspannt und es sah nach einem ganz normalen und angenehmen Zusammensitzen aus. Doch früher oder später kam Ebbes aktueller körperlicher Zustand auf und die Stimmung kippte. Es wurde kalt, ernst und Ebbe sah sich unausweichlich mit ihrer Krankheit konfrontiert. Ebbes Großeltern sorgten sich um sie und fragten Ebbe nun jedes Mal, warum sie so abgenommen habe. Einfach so. Immer wieder. Sie fragten es auf eine Art und Weise, als wollten sie wissen, ob Ebbe eine neue Frisur habe. Scheinbar ganz neutral und interessiert. Doch Ebbe entging ihr sorgenvolles Gesicht ebenso wenig wie dieser seltsame, wissende Unterton. Sie wussten es. Lore und Josse wussten es. Und Ebbe selbst natürlich am besten. All diese Gespräche waren nicht mehr echt. Oberflächlichkeiten. Schöngerede. Freunde und die Schule gab es nicht mehr. Nur noch den Kampf um jede Mahlzeit, der früh morgens begann und sich über den ganzen Tag hinzog.

Irgendwann fragten Ebbes Großeltern nicht mehr nach. Sie alle saßen nun mehr oder weniger schweigend am Kaffeetisch. Die Luft war geladen mit Worten, die niemand aussprechen mochte. Gefühle der Zerrissenheit. Die dunkle Wolke überdeckte das gesamte Haus der Sanders.

Und schließlich folgte im Frühjahr die Einweisung in eine weitere Klinik. Dieses Mal ging es nach Lübeck. Ebbe sträubte sich zwar wesentlich weniger als bei ihrer ersten Einweisung. Dennoch sah sie die Notwendigkeit des neuen Aufenthalts nicht wirklich ein und der neuen Situation folglich sehr skeptisch entgegen. Von ihrem ersten Klinikaufenthalt war sie es gewohnt, dass man sie zum Essen zwang und ihren gesamten Tagesablauf für sie plante. In Bremen hatte sie sich durch und durch kontrolliert verhalten müssen. Mit festgesetzten Vorgaben für Haupt- und Zwischenmahlzeiten, Zeitrahmen für Aktivitäten, Zeiten für 30-minütige Spaziergänge auf dem Klinikgelände und so weiter. Nun lernte sie eine ganz neue Form der stationären Therapie kennen. Es wurde plötzlich viel mehr Selbstständigkeit und Eigeninitiative von Ebbe verlangt. Niemand zwang sie hier in der Form zum Essen, wie es in Bremen gewesen war. Ebbe wurde zwar in die so genannte Essbegleitung eingeteilt, sodass Schwestern mit den Patienten an einem Tisch saßen und das Essverhalten sowie ihre Essensmengen beobachteten konnten. Es wurde jedoch bei weitem nicht so streng kontrolliert wie zuvor. Ebbe war total hin- und hergerissen und wusste nicht, was sie tun sollte. Warum denn plötzlich wieder zunehmen, wenn sie keiner zwang und es doch eigentlich keinen Grund dazu gab? Ebbe wollte doch körperlich einfach nur noch ein kleines bisschen mehr abnehmen. Sie hatte doch schon einiges geschafft. Wenigstens aber so bleiben, wie sie war. Und das schien hier auch keinen Arzt zu stören. Bei der Aufnahmeuntersuchung wurde sie ganz neutral zu ihrer Lebensweise befragt. Die Schwester maß Ebbes Körpergröße und stellte sie auf die Waage. In Unterwäsche. Sie wog lediglich 35 Kilogramm. Ebbe fand sich selbst in einer merkwürdigen Situation wieder. Verwirrt von Gefühlen, innerer Unruhe und einer Hilflosigkeit, deren Ursprung sie nicht begreifen konnte. Also nutzte sie ihren Freiraum, sich auf dem Gelände bewegen zu dürfen und fing an, spazieren zu gehen. Zunächst blieb es bei zwei bis drei Mal am Tag für eine halbe Stunde. Ebbe musste raus, den Kopf frei bekommen und sich bewegen. Sie war verwirrt und fühlte sich allein gelassen. Was sollte sie hier? Je mehr Ebbe sich mit den anderen dünnen Patienten auf der Station verglich, desto schlechter fühlte sie sich. Sie sah die abgemagerten Körper der weiteren Patienten mit Anorexie oder Bulimie. Die waren wirklich krank! Das sah man schließlich schon von weitem. Doch Ebbe passte hier nicht her. Sie verabscheute ihren Körper so sehr. Je stärker ihre negativen Gefühle wurden, desto öfter und länger lief sie auf dem Gelände umher. Die ersten beiden Wochen vergingen wie im Flug. Trotzdem war es für Ebbe ein Albtraum. Essen wollte sie am liebsten überhaupt nichts mehr. Geschickt ließ Ebbe es immer nach mehr aussehen, als sie tatsächlich zu sich nahm. Indem sie Brote zerkrümelte, sich die Butter statt auf das Brötchen schnell auf den Arm strich oder aber gar ein halbes Brot in die Tasche steckte, wenn die Schwestern gerade abgelenkt waren. Ebbe bemerkte die Blicke der anderen Patienten in der Essbegleitung. Sie wirkten verunsichert und ein wenig erschüttert. Wussten offenbar nicht, wie sie mit Ebbes Verhalten umgehen sollten. Keine von ihnen wehrte sich derart gegen das Essen wie Ebbe. Sie selbst war sehr überrascht zu sehen, dass einige von ihnen tatsächlich richtig normal aßen. Anna war seit fast fünf Wochen auf der Station. Sie war sehr dünn und auffällig geschminkt. Ihr Make-Up war viel zu dunkel. Ebbe bemerkte die Ränder am Kinn und vor den Ohren. Anna sah dennoch immer perfekt aus, fand Ebbe. Mit ihren langen braunen Haaren und den grünen Augen. Über ihr Essverhalten war Ebbe erstaunt. Trotz ihres abgemagerten Körpers aß Anna morgens ohne zu meckern eineinhalb Brötchen. Mit Butter und Käse. Jeden Tag. Auch die zwei weiteren Mädchen schafften ein ganzes Brötchen zum Frühstück. Theresa wurde lediglich immer wieder daran erinnert, etwas mehr Margarine zu verwenden und nicht nur die magere Wurst als Belag zu nehmen. Immerhin aß sie überhaupt noch Fleisch. Die anderen Anorexie-Patienten waren allesamt Vegetarier. Doch Ebbe vermutete, dass Theresa dies nur wegen der wenigen Kalorien in der dünnen Scheibe Wurst tat. Das Frühstück bestand für die essgestörten Patienten aus zwei Mahlzeiten. Um 7.30 Uhr gab es Brötchen oder Brot und um 10 Uhr konnte man zwischen einem Quark mit Früchten oder einem Müsli wählen. Keiner der Essgestörten bestellte sich die Schale mit dem Haferflockengemisch. Es sah zwar unglaublich lecker aus, das musste auch Ebbe zugeben. Aber unter dem Quark, womöglich mit Sahne, lauerten kohlenhydratreiche Rosinen und fettige Nüsse. Daran traute sich niemand. Den Frühstücksquark gab es in verschiedenen Fruchtsorten. Ebbe war froh, wenn auf ihrem Tablett Banane oder Limette lag. Diese Sorten hatten auch innen eine helle Farbe, sodass die Schwestern schon sehr genau hinsehen mussten, um zu erkennen, wie viel noch übrig war. Ebbe rührte fleißig hin und her, damit es so aussah, als hätte sie schon fast die Hälfte aufgegessen. Meistens klappte dies auch und sie kam mit einem einzigen Löffel Quark davon. Damit möglichst viel am Deckel hängen blieb, schüttelte Ebbe ihren Quark unauffällig, wenn sie ihn von ihrem Tablett nahm. Theresa und Anna sahen Ebbe dabei zu und drückten mit ihren Gesichtern deutlich aus, dass sie Ebbes Verhalten missbilligten. Ebbe fragte sich, wie die beiden es schafften, ihr Mittagessen mehr oder weniger aufzuessen und dann, nur zwei Stunden später, um 14 Uhr auch noch ein ganzes Käsebrot zu sich zu nehmen. Sie waren doch beide so unglaublich dünn! Es gab ein kräftiges Schwarzbrot mit Margarine und Schnittkäse. Bestimmt der fetteste, den sie finden konnten, dachte Ebbe verächtlich. Zum Abendessen gab es ebenfalls diese dicken Vollkornbrotscheiben. Als Alternative wurde Roggenbrot gereicht. Das war zwar dünner geschnitten, dafür aber fast doppelt so groß. Das war doch alles nicht mehr normal! Ebbe war verzweifelt und hatte schon eine Stunde vor der nächsten Mahlzeit Kopf- und Bauchschmerzen vor Aufregung und Angst. Anna aß zu ihrer Scheibe Brot abends sogar immer noch ein so genanntes Vorgericht. Es variierte jeden Tag. Eine kleine warme Mahlzeit, die in einer separaten Schale geliefert wurde. Manchmal waren es Käse-Tortelloni. An anderen Tagen Kartoffel-Gnocchi oder auch mal Milchreis. Samstags gab es Grießbrei. Dafür durfte Anna mittlerweile eine der Meritene-Mahlzeiten weglassen. Meritene war der Inbegriff Ebbes größten Feindes! Ein Fläschchen hochkalorische Flüssignahrung, die es in den Sorten Schokolade, Vanille, Erdbeere oder Apfel gab. 250 Kilokalorien hatte eine einzige Flasche. Ebbe sollte gleich zwei pro Tag davon trinken! Eine um 9 Uhr morgens und eine um 15 Uhr am Nachmittag. Erstaunt musste sie feststellen, dass Theresa und Anna sich auf diese Zusatzmahlzeit freuten. Sie nannten es scherzhaft ihren McDonald`s–Shake und überlegten sogar gemeinsam, welche Sorte sie trinken wollten. Ebbe hatte die Meritene-Flaschen gleich am ersten Tag ihres Aufenthaltes entdeckt und vorsorglich die Nährwerte studiert. Obwohl in allen Flaschen das Gleiche sein sollte, hatte sie kleine Unterschiede bemerkt. Die Sorten Apfel und Schoko hatten Ballaststoffe, die bei Vanille und Erdbeere fehlten. Theresa hatte einmal zu Schwester Ute gesagt, dass sie Vanille und Erdbeere deswegen nicht so gut vertragen würde. Ballaststoffe waren gut für die Verdauung, das wusste Ebbe. Bestimmt würden Vanille und Erdbeere daher auch nicht so gut verbrannt werden. Da Ebbe nichts Fruchtiges mochte, blieb für sie daher nur Schokolade als Sorte übrig. Allerdings konnte man bei den Schokoladen-Flaschen sehr genau beobachten, dass sich das Kakaopulver am Boden absetzte. Ebbe fragte sich, ob die Hersteller auch den Nährwert des Kakaopulvers bedacht hatten. Vielleicht hatte diese Sorte dadurch mehr Kalorien als die anderen? Ebbe war total durcheinander und wusste nicht, was sie nehmen sollte. Theresa nahm immer Apfel. Anna wechselte zwischen Schoko und Vanille. Beiden schienen die Nährwert-Unterschiede egal zu sein. Oder kannten sie diese gar nicht? Ebbe hatte das Gefühl durchzudrehen. Sie zitterte jedes Mal, wenn sie sich entscheiden musste. Am zweiten Tag ihres Aufenthaltes hatte Ebbe eine Entdeckung gemacht, die sie etwas beruhigte. Wenn die Flaschen eine Weile gestanden hatten, lagerte sich der größte Teil der festen Bestandteile unten am Boden als dickflüssige Masse ab. Wenn man die Flasche nicht schüttelte, konnte man dadurch eine Menge des gefährlichen Nährwertes übriglassen. Denn im oberen Teil war die Flüssigkeit deutlich wässriger. Dies schien jedoch nur Schwester Elke zu wissen. Sie erinnerte die Essgestörten bei jeder Meritene-Mahlzeit daran, die Flaschen vor dem Öffnen gründlich zu schütteln. Theresa und Anna taten dies sogar freiwillig mehrere Male, da sich beim Einschenken in das Glas dann ein cremiger

Schaum auf der Oberfläche bildete. Sie genossen ihre Mahlzeit regelrecht. Ebbe konnte das überhaupt nicht nachvollziehen. Wie konnten sie eine derartige Kalorienbombe genießen? Waren sie nicht hier, weil sie sich bis auf die Knochen heruntergehungert hatten? Ebbe verstand die Welt nicht mehr. Sie bemühte sich, die Schwestern dazu zu animieren, ihr eine Flasche zu geben, die möglichst weit hinten im Schrank stand. Glücklicherweise fragten die meisten nicht nach dem Grund, sondern erfüllten Ebbes Wunsch. Zwar ein wenig verwundert, aber ohne Widerstand. Ebbes Theorie war, dass die hinteren Flaschen bestimmt schon deutlich länger standen als die vorderen. Hier hatte sich bestimmt schon eine größere Menge des gefährlichen dicken Teils abgelagert. Ebbe war sich sicher, so ebenfalls Kalorien einsparen zu können.

In der Essbegleitung auf der Station gab es eine Anorexiepatientin, die schon etwas älter wirkte. Sie war bestimmt schon über 20, vermutete Ebbe. Sabine wirkte sehr erwachsen. Sie war ebenfalls nur noch Haut und Knochen und musste vier Meritene-Mahlzeiten trinken. Die letzte Flasche gab es für sie um 21 Uhr. Ebbe hatte beobachtet, dass Sabine sich ihre Zusatznahrung gerne aufwärmen ließ. Die Schwestern stellten die Meritene-Flasche dafür in die Mikrowelle der Stationsküche. In der warmen Flüssigkeit würden sich die Nährstoffe bestimmt besser auflösen und verteilen. Daher zog Ebbe diese Maßnahme für sich überhaupt nicht in Betracht. Obwohl sie ständig fror und sich heimlich wünschte, auch mal ein anderes Heißgetränk als den Tee zu trinken. Doch der hatte wenigstens keine Kalorien. Den Kaffee auf der Station mochte Ebbe nicht. Wenn sie ganz ehrlich zu sich war, dann hätte sie zu gerne mal eine warme Schoko-Flasche getrunken. Doch schon bei dem Gedanken daran wurde Ebbe wütend auf sich selbst. Wie konnte sie nur an warmen Kakao denken, während sie mit ihrem dicken Körper auf einer Station mit so vielen dünnen Anorexiepatienten untergebracht war? Eines Abends bekam Ebbe mit, wie Schwester Rina für Sabine eine Flasche Vanille-Meritene aufwärmte. Dabei passte Rina nicht auf und die Flüssigkeit kochte hoch. Ein Teil aus der Flasche landete in der Mikrowelle. Ebbe erwischte sich dabei, wie sie wütend und neidisch wurde. Jetzt hatte Sabine gewiss mindestens 50 Kalorien gespart! Für einen Moment überlegte Ebbe, wie wahrscheinlich es wäre, dass so etwas auch bei ihr passieren könnte. Gedanken über Gedanken. Etwas anderes als das Essen und ihre Bewegung gab es für Ebbe nicht mehr. Bewegung mehr, Essen weniger. Durch die flüssige Zusatznahrung lagerte Ebbe zunächst Wasser in den Beinen ein. Dadurch zeigte die Waage in ihrer zweiten Aufenthaltswoche sogar knappe 37 Kilogramm an. Das Gewicht stieg an und trieb Ebbe an den Rand des Wahnsinns. Denn Ebbe konnte es sich einfach nicht erklären. Sie aß kaum etwas und lief herum, so viel sie nur konnte. Warum in aller Welt stieg ihr Gewicht also an?

Viel später erst erfuhr sie, dass Wassereinlagerungen normal waren, wenn der Körper nach einer so langen Hungerphase wieder regelmäßig Nährstoffe zugeführt bekam. Wasser, aber kein Fett. Ebbe verzweifelte an den steigenden Zahlen. So lange, bis die Wassereinlagerungen nach zwei Wochen zurückgingen und sie nur noch knappe 34 Kilogramm wog. 33,6 kg, die Ebbe mit einem so großen Stolz erfüllten, den sie niemals zuvor gefühlt hatte. Als sie am zweiten Wiege-Freitag diese Zahl auf der Waage lesen konnte, fiel eine enorme Last von ihr ab.

14. Ebbe unter Druck

Doch nun wurden auch die Schwestern und Ärzte aufmerksam, die davon ausgegangen waren, dass Ebbe selbst auch zunehmen wolle. Von nun an wurde sie von allen Seiten aus stärker beobachtet. Ebbe erhielt zunächst Gartenruhe. Diese Maßnahme bedeutete, dass sie sich nicht mehr außer Sichtweite der Station bewegen durfte. Der kleine Garten der Psychosomatik lag direkt vor dem Fenster des Schwesternzimmers. Hier gab es ein paar bunte Gartenstühle, einen Tisch und sogar einen winzigen Pavillon mit kleinen, hellblau gestrichenen Fenstern und roten Dachziegeln. Doch das alles interessierte Ebbe selbstverständlich nicht. Sie wollte laufen, sich bewegen, einfach nur weg. Hinzu kam in der Visite von den Ärzten die schlichte Anweisung, ihre Essensmengen zu erhöhen. Sie müsse dringend ihr Gewicht steigern, sagten sie.

»Ebbe, dein Gewicht ist in der ersten Woche erfreulicherweise gestiegen. Doch den Verlust der zweiten Woche können wir natürlich so nicht hinnehmen. Das siehst du sicher genauso. Daran müssen wir arbeiten.« Oberarzt Dr. Jalek schien tatsächlich davon auszugehen, dass Ebbe den Gewichtsverlust ebenfalls bedauerte und dass sie die neuen Vorgaben daher gut nachvollziehen könne. Er sprach mit ihr fast, wie mit einer Kollegin. Doch genau das Gegenteil war der Fall. Wieso sollte Ebbe zunehmen wollen? Ihr wurde bewusst, dass sie immer mehr würde lügen müssen. Den Schein bewahren, um nicht alles zu verlieren, was sie sich so hart erarbeitet hatte. Also nickte Ebbe. Ansehen konnte sie Dr. Jalek dabei allerdings nicht. »Ja«, flüsterte sie.

Da Ebbe sich durch die ergriffenen Maßnahmen nun zusätzlich unter Druck gesetzt fühlte, fing sie an, sich gegen jede Regel in der Klinik zu wehren. Sie verweigerte ihre Mahlzeiten beinahe ganz und provozierte, indem sie in Zeitlupentempo ein Maiskorn nach dem anderen auf die Gabel pikste, langsam in den Mund wandern ließ und anschließend ewig darauf herumkaute. Ebbe gab nun alles, was in ihr steckte. Nach wenigen Tagen versuchte sie erst gar nicht mehr, ihr Ziel zu verheimlichen. Entschlossenheit und Trotz bestärkten sie darin, gegen alles zu arbeiten, was hier von ihr verlangt wurde. Das sahen sich die Schwestern auf der Station nicht lange an. Um eine stärkere Gewichtsreduzierung zu verhindern, bekam Ebbe schließlich eine Woche später eine Magensonde gelegt, durch die sie künstlich ernährt werden sollte. Ebbe konnte es nicht fassen! Sie dachte an die Bilder der unterernährten Menschen, die sie mit einem derartigen Schlauch in der Nase gesehen hatte. Im Fernsehen, aber auch hier auf der Station. Keine Frage, dass diese Menschen eine künstliche Ernährung brauchten. Aber doch nicht Ebbe! Die Angst vor der bevorstehenden Gewichtszunahme war die eine Seite. Doch was sollten nur die anderen Patienten auf der Station von ihr denken? So dick und dann auch noch eine Magensonde? Das passte doch nicht zusammen! Am liebsten hätte Ebbe laut geschrien und jedem, den sie traf, ins Gesicht gebrüllt, dass sie einfach nichts dagegen tun konnte. Dass man sie zwang, weil sie noch minderjährig war. Dass sie all ihre Kraft darauf verwenden würde, gegen diese Ungerechtigkeit anzukämpfen.

Die Maßnahmen auf der psychosomatischen Station ließen Ebbe viele Tricks erfinden, um die zugeführten Kalorien wieder abzutrainieren. Sie kannte den Tagesablauf der Station nach den vielen Wochen mittlerweile in- und auswendig. Wenn die Schwestern morgens ihre Übergabe hatten, schlich Ebbe sich durch die bereits geöffnete Haustür nach draußen, um laufen zu gehen. Pünktlich vor Ende der Übergabe befand sie sich wieder in ihrem Zimmer. Da sie es mit einer Mitpatientin teilte, musste sie sehr vorsichtig sein, um unentdeckt zu bleiben. Auch die Schwestern kannte sie mittlerweile genau. Ebbe wusste, bei welcher Schwester sie auf diese oder jene Art argumentieren musste, um etwas nicht tun zu müssen. Wer genauer auf das Essen achtete und bei wem sie unbemerkt etwas verschwinden lassen konnte. Schwester Rina war die strengste und daher von allen Essgestörten am meisten gefürchtet. Sie verlangte, dass man das gesamte 10-Gramm-Töpfchen Margarine für ein Brot oder Brötchen verwendete. Außerdem durfte man bei ihr nicht zwischen den kleineren Brotscheiben und den größeren Brötchen auswählen so wie bei allen anderen Stationsschwestern. Schwester Rina war der Meinung, dass jedem gesunden Menschen, wie sie betonte, morgens selbstverständlich Brötchen am besten schmeckten und man daher nicht wählen müsse. Für Ebbe waren die riesigen Brötchen der blanke Horror. Zum Glück wurden sie nicht jeden Tag mitgeliefert. Wenn sie aber auf Ebbes Tablett lagen, nahm Rina die Brote gleich beiseite und den Patienten somit die Entscheidung ab. Ebbe war furchtbar wütend und aufgelöst, als sie das bemerkte. In den ersten Tagen hatte Schwester Rina sie noch verschont und mit einem viertel Brötchen und nur wenig

Margarine und Quark davonkommen lassen. Doch jetzt bestand sie darauf, dass Ebbe ein ganzes Brötchen mit dickem Belag aß. Ebbe zitterte jedes Mal, wenn sie wusste, dass Schwester Rina Frühdienst hatte. Sie hoffte dann mehr als alles andere, dass es wenigstens nur Brot geben würde. Dann fiel die erste Diskussion schon mal weg. Wobei das mittlerweile auch keine Rolle mehr spielte. Denn Diskussionen gab es sowieso – Ebbe wollte schließlich überhaupt nichts essen! Am liebsten hatte sie es, wenn Schwester Lena Dienst hatte. Die junge Auszubildende ließ sich sehr leicht in Gespräche verwickeln und dadurch ablenken. Manchmal war sie so vertieft in ein Thema, dass sie laut loslachte und überhaupt nicht mehr auf den Tisch oder die Tabletts sah. Diese Momente nutzte Ebbe sofort und ließ ihr Essen in ihrer Hosentasche oder unter dem Teller in der Wärmeschale verschwinden. Margarine schmierte sie sich unbemerkt auf die Finger und verrieb sie gut. Bei Lena musste Ebbe eigentlich nie wirklich etwas essen. Schwester Ute war etwas genauer, blickte aber wenigstens hin und wieder zum Fenster hinaus. In diesen Momenten schaffte Ebbe es ebenfalls, etwas verschwinden zu lassen. Um keinen Verdacht aufkommen zu lassen, biss sie ein bis zwei Mal von ihrem Brot ab, wenn Schwester Ute sie ansah. Das wirkte. Wenn alles gut ging, konnte Ebbe den Bissen kurz im Mund aufbewahren und dann unauffällig in die Serviette spucken. Mittlerweile war sie sich für nichts mehr zu schade. Und auch die Meinungen der anderen Patienten interessierten sie nicht länger. Während sich Anna und Theresa sehr gut verstanden und auch mit Sabine gerne etwas gemeinsam unternahmen, wandten sich besonders die essgestörten Patienten schnell von Ebbe ab. Keine von ihnen verhielt sich derart uneinsichtig. Als Ebbe einmal beobachtete, wie Sabine, Anna und Theresa gemeinsam im Aufenthaltsraum saßen und Spiele spielten, nahm Schwester Lena sie zur Seite. »Es ist nicht so, dass sie dich nicht mögen, Ebbe. Ganz und gar nicht! Doch die drei wollen gesund werden. Sie können nicht ertragen mit anzusehen, wie du dich kaputt machst. Daher distanzieren sie sich von dir.« Ebbe sah sie an und glaubte kein Wort. Sie würden Ebbe auch nicht mögen, wenn sie mitarbeitete. Da war sie sich sicher.

Therapien versuchte Ebbe zu umgehen, da sich in dieser Zeit gute Möglichkeiten boten, nach draußen zu entweichen und unbemerkt zu laufen. Die meisten Sitzungen waren Ebbe viel zu ruhig. Sie wollte nicht sitzen oder sogar liegen und sich den – ihrer Meinung nach – absolut sinnlosen Übungen und Gesprächen hingeben.

Die Schwestern auf der Station achteten darauf, dass Ebbe sich warm genug kleidete. Das taten sie bei allen Untergewichtigen. Jedes Kleidungsstück weniger würde Ebbe wertvolle Energie rauben, sagten sie. »Dein Körper muss unglaublich viel Kraft für Wärme aufbringen, Ebbe. Dann müsstest du noch mehr essen.« Diese Information konnte Ebbe gut für sich nutzen. Wenn auch Frieren Energie kostete, dann war auch dies eine weitere gute Möglichkeit, Kalorien zu verbrennen. Ebbe ließ von nun an die Socken in ihren offenen Krankenhauslatschen weg und lief nur noch im T-Shirt herum. Sie freute sich, wenn sich eine Gänsehaut auf ihren Armen zeigte. Ihre Haut war blass und die Knochen an ihren Ellenbogen stachen mittlerweile sehr deutlich heraus. Doch längst noch nicht deutlich genug, fand Ebbe. In ihrem Zimmer lüftete sie fast durchgängig und drehte die Heizung herunter. Ihre Zimmergenossin Katrin beschwerte sich darüber und wich immer öfter in andere Zimmer oder den Aufenthaltsraum aus. Katrin litt an Depressionen und konnte Ebbes Unruhe nicht aushalten, sagte sie. »Nimm es nicht persönlich, Ebbe. Aber ich kann nicht mit ansehen, wie du dich selbst so quälst!« Ebbe war das alles egal. Was sie bei all ihren Aktivitäten vollkommen missachtete, war die Tatsache, dass auf der Station zusammengearbeitet wurde. Ebbes vermeintlich heimliche Regelverstöße blieben keineswegs unentdeckt. Es dauerte nicht lange und weitere Konsequenzen folgten. Mittwochs war Chefvisite. Dies bedeutete, dass nicht nur einer der üblichen Ärzte durch die Zimmer ging und mit den Patienten über den bisherigen und weiteren Behandlungsverlauf sprach. An diesem Tag ging Dr. Jalek persönlich in Begleitung verschiedener Therapeuten und Schwestern über die Station und entschied für und mit jedem Patienten über weitere Vorgehensweisen. Ab 10 Uhr sollten alle Patienten mit der Visite rechnen und sich in ihren Zimmern einfinden. Ebbe bemühte sich, pünktlich an Ort und Stelle zu sein. Sie wollte den Eindruck erwecken, ruhiger zu werden und gerade ganz entspannt im Bett zu lesen. Daher stellte sie sich an diesem Mittwoch ab 10 Uhr mit ihrem Rücken nah an die Bettkante, um sich beim Klopfen schnell hinsetzen zu können. Doch einfach dort zu stehen war ihr zu wenig Bewegung. Normalerweise ging sie zwischen 10 und 11 Uhr schließlich immer laufen, da die Schwestern in dieser Zeit mit Patientengesprächen oder den Vorbereitungen für das Mittagessen beschäftigt waren. Als Ausgleich hibbelte sie zu beiden Seiten und hüpfte ab und zu auch auf der Stelle. Katrin, mit der sie das Zimmer teilte, saß am Tisch neben der Heizung. Gegen Ebbes Willen hatte sie diese auf Stufe drei aufgedreht und las in einem Buch. In regelmäßigen Abständen warf sie ihrer unruhigen Zimmergenossin entnervte Blicke zu, die Ebbe bewusst ignorierte. Die gesamte Situation war ihr zwar sehr peinlich und unangenehm, doch sie konnte einfach nicht anders, also hüpfte sie weiter auf der Stelle. Gegen halb 11 Uhr war es endlich soweit. Das Ärzteteam betrat nach kurzem Anklopfen das Patientenzimmer. Schnell ließ Ebbe sich auf ihr Bett fallen. Sie gingen zuerst zu Katrin. Ebbe hielt das Sitzen auf ihrem Bett kaum aus und lief während des Gesprächs zwei Mal zum Waschbecken. Angeblich, um sich die Hände zu waschen oder ihre Kontaktlinsen zu richten. Sie war froh, dass es bei Katrin noch nicht so viel zu besprechen gab. Sie war erst seit vier Tagen auf der Station. Bereits nach ein paar Minuten steuerten die Ärzte und Schwestern auf Ebbes Bett zu. Ihr wurde plötzlich kalt und die Stimmung im Raum schien ebenfalls frostig und unangenehm. Der gewohnte freundliche Ausdruck in Dr. Jaleks Gesicht blieb aus. Stattdessen musterte er ernst Ebbes nackte Füße und ihre freien Arme, die eine deutliche Gänsehaut aufwiesen. Unsicher drückte diese ihre Arme an die Seiten ihres schmalen Körpers. Statt an Ebbe richtete Dr. Jalek seine ersten Worte an Schwester Irma. »Noch immer« keine Veränderung?«, fragte er. Schwester Irma schüttelte den Kopf. »Nein. Keine Mahlzeiten, keine Einsicht. Die üblichen Diskussionen«, entgegnete sie kurz und knapp. Keiner der beiden sah die verunsicherte Ebbe an. »Dann müssen wir anders vorgehen. Wir hatten ja schon darüber gesprochen. Jetzt wird der Plan umgesetzt.« Ebbe hatte keine Ahnung, worüber gesprochen worden war. Misstrauisch blickte sie von einem zum nächsten. Sie fühlte sich eindeutig übergangen und ahnte, dass nichts Gutes folgen würde. Angst überkam sie. »Was soll umgesetzt werden?«, fragte sie vorsichtig. Nun sah das gesamte Team aus Ärzten und Schwestern zu ihr hinunter. Ebbe kauerte auf der Kante ihres weißen Krankenhausbettes. Für eine außen stehende Person bildete ihr ängstliches, erwartungsvolles Gesicht mit den weit aufgerissenen Augen und dem offenen Blick einen starken Kontrast zu ihrem zusammengesackten Körper. Dann teilte ihr Schwester Irma den neuen Plan mit: »Wir können deine Gewichtsabnahme nicht tolerieren, Ebbe. Nicht in Zusammenhang mit deinem Verhalten. Du zeigst überhaupt keine Einsicht. In den letzten zwei Tagen hast du so gut wie gar nichts gegessen. Ganz zu schweigen von den Diskussionen, die wir jedes Mal mit dir führen müssen! Dafür haben wir nun ehrlich gesagt weder die Nerven noch die Kapazitäten. Es gibt schließlich Patienten hier, die unsere Hilfe annehmen und mitarbeiten. Das hatten wir eigentlich auch von dir erwartet!« Ihr Ton wurde vorwurfsvoll. Ebbe traute ihren Ohren kaum. Sie kam sich vor wie ein kleines Kind, das gerade ausgeschimpft wurde. Aus dem Augenwinkel erblickte sie Katrin, die noch immer am Tisch vor der Heizung saß. Ihr Buch hatte sie allerdings beiseitegelegt. Sie blickte mit einer Mischung aus Spannung, Mitleid und Erleichterung in Ebbes Richtung. Ebbe glaubte in einem Film sein. Das alles konnte einfach nicht wahr sein! Weitere Informationen kämen später, sagte Frau Bertram, eine junge Ärztin. Dann verließ das Team das Zimmer. Zurück blieb eine angsterfüllte Ebbe.

Noch am Nachmittag desselben Tages wurde ihr Krankenhausbett in ein Einzelzimmer geschoben. Den Kleiderschrank sollte Ebbe ausräumen und sämtliche Kleidungsstücke in ein kleines Zimmer bringen. Beim Mittagessen nach der Visite hatte Ebbe trotzig dagesessen. Die Arme verschränkt hatte sie aus dem Fenster gesehen und heftig mit den überschlagenen Beinen gewippt. Das sahen die Schwestern überhaupt nicht gerne, da bei diesen Bewegungen unnötig Kalorien verbrannt würden. Lena hatte Dienst und versuchte die aufgebrachte Ebbe zu beschwichtigen. »Wenn du zeigst, dass du mitarbeitest, werden die neuen Maßnahmen ganz bestimmt bald wieder aufgelöst«, sagte sie mit sanfter Stimme. Ebbe starrte weiter auf die große Eiche draußen vor dem Fenster. Der Wind wehte und ließ die Blätter im kleinen Vorgarten herumfliegen. Die Wolke türmte sich hoch über dem stattlichen Baum auf. Wenn mitarbeiten bedeutete, dass sie essen und zunehmen sollte, dann konnten die Schwestern und Ärzte auf der Station lange warten! Sie war doch kein Spielball!

Nicht mal mehr zur Toilette oder duschen durfte Ebbe alleine. Zwar ließen sie die Schwestern einzeln in die Kabine. Aber sie warteten davor und verboten Ebbe, die Tür abzuschließen. Von nun an sollte sie 24 Stunden unter Aufsicht sein. Sie durfte nichts mehr alleine tun. Das Zimmer durfte nur zum Duschen oder für den Gang zur Toilette verlassen werden. Für die Überwachung eingeteilt wurden alle Schwestern der Station. Da dies ein enormer Mehraufwand war, wurde Lore mit in das neue Behandlungskonzept einbezogen. Ebbes Mutter kam am selben Tag um kurz vor 14 Uhr auf die Station. Während der Mittagspause hatte Ebbe ihren Kleiderschrank in ihrem neuen Gefängnis, wie sie es nannte, eingeräumt. Anschließend war sie in ihrem kleinen Raum auf und ab getigert und hatte Schwester Barbara, die sie eigentlich sehr gerne mochte, bewusst ignoriert. Den Blick eisern und stur auf den Boden gerichtet. Als Lore nach kurzem Anklopfen hereinkam, lief Ebbe auf ihre Mutter zu. Ihre Gesichtszüge veränderten sich und Tränen liefen ihr über die eingefallenen Wangen. Große runde Tropfen der Verzweiflung. Den ganzen Tag über hatte Ebbe die Fassade der uneinsichtigen, störrischen und wütenden Patientin aufrechterhalten. Doch jetzt brach alles über sie herein. Sie zitterte heftig und hielt sich an der überraschten Lore fest. Ebbe weinte so heftig, dass sie kaum Luft bekam. »Ebbe, Liebling, beruhige dich doch!« Lore drückte ihre Tochter an sich. Nach ein paar Minuten jedoch schob sie Ebbe sanft weg und wischte ihr die Tränen aus dem Gesicht. »Alles wird gut, das verspreche ich dir.« Sie lächelte Ebbe an, die sich nur sehr langsam wieder fing. »Ja?! ihr holt mich doch hier heraus, oder? Noch heute? Ich bin nicht krank, Mama, und jetzt werde ich hier behandelt, als wäre ich verrückt! Das bin ich nicht, Mama! Zu Hause werde ich ganz schnell wieder gesund. Ich kann ja auch einfach wieder mehr essen.« Über Ebbes Schulter hinweg sah Lore, wie Schwester Barbara die Augenbrauen hochzog und sowohl verständnisvoll als auch etwas mitleidig lächelte. Ebbe sah ihre Mutter nun eindringlich an. »Wann kann ich nach Hause, Mama? Ich vermisse dich. Und Papa. Und am allermeisten Klara! Ich habe sie schon so lange nicht mehr gesehen.« Beim Gedanken an ihre heißgeliebte Ponystute schossen die Tränen erneut in ihre Augen. Ebbe schluchzte. Dass Lore nicht sofort antwortete, ließ sie misstrauisch werden. »Warum sagst du nichts?«, fragte sie bettelnd und hielt die Hände ihrer Mutter fest umschlossen. »Ebbe, es wird alles gut. Es ist alles nur zu deinem Besten. Glaube uns. Wir lieben dich sehr und wünschen uns doch auch nichts sehnlicher, als dass du endlich wieder nach Hause kommst.« Ebbe strahlte. Sie umarmte ihre Mutter und rief übermütig: »Ich fange gleich an zu packen!« Lore stand bewegungslos da. Ihr plötzlich ernstes Gesicht verhieß nichts Gutes. »Ebbe, wir wollen dich gesund zu Hause haben. Ohne Essstörung. Du musst den Ärzten vertrauen, das tun wir auch. Ich bleibe hier bei dir. Jeden Tag. Ich komme nach dem Frühstück und wir haben bis zum

Abendessen Zeit füreinander. Vielleicht können wir dann auch nochmal über einige Dinge sprechen, die in der Vergangenheit geschehen sind. Zusammen bekommen wir das schon hin.«

Schlagartig ließ Ebbe ihre Mutter los und trat einen Schritt zurück. Sie holte tief Luft, kniff die Augen zusammen und brüllte schließlich los. »Das ist nicht dein Ernst!! Ich bin deine Tochter!! Ist die eigentlich klar, was du da gerade gesagt hast?? Ich werde hier festgehalten! Eingesperrt! Wie soll man denn da gesund werden?! Nicht mal in den Garten darf ich! Ist dir das klar?? Was tut ihr mir an? Warum hasst du mich so?« Diesmal waren es Tränen der Wut, die aus Ebbes großen Augen traten. Sie ballte die Fäuste und schlug so fest auf den kleinen Holztisch, dass es wehtat. Doch das war ihr egal. Ebbe schlug gleich noch ein zweites Mal zu. Schwester Barbara und Lore zuckten gleichermaßen zusammen. Sie blickten sich kurz an und hielten die strampelnde und wütend brüllende Ebbe fest. Wie in Trance hörte Ebbe Schwester Barbara zu Lore sagen: »Wenn sie sich nicht beruhigt, müssen wir Ihrer Tochter ein Beruhigungsmittel geben!« Ebbe kämpfte und kämpfte. Doch nach ein paar Minuten verließen sie die Kräfte. Sie schlug die Hände von Barbara und Lore weg, bevor sie auf dem Boden zusammensackte. Ihr war schwindelig und sie hoffte, dass das alles nur ein böser Traum war.

15. Weit weit weg

Oft war die Anorexie anstrengend. Nicht nur für die Menschen in Ebbes Umgebung, für die es ohne Frage sicher durchgängig sehr anstrengend war. Auch für sie selbst. Fast täglich riefen Ebbe Freunde in der Klinik an. Doch selbst mit ihrer ehemals besten Freundin sprach sie nicht über ihre wahren Gefühle. In den Telefonaten ging es um Oberflächlichkeiten. Anina erzählte von der Schule, den Jungs aus ihrer Klasse und den Geburtstagspartys, auf die sie ging. Von nervigen Lehrern und Bergen von Hausaufgaben. Ebbe könne froh sein, momentan nicht zur Schule gehen zu müssen. Anina fragte auch, was Ebbe den ganzen Tag über so tat. Wie es ihr ging und ob ihr langweilig sei. Doch Ebbe wusste, dass es nur Floskeln waren. Vermutlich hatte Hanne darauf bestanden, dass Anina sich bei Ebbe melden sollte. Sie wollte doch gar nicht wirklich wissen, wie es Ebbe ging oder was sie so tat. Sie würde es eh nicht verstehen. Sollte Ebbe ihrer ehemals besten Freundin etwa sagen, dass ihr Tag allein durchs Essen bestimmt war? Durch Kämpfe um jeden Bissen, den sie doch nur wieder verweigerte? Dass er geprägt war von Angst und dem Planen der nächsten Argumente gegen das Essen? Wem konnte sie schon erklären, was gerade hier ablief? Niemandem! Also sagte sie, es sei alles okay. Einfach so. Ebbe war froh, wenn das Telefonat zu Ende war.

Es war, als würde die Klinik nicht existieren. Und somit auch nicht die Welt, in der Ebbe sich bewegte. Den Sommer bemerkte Ebbe lediglich durch die Vogelstimmen und das fröhliche Reden der Patienten im Garten, das durch das geöffnete Fenster zu ihr ins Zimmer drang. Sie sah durch die Scheibe, dass die Blumen draußen blühten. Doch interessieren tat es Ebbe kaum. Sie durfte ja sowieso nicht nach draußen. Teilhaben am Geschehen. Ebbes Leben spielte sich in ihrem Krankenhauszimmer ab. Ihr Tagesablauf richtete sich danach, welche Schwester Dienst hatte und mit wem sie folglich die Diskussionen um das Essen führen musste. Es begann mit dem ersten Frühstück. Jeden Morgen das Gleiche. Ebbe fragte sich, warum die Schwestern ihr immer wieder ein Tablett mit zwei Brötchen brachten. Es war reine Verschwendung! Ebbe wollte sowieso nichts essen. Da die Schwestern keine Lust mehr hatten, über jedes Gramm Butter oder Margarine sowie Käse oder Quark zu diskutieren, brachten sie Ebbe ihre Brötchen nun fertig bestrichen. An ihrem ersten Tag hätte Ebbe beinahe laut losgelacht, wenn die Situation nicht so ernst gewesen wäre. Dachte Schwester Ute tatsächlich, sie würde diese Unmengen aufessen? Ute hatte für beide Vollkornbrötchen ein ganzes 10-Gramm-Päckchen Butter verwendet und sie obendrein noch mit Speisequark und Honig bestrichen. Das konnte nicht ihr Ernst sein! Ute bestand darauf, dass Ebbe wenigstens ein Mal abbiss. Nach einer geschlagenen Viertelstunde steckte Ebbe sich den Rand der einen Brötchenhälfte wütend in den Mund. Ihre Hand zitterte so stark, dass sie sich eine kleine Portion an die Nase schmierte. Ebbe tat so, als würde sie etwas abbeißen und legte das matschige Brötchen zurück. Trotzig sah sie aus dem Fenster in den blauen Himmel. Eine dunkle Wolke starrte zurück. Schwester Ute predigte noch geschlagene 20 Minuten weiter. Was für eine Ausdauer, dachte Ebbe trotzig und sah nicht einmal zu ihr hin. Gegen 9 Uhr kam Lore. Ebbe stand am Fenster. Als sie die gewohnten Schritte hörte, drehte sie sich um und sah ihre Mutter unsicher an. Ute saß am Tisch. Würde sie Lore von Ebbes Verhalten erzählen? Auf welcher Seite stand ihre Mutter? Wie würde dieser gemeinsame Tag aussehen? Ebbe wusste nicht, worauf sie sich noch verlassen konnte. Glücklicherweise lächelten Ute und Lore sich zu. Die Schwester verließ das Zimmer und Lore umarmte Ebbe.

Das neue Behandlungskonzept war für Ebbe nur ein weiterer Grund, sich neue Möglichkeiten zum Schummeln und Täuschen zu suchen. Irgendwie schaffte sie das auch und versuchte gar nicht erst, sich auf irgendetwas einzulassen. Oder auch nur ein bisschen Einsicht zu zeigen. Da sie sich kaum bewegen durfte und den ganzen Tag nun in einem kleinen Zimmer verbrachte, weigerte Ebbe sich schließlich komplett, sich hinzusetzen. Sie stand nun stundenlang am Fensterbrett und schrieb oder bastelte dort den ganzen Tag über im Stehen. Nur zu den Mahlzeiten ließ sie sich darauf ein, für ein paar Minuten Platz zu nehmen. Und dies schließlich lediglich dafür, um mit den Krankenschwestern über das Nicht-Essen zu diskutieren. Es war nicht nur die Tatsache, dass sie sich einen erhöhten Energieverbrauch durch das Stehen erhoffte – wobei dies natürlich die entscheidende Rolle spielte. Hinzu kam das Gefühl, trotz der strengen Überwachung und der Maßnahmen zur Gewichtszunahme und Ruhe durch die Klinik, ein bisschen Autonomie zu behalten. Präsent zu sein. Wenn sie saß, dann fühlte Ebbe sich sehr schlecht. Sie spürte ein fürchterliches Kribbeln in den Beinen. Eine unbändige Anspannung in ihrem gesamten Körper, welche sie dazu veranlasste, sofort aufzuspringen und sich zu bewegen. Sie fühlte jedes Gramm an sich. Doch nicht im positiven Sinne. Sie nahm es als unerträgliche Last wahr. Ihr Körper als abstoßendes Objekt, das schnellstens entfernt werden musste.

Ebbe wog am Freitag direkt nach der Chefvisite 33,2 Kilogramm. Dass sie bis dahin nicht zugenommen hatte, freute sie selbstverständlich. Doch die schlimmste Zeit stand ja noch bevor. Das Gewicht würde bestimmt explodieren, wenn sie sich nicht mehr bewegen konnte. Lena hatte Ebbe gefragt, ob sie nicht sehen würde, wie dünn sie sei. Ebbe hatte verächtlich gelacht. Dünn. Sie und dünn! Doch manchmal bemerkte Ebbe tatsächlich, dass ihr Körper weniger geworden war. Ihr Schlüsselbein trat deutlicher hervor. Das konnte man durch ihr T-Shirt sehen. Wenn sie auf dem Rücken lag, spürte Ebbe ihr Steißbein, das unangenehm auf die Matratze drückte. Sie bekam schnell blaue Flecken an der Hüfte, da ihre Knochen auch dort deutlich hervorragten. Doch das alles war noch nicht genug, dachte Ebbe. Knochen waren doch viel größer und länger. Das, was man sah, war nur der Anfang. Auch dass sie ihre Rippen im Spiegel sah, ohne dafür die Luft anhalten zu müssen, war Ebbe mittlerweile gewohnt. Sie schauten aber ihrer Meinung nach nicht genug hervor. Sie war vielleicht nicht mehr ganz so dick wie früher. Doch bis zu ihrem Ziel war es noch ein weiter Weg. Ihr Idealbild hatte Ebbe nicht vergessen!

In ihrem Zimmer kam Ebbe sich vor wie ein eingesperrter Vogel. Manchmal, wenn sie am Fenster stand, hörte sie die anderen Patienten der Station. Sie saßen gemeinsam im Garten. Redeten und lachten. Es waren diese seltenen Momente, in denen Ebbe bewusst wurde, dass sie sich durch ihr Verhalten immer mehr von der realen Welt entfernte. Dass sie nahezu isoliert war von der Gemeinschaft. Weit weg von einem positiven Lebensgefühl. In dieser Zeit ähnelte Ebbe wohl mehr einem Roboter als einem jungen Mädchen. Die meiste Zeit über lebte sie wie weggetreten in ihrer eigenen Welt. In dieser gab es nur noch Essen, Körper und Bewegung. Keine Gefühle. Es gab den Wunsch, allen einmal zeigen zu könne, dass sie wenigstens etwas konnte: dünn sein. Kontrollieren, was mit ihrem Körper passierte. Zu keinem Zeitpunkt stellte sich Ebbe die Frage, warum sie das alles tat. Es war eine Selbstverständlichkeit und das Einhalten ihrer selbst gesetzten Regeln eine Pflicht. Wenn Ebbe durch Schwestern oder Ärzte dazu angehalten wurde, eine Verhaltensweise – wie das Stehen den ganzen Tag über – zu unterlassen, passierte etwas Eigenartiges. Innerlich baute sich eine derartige Wut, Energie und verzweifelte Aggression auf, dass Ebbe das Gefühl hatte, aus ihrem Körper heraus zu müssen. In diesen Momenten fing sie an, wie wahnsinnig zu schreien oder Gegenstände durch die Gegend zu schmeißen. Manchmal war Ebbe so wütend, dass sie die Arme verschränkte und mit den Fingernägeln in ihre Oberarme bohrte. Sie spürte dieses Bohren kaum, sodass sie es so lange verstärkte, bis sich kleine Wunden an ihren Armen bildeten, die bluteten. Dann endlich spürte Ebbe etwas und die Aggression ließ etwas nach. Abends kamen zu den blutverschmierten Stellen kleine Blutergüsse hinzu. Wenn Ebbe sie sah, berührte sie das kaum. Was war schon dabei? Sie war nun einmal wütend und es waren ja schließlich ihre eigenen Oberarme. Das brauchte niemanden zu kümmern. Sie hasste ihren Körper und ließ ihren gesamten Unmut an ihm aus. Wieso tat man ihr das hier alles an und ließ sie nicht einfach hungern? Ebbe stellte sich oft vor, wie es wäre, wenn sie erst 18 Jahre alt war und ihr keiner mehr etwas vorschreiben konnte. Alles könnte sie tun oder lassen, hatte alle Freiheiten der Welt. Dann würde sie weiter abnehmen, bis sie ihr Idealbild erreicht hätte. Ebbes Erscheinung wäre dann zart, die Bewegungen ganz leicht und sie wäre liebenswert. Das war ein Traum, doch er schien noch so weit entfernt. Viel zu weit weg. Ebbe feierte ihren 16. Geburtstag in der Klinik. Wobei feiern nicht das richtige Wort war. Es war ein Tag wie jeder andere. Um 15 Uhr kam Josse vorbei. Er schenkte Ebbe Bücher und eine kleine Fotowand von Klara. Ebbe war gerührt. Ihr Vater blieb bis zum Abendessen, dann ging er. So bekam er die Diskussionen nicht mit, die auch an Ebbes Geburtstag stattfanden.

Sie hatte starke Schmerzen in den Füßen. Durch das viele Stehen und die ehemaligen Wassereinlagerungen waren ihre Füße stark in Mitleidenschaft gezogen worden. Die Durchblutung war gestört und die Zehen entzündet. Ebbe sah diesen Zustand als Bestrafung für sich an. Wochenlang hatte sie sich darum bemüht, dass keiner ihre geschundenen Füße sah. Es geschah ihr recht, dass sie Schmerzen hatte. Doch eines Abends schüttete Nachtschwester Irma Ebbe versehentlich etwas Teewasser über ihre Socken. Gleich danach bestand sie darauf, dass diese ihre nassen Strümpfe auszog. Ebbe hatte keine Wahl. Sie entblößte ihre Füße und Irma blickte mitleidig und erschrocken auf die roten und geschwollenen Zehen. »Mensch Ebbe, das muss aber wehtun!«, sagte sie entsetzt. »Warum hast du nichts gesagt? Das müssen wir behandeln!« Sie wirkte tatsächlich ergriffen und überhaupt nicht böse. Ebbe hatte den Eindruck, dass die ältere Schwester ihr am liebsten über das Gesicht gestreichelt hätte. Sie fühlte die Wärme und Fürsorge der Krankenschwester. Im gleichen Moment war es ihr sehr unangenehm. Ebbe stellte schnell den einen Fuß auf den anderen, um die meisten kranken Stellen abzudecken. »Das ist nichts«, sagte sie. Dann holte sie sich trockene Socken aus dem Schrank und zog sie zügig an. Schwester Irma stellte eine frische Tasse Tee auf den Tisch und ging weiter, um auch die anderen Patienten mit Heißgetränken zu versorgen. Doch Irma musste die Information weitergegeben haben.

Gleich nach der Mittagspause kamen Schwester Sandra und Schwester Barbara ins Zimmer, um Ebbes Füße zu verarzten. Lore saß am Tisch. Wie in den vergangenen Tagen auch hatte es heftige Diskussionen um das Mittagessen gegeben. Es gab Kartoffeln mit Soße und dazu ein vegetarisches Steak. Zu Ebbes Entsetzen war dies auch noch paniert und gebraten worden! Fast eine halbe Stunde und zahlreiche Tränen später hatte Lore Ebbe dazu bewegen können, wenigstens zwei Kartoffeln zu essen. Die kleinsten natürlich, von denen Ebbe die Soße gründlich abgekratzt hatte. Lore war erschöpft. Ebbe fühlte sich ebenfalls furchtbar. Zwei ganze Kartoffeln! Und das, nachdem sie ihrer Mutter zuliebe heute sogar einige Löffel des Quarks zum zweiten Frühstück gegessen hatte, den sie sonst nicht anrührte. Sie spürte, dass ihr Bauch furchtbar aufgebläht war. Ekelhaft! Die Unruhe und Anspannung in ihrem Körper war kaum auszuhalten. Ebbe war gleich nach dem Mittagessen aufgesprungen und hatte sich ans Fenster gestellt. Lore hatte sie nicht angesehen. Sie war wütend auf ihre Mutter.

Es war ein besonders schöner Sommertag im Juli. Die Sonne lachte durch das geöffnete Fenster. Barbara und Sandra waren beide Schwestern im Alter von Ende 20 und bestens gelaunt. Ebbe wunderte sich über den Berg Watte, den sie mit ins Zimmer gebracht hatten. Sie legten ihn auf den Tisch und grinsten verschmitzt. »Dann wollen wir mal«, rief Sandra und sah die verwirrte Ebbe herausfordernd an. Ebbes Füße taten furchtbar weh. Barbara schickte Lore zum Entspannen nach draußen.

»Genießen Sie die Sonne und kommen Sie bitte erst in zwei Stunden wieder«, sagte sie. »Der Kaffee beim Bäcker schmeckt sehr gut und sie haben jetzt frischen Pflaumenkuchen dort!« Sie zwinkerte Lore zu. Diese bedankte sich, seufzte und verließ das Zimmer. Ebbe blickte ihrer Mutter hinterher und wurde plötzlich von einem furchtbar schlechten Gewissen gepackt. Was hatte sie getan? Lore wirkte kraftlos und traurig. Sie opferte ihre Zeit, um bei Ebbe zu sein und sie selbst beschimpfte Lore, weil sie essen sollte. Es war alles so unfair! Sie liebte ihre Mutter mehr als alles andere auf der Welt. Warum aber musste sie essen? Sah Lore denn nicht, wie dick sie schon war? Dass hier alle etwas forderten, das total unnormal war? Ebbe wollte doch nur dünn sein. Mehr nicht. So, wie tausende andere Mädchen und Frauen auch. Sie wog bereits 35,2 Kilogramm. Warum zwang man sie hier dazu, immer dicker zu werden? Schwester Sandra holte Ebbe aus ihren Gedanken zurück. Sie überredete die verwirrte Ebbe sogar dazu, sich wenigstens kurz auf ihr Bett zu setzen. Anschließend holte Sandra eine große Tube Wundcreme aus ihrem Kittel. »Extra für dich«, sagte sie und strich eine dicke Schicht auf Ebbes wunde Zehen. Dann packte sie ihre Füße darin ein. Sie wickelte und stopfte so lange, bis schließlich beide Füße vollständig in einer weichen, weißen Wolke versunken waren. Sandra betrachtete ihr Werk etwas versonnen. Dann platzte es plötzlich aus ihr heraus. »Du erinnerst mich an einen Schlumpf!«, sagte sie und bemühte sich sichtlich, ernst zu bleiben. Doch dann lachte sie los. Ihr Lachen war so unglaublich ansteckend, dass auch Barbara anfing zu kichern. Als Sandra auch noch »Sag mal, wo kommst du denn her?!« anstimmte und Barbara mit »Aus Schlumpfhausen, bitte sehr!« antwortete, konnte auch Ebbe nicht mehr ernst bleiben. Sie musste ebenfalls laut loslachen. Ebbe lachte so sehr, wie sie es schon lange nicht mehr getan hatte.

Sandra und Barbara sahen Ebbe erstaunt an. »So habe ich dich noch nie erlebt«, sagte Barbara. »Dass du so fröhlich lachen kannst, Ebbe! Das hätte ich nie gedacht!« Selbstverständlich konnte Ebbe lachen. Und wie! Plötzlich fielen ihr die verschiedensten Situationen mit Anina ein, in denen die Freundinnen sich halb totgelacht hatten. Die beiden hatten sich die schmerzhaften Bäuche halten müssen vor Lachen. Aber das lag schon sehr lange zurück, das stimmte. Damals war es für Ebbe noch in Ordnung gewesen, sich den Bauch zu halten. Sie hatte nicht darüber nachgedacht, wie aufgebläht oder dick er gerade war. Bei diesem Gedanken wurde Ebbe wieder ernst. Sandra sah sie von der Seite an und schien angestrengt nachzudenken. Und dann fragte sie plötzlich, warum Ebbe das alles tat. Einfach so. Als fragte sie nach der Uhrzeit.

»Was soll das, Ebbe? Es ist so schade, dass man einfach nicht an dich herankommt. Du bereitest uns allen schlaflose Nächte. Wir machen uns Sorgen. Du bist noch so jung!« Ebbe wusste, dass sie Sandra scheinbar ausdruckslos ansah. Innerlich verwirrten sie diese Worte. Es war kein Vorwurf wie sonst, den Sandra ihr machte. Es schien wahres Interesse zu sein. Echte Sorgen. Der Wunsch, Ebbe zurück ins wirkliche Leben zu helfen. Doch nur wenige Sekunden später war dieser Augenblick, dieser ganz kurz aufflammende Schimmer, auch schon wieder verflogen. Es war wie eine Glaswand, die zwischen ihnen stand. Sie verhinderte, dass Ebbe hinübergelangen konnte. Obwohl sie die Normalität dahinter sehen konnte. Wann hatte sie aufgehört, dazuzugehören? Die Bahn zu verlassen ging so schnell, dass sie es kaum wahrgenommen hatte. Ein Mal gefühlt, wie warm und weich auch der Kies neben dem Sand sein kann. Sie war vom Weg abgekommen, auf dem alle anderen wanderten, und konnte nicht mehr zurück. Was zählte schon die Meinung fremder Menschen? Ebbe versank in Gedanken. Es war diese Verbindung zwischen dem Essen und dem Leben, die so stark war. Als würden sie unzertrennlich zusammengehören. War es denn so? Musste sie unbedingt wieder essen, um dazuzugehören?

16. Ebbe gibt nach

Dieser kurze Moment, in dem die drei so innig gelacht hatten, hatte Ebbe mehr bewegt, als sie sich eingestand. Lachen. Fröhlich sein. Loslassen können. Das alles hatte sie fast vergessen. Das Leben konnte auch Spaß machen und leicht sein. Warum war es nur oft so schwer? Als Lore um kurz vor 14 Uhr wieder in Ebbes Zimmer kam, traf sie ihre Tochter ungewöhnlich ruhig und nachdenklich an. Zu Lores Erstaunen saß Ebbe sogar noch auf dem Bett und stand nicht irgendwo im Zimmer herum. »Alles in Ordnung?«, fragte Lore. Sandra und Barbara waren damit beschäftigt, die Reste des Watteberges zusammenzuräumen. Ebbe sah ihre Mutter an und wusste, dass es eher an ihr gewesen wäre, diese Frage zu stellen. Doch egal in welche Richtung diese Frage gestellt werden würde – was sollte schon in Ordnung sein? Nichts war in Ordnung. Noch bevor Ebbe antworten konnte, klopfte es an der Zimmertür. Schwester Rina öffnete und hielt einen Teller in der Hand. Ebbe war so durcheinander, dass sie vergessen hatte, sich auf das bedrohliche Käsebrot vorzubereiten. Wenn Rina Dienst hatte, war es immer schon geschmiert. Und Rina verwendete immer den ganzen Becher Butter und möglichst zwei Scheiben Käse. Ihr Argument war, dass der Maasdamer ja eh Löcher habe und es zusammengerechnet daher eigentlich nur eine einzige Scheibe sei. Ebbe blickte auf den Teller und merkte, wie ihr heiß wurde. Sie zitterte. Rina grinste fast missgünstig und wünschte Ebbe guten Appetit. Wie konnte sie nur?! Ebbe kniff die Augen zusammen und funkelte die Schwester böse an. Rina fragte Lore, ob sie einen Kaffee trinken wolle. Doch Lore war tatsächlich beim Bäcker gewesen und hatte dort einen guten Kaffee bekommen. Sie bedankte sich und verneinte. Rina verließ das Zimmer. Sandra und Barbara lächelten Ebbe an. »Es war schön, dich heute mal anders kennenzulernen!«, sagte Barbara. Dann gingen sie beide nach draußen. Übrig blieben eine verzweifelte Ebbe, die auf weitere, heftige Situationen gefasste Lore und das dick belegte Käsebrot. Die Atmosphäre war merkwürdig angespannt. »Setz dich bitte an den Tisch«, bat Lore ihre Tochter. Ebbe sprang von ihrem Bett auf. Schon wieder essen? »Ich habe zwei Kartoffeln zum Mittag gegessen! Hast du das vergessen?«, entgegnete sie trotzig. »Und vergiss den Quark nicht!« Ebbes Stimme klang viel unfreundlicher, als sie beabsichtigte. Lore machte eine herunterspielende Handbewegung. »Das bisschen Quark und Kartoffel ist doch lächerlich«, sagte sie. Ebbe konnte es nicht fassen. Wütend hob sie das buttrige Käsebrot vom Teller und schleuderte es voller Wut gegen die Wand. »Lächerlich???«, schrie sie. An der Wand zeichnete sich ein deutlicher Fettfleck ab. Der Käse lag auf dem Tisch, das zerbrochene Brot daneben. »Lasst mich doch alle in Ruhe!«, brüllte Ebbe, außer sich vor Wut. Sie drehte sich zum Fenster und starrte in den Garten hinaus. Bestimmt würde Lore wieder betteln und reden und Ebbe dazu bewegen wollen, wenigstens ein einziges Mal abzubeißen. Sollte sie es doch versuchen! Ebbe war fassungslos. Sie beobachtete, wie Theresa und Anna im Garten saßen und sich unterhielten. Sie lachten. Zu Ebbes Verwunderung hatten offenbar beide ihr Käsebrot mit nach draußen nehmen und dort essen dürfen. Ebbe hatte den Eindruck, dass sie es sich sogar schmecken ließen. Kein Wunder, dachte sie wütend. Wenn sie so dünne Beine und Arme hätte, könnte sie sogar zwei Käsebrote genießen! Einige Minuten vergingen. Plötzlich bemerkte Ebbe die ungewöhnliche Stille. Niemand sagte etwas. Sie drehte sich um und sah Lore am Tisch sitzen. Ihr Gesichtsausdruck war so unglaublich traurig, dass Ebbe ihre Mutter am liebsten umarmt hätte. Doch irgendetwas hielt sie davon ab. Lore sah ebenfalls aus dem Fenster. Sie blickte an Ebbe vorbei und sagte: »Ich gehe, Ebbe. Ich kann das nicht mehr. Wenn du nicht gesund werden und nach Hause kommen willst, dann musst du hierbleiben. Alleine.«

So ernst sprach Lore selten mit Ebbe. Ihre Mutter nahm ihre Tasche und stand auf. »Ich habe alles versucht«, sagte sie und ging auf die Zimmertür zu. Ebbe zuckte zusammen. »Nein!«, schrie sie plötzlich und stürmte auf Lore zu. Sie schlang ihre dünnen Arme um ihre Mutter und drückte sie an sich. »Bitte geh' nicht, ich brauche dich doch!«, bettelte Ebbe und fühlte einen dicken Kloß in ihrem Hals anschwellen. »Wen habe ich denn sonst noch? Niemand versteht mich. Alle wollen mich einsperren. Ich habe doch solche Angst. Ich will nicht krank sein. Hier zu sein ist furchtbar! Ich will auch nicht mehr so unnormal sein. Das wollte ich nie. Ich will doch einfach nur genau so sein wie alle anderen auch. Ich will das doch alles gar nicht! Eigentlich ... will ich das doch gar nicht ...« Ebbe schluchzte und weinte so heftig, dass ihr gesamter Körper bebte. Lore blieb stehen und ließ die Umarmung zu. Nach wenigen Minuten schob sie ihre Tochter ein Stück von sich weg.

»Du willst das alles nicht mehr, Ebbe? Wirklich nicht?«, fragte sie ernst. »Nein«, weinte Ebbe. »Dann beweise es mir. Und zwar sofort.« Lore stellte ihre Tasche ab und ging zum Tisch. Noch immer war sie sehr ernst und ihre Stimme wirkte emotionslos. Sie legte das Käsebrot wieder auf den Teller. Ohne Käse. Der meiste Teil der Butter klebte an der Wand und am Tisch. »Beiß ab!«, forderte sie die vollkommen aufgelöste Ebbe auf. Als Ebbe zögerte, griff Lore nach ihrer Tasche und stand auf. Ebbe ging wie in Trance auf den Teller zu und streckte die Hand nach dem Brot aus, das sie so sehr hasste. Sie zitterte. Alles in ihr sträubte sich gegen diese Mahlzeit. Innerlich beruhigte Ebbe sich damit, dass das Brot ja nun fast trocken sei. Das meiste Fett hing an der Wand. Vielleicht brauchte sie ja nur ein winziges Stück abzubeißen und Lore wäre zufrieden. Sie griff nach dem kleinsten Teil des zerbrochenen Brotes. Ebbe war so aufgebracht, dass ihr das Brot aus der Hand rutschte. Sie fing es auf und blickte Lore an. Der Blick ihrer Mutter war noch immer sehr ernst und unausweichlich. Die Tasche hatte sie fest in der Hand. Ebbe biss ein winziges Stück ab und legte das Brot schnell wieder auf den Teller. Sie ließ es fallen, als habe sie sich die Hand verbrannt. »Das reicht nicht«, sagte Lore hart. »Ich gehe.« Ebbe griff sofort wieder nach dem Brot und steckte sich ein großes Stück in den Mund. Angewidert und immer noch zitternd kaute sie. In ihrem Mund entfaltete sich der süßliche Geschmack der verhassten Kohlenhydrate. Entsetzt bemerkte sie, dass sie bereits ein Drittel der Scheibe aufgegessen hatte. Tränen der Wut und Verzweiflung liefen ihr über die Wange. Ebbe wurde heiß und kalt. »Weiter!«, befahl Lore in einem Tonfall, der Ebbe befremdlich erschien. Was soll's, dachte sie und steckte sich aggressiv auch die restlichen Teile des Brotes in den Mund. Jedoch nicht, ohne sich schnell den verbliebenen Rest der Butter auf die Finger zu schmieren. Wütend kaute sie und schluckte. Herausfordernd sah sie ihre Mutter an. Lores Gesichtsausdruck hatte sich etwas entspannt. Sie lächelte fast. Ebbe konnte es nicht fassen. »Bist du jetzt zufrieden?!«, fragte sie laut und funkelte ihre Mutter böse an. »Hast du jetzt erreicht, was du wolltest?« Sie meinte es nicht so, aber musste ihre Wut hinauslassen. Lore ging auf Ebbe zu und nahm sie fest in den Arm. Sie zog sie neben sich auf den Stuhl am Tisch und hielt sie fest. Ebbe fühlte sich plötzlich sicher und geborgen. Obwohl sie nebenbei auf die Uhr sah, wie lange sie jetzt schon hier im Zimmer saß. Ihr war schwindelig, als ihr durch den Kopf ging, was sie an diesem Tag alles gegessen und wie wenig sie sich bewegt hatte. Sie spürte ihr hämmerndes Herz in der Brust. »Es ist alles gut«, beruhigte Lore ihre aufgebrachte Tochter. »Wir schaffen das zusammen, Ebbe. Wir alle wollen dich einfach nur wiederhaben.« Ebbe kam es vor wie eine Ewigkeit, die sie mit ihrer Mutter am Tisch saß. Fest umschlungen. Nach einer Weile holte Lore ihr Kreuzworträtselheft heraus. Es erinnerte Ebbe an zu Hause. Auch dort vertiefte sich Lore gerne in solche Heften. Außerdem hatte sie noch ein Buch dabei. »Wir können zusammen rätseln«, schlug sie vor. Ebbe zögerte. Lust hatte sie schon, ein Rätsel zu lösen. Doch sitzen konnte sie nicht mehr! Sie stellte sich neben den Tisch. »Ich kann nicht mehr sitzen, Mama. Ich will mich ja ändern, aber das geht nicht so schnell. Normalerweise wäre ich jetzt schon wieder eine halbe Stunde im Zimmer herumgelaufen ...« Lore seufzte, schien Ebbes Ehrlichkeit aber wertzuschätzen. Sie rätselte am Tisch und Ebbe stellte sich wieder ans Fenster. Sie dachte an zu Hause und an Josse. »Kommt Papa mich auch bald besuchen? Wie lange dauern seine Geschäftsreisen denn noch? Hat er wirklich noch so viel zu tun, dass er es nicht einrichten kann?«, fragte sie. Bisher hatten die beiden nur telefoniert. Es lag jedes Mal eine gespannte Stille zwischen ihnen. Daher bemühte sich Ebbe, oberflächliche Dinge wie das schöne Wetter anzusprechen. Oder sie fragte nach Klara. Ebbe vermisste ihre Stute sehr und freute sich, dass Josse ihr regelmäßig Bilder schickte. Josse ließ Klara laufen oder longierte die braune Stute. Es waren sehr distanzierte Telefonate, die nie länger als ein paar Minuten dauerten. Gesehen hatte Ebbe ihren Vater seit ihrem Geburtstag im Juni nicht mehr. Mehrere Monate waren bereits vergangen. Lore blickte auf. »Er ist nicht so stark wie ich, Ebbe. Die ganze Situation belastet ihn viel mehr als du denkst! Er kann deine dürre Gestalt und die vielen hervorstehenden Knochen nicht mehr sehen. Dein Vater hat Angst.« Ebbe schaute an sich hinunter. Sie sah ihren aufgeblähten Bauch und darunter die dicken Oberschenkel. Sie spürte das Fett ihrer Oberarme, die seitlich an ihren Körper drückten. Unweigerlich streckte sie diese etwas von sich weg. Sie wollte es nicht spüren. Doch das Gefühl blieb. Dicke Unterarme, die von einem runden Kloß abstanden. Eine widerliche Kreatur bin ich, dachte Ebbe. Wie konnte das sein – sah ihre Umwelt denn nicht, wie eklig sie aussah? War das alles nur ein böser Traum? Würde sie gleich zu Hause aufwachen und in ihrem Bett liegen? Wo waren ihre Sportklamotten? Wie lange war sie schon nicht mehr gelaufen?

»Meine Knochen?!« Verwundert sah sie Lore an. »Wie dick muss ich denn bloß werden, damit ihr zufrieden seid?« Ebbe spürte eine unendliche Hilflosigkeit und Ohnmacht, die sich in ihr ausbreitete. Sie konnte ihr Ziel einfach nicht vergessen. Sie war verzweifelt.

In den nächsten zwei Stunden führten Ebbe und Lore ein Gespräch, das Ebbe nie wieder würde vergessen können. So ehrlich hatten sie seit Jahren nicht mehr miteinander gesprochen. Ebbe hatte das Gefühl, sich von einer enormen Last zu befreien, indem sie ihrer Mutter einfach alles erzählte, was sie in den vergangenen Monaten beschäftigt hatte. Sie erzählte von ihrem Ziel und dem Idealbild, das sie erreichen wollte. Von der Bemerkung, dass man zuerst an der Brust abnähme und dass sie doch anfangs gar nicht mehr als das wollte. Weniger Brust. Ebbe berichtete von der Distanz zu Anina, unter der sie litt. Ihr fehlten die Gespräche und das Gefühl, ihrer Freundin etwas zu bedeuten. Da es bestimmt an Ebbes Aussehen lag, habe sie angefangen, ihre Essgewohnheiten zu verändern. Das musste sie nun einfach einhalten. Sie erwähnte das Sommerfest und die Tatsache, dass Anina sie ausgelacht hatte. Dabei wollte Ebbe doch einfach nur so sein wie alle Mädchen um sie herum. Weniger Weiblichkeit wollte sie und dünn sein. Unauffälliger. Ebbe redete wie ein Wasserfall und ihr anfangs sehr trauriger Tonfall begann zunehmend wütend und trotzig zu werden. »Ist das denn so schwer zu verstehen?«, platzte es schließlich aus ihr heraus. »Wer will schon als einziger dick sein? Gerade als Mädchen! Ich bin doch so schon hässlich genug, warum darf ich nicht wenigstens schlank sein?« Sie blickte Lore an. Diese hatte dort gesessen und Ebbe zugehört. Ihr Gesichtsausdruck war für Ebbe nicht zu deuten. Lore blickte ihre Tochter verwundert, fast entsetzt, an. Vielleicht war auch eine Spur Mitleid zu erkennen. »Wie kannst du so etwas nur denken, Ebbe?«, fragte sie fassungslos. »Wie konnte es nur dazu kommen, dass du eine so verdrehte Sicht auf die Welt hast? Ich bin entsetzt! Du hast ja überhaupt keine Ahnung! Du willst schlank sein? So wie die anderen aus deiner Klasse?« Ebbe hatte plötzlich den Eindruck, dass Lore mit den Tränen kämpfte. »Hätten wir doch nur mehr geredet, Ebbe. Viel mehr! Denkst du wirklich, die Menschen in deiner Umgebung halten dich für dick? Ebbe, du wiegst 35 Kilogramm! Mit 16! Was glaubst du nur? Ich habe so viele Fehler gemacht. Hätte ich doch nur mehr mit dir gesprochen.« Ebbe wusste nicht, was ihre Mutter meinte. »Alle haben es gesehen, Ebbe. Alle. Selbst Hanne hat mich darauf angesprochen, was mit dir los sei. So dünn und blass. Du würdest so auffallen, hat sie gesagt. Jede Woche war es mindestens einer deiner Lehrer, der mich angerufen hat. Ob du Sorgen hättest, weil du so ernst und grau aussehen würdest. Sogar auf dem Elternabend! Lauras Mutter kam zu mir. Laura hätte erzählt, dass du so blass und mager seist und gar nichts mehr isst in der Schule. Deine Hosen würden rutschen und beim Sport hätten sich die Mädchen alle erschreckt, als du dich umgezogen hast. Und was habe ich getan? Ich wollte dich schützen, Ebbe! Ich dachte, es könne dich verletzen, wenn du das alles hörst! Also habe ich es für mich behalten.« Ebbe traute ihren Ohren kaum. Das alles hatten ihre Mitschüler bemerkt? Und niemand hatte sie angesprochen? Wenn Ebbe genau darüber nachdachte, hatte sie sich tatsächlich beobachtet gefühlt in den letzten Wochen. Oft hatte sie bemerkt, dass man über sie sprach. Doch das hatte sie auf ihre schreckliche Person geschoben. Immer wieder hatte sie sich ausgemalt, was gerade Böses über sie getuschelt wurde. Das hatte ihr Kraft gegeben, weiter zu hungern. Zu verschwinden. Obwohl sie es doch manchmal bemerkt hatte ... Wenn die blauen Flecken an Hüfte und Steißbein größer wurden oder sie auf dem harten Boden nicht mehr sitzen mochte. Sogar die Holzstühle in der Schule schmerzten und hinterließen Abdrücke auf ihrer Haut. Ebbe hatte sich gewundert, dass sie in jeder Hose einen Gürtel benötigte, sich aber eingeredet, dass sie beim Waschen einfach ausgeleiert waren. Und fragten die Lehrer nicht jeden Schüler mal, wie es ihm oder ihr ging? Das war doch keine Besonderheit, hatte sie sich gesagt. »Ich habe Schulsachen über Hanne organisiert. In Biologie habt ihr gerade das Thema Ernährung und Gesundheit. Hanne hat erzählt, dass die Mädchen jetzt alles fast 50 Kilo wiegen und sie nicht mehr wüsste, was sie kochen sollte, da Anina so einen Hunger hätte. 50 Kilo, Ebbe! Das sind 15 Kilo mehr als du wiegst, ist dir das eigentlich klar?« »Die sind ja auch alle größer«, antwortete Ebbe leise. »Weißt du, dass auch das Gehirn irgendwann nicht mehr richtig funktioniert, wenn es zu wenig versorgt wird?« Ebbe saß da und starrte empört auf den Tisch. »Ich weiß, dass ich dumm bin«, antwortete sie trotzig, obwohl ihr bewusst war, dass Lores Aussage nicht darauf abzielte. Dann wusste sie plötzlich nicht mehr, was sie sagen sollte. Es war wie eine riesige Welle, die sie überspülte. Draußen vor dem Fenster schwebte wie immer die dicke und dunkle Wolke. Als Ebbe jetzt hinaussah, schien sie sich in Teilen aufzulösen. Ein Stück blauer Himmel trat hervor.

17. Der Kampf beginnt

Ebbe hatte Lore versprochen, dass sie sich ab sofort helfen lassen würde. Und jetzt, nachdem sie ihrer Mutter alles anvertraut hatte, konnte sie plötzlich nicht mehr lügen. Dennoch fiel es Ebbe sehr schwer, wieder zu essen. Der Zwang, eine Lücke zu finden und doch irgendwo Kalorien einzusparen oder sich heimlich zu bewegen, war stark.

Wenige Tage nach dem erlösenden Gespräch zwischen Ebbe und ihrer Mutter kam Josse zu Besuch. Ebbe erfuhr davon nach dem Frühstück und konnte es kaum abwarten, ihren Vater nach all den Wochen endlich wiederzusehen. Als Josse kurz vor zwei an die Zimmertür klopfte und hereintrat, umarmte Ebbe ihn so fest sie konnte. Sie weinte und hatte das Gefühl, dass auch ihr Vater sehr gerührt war. Lore ging los, um etwas Kuchen zu kaufen. Josse setzte sich an den kleinen Holztisch und Ebbe zwang sich, auf dem Stuhl neben ihm Platz zu nehmen. Etwas nervös sah sie auf die Uhr. Um 14 Uhr gab es Käsebrot. Sie hasste es, schon vorher sitzen zu müssen. Wie sollte sie außerdem die übliche Diskussion um das Essen vor ihrem Vater verbergen? Lore hatte sie gewarnt, ihr Vater sei sowieso schon überlastet und solle von all den herausfordernden Situationen in der Klinik verschont bleiben. Ebbe wackelte mit den Beinen und kaute nervös auf ihrer Unterlippe herum. Niemand sagte etwas. Dann brachte Schwester Ute das Käsebrot und setzte sich lächelnd zu den beiden an den Tisch. Ebbe blickte entsetzt auf die dicke Scheibe Maasdamer, mit der es belegt war. Aus seinen Löchern quoll die Butter nur so hervor. Ute hatte die Butterverpackung mit Absicht schon weggetan, damit Ebbe nicht kontrollieren konnte, wie viel sie verwendet hatte. Bestimmt die vollen 10 Gramm, schätzte Ebbe. Ihr wurde schlecht. »Ich kann gerade nichts essen«, sagte sie betont beiläufig und hoffte, dass sie aufgrund ihres Besuches damit durchkommen würde. Vielleicht drückte die Schwester ein Auge zu und Lore würde es überhaupt nicht mitbekommen? Doch Ute schüttelte den Kopf. »Lass' es, Ebbe! Du kennst die Regeln. Es liegt an dir, wie lange ich hier stören muss.« Ihre ruhige Aussprache dabei ließ Ebbe wütend werden. Schwester Ute blickte zu Josse und entschuldigte sich bei ihm. Als würde es ihr tatsächlich leid tun, dachte Ebbe verächtlich. Zitternd hob sie das Brot an und schmierte mit den Fingern so unauffällig wie möglich die Butter weg. Sie biss ein winziges Stück ab und versuchte, dieses in die Serviette zu spucken. Schwester Ute, die diese Dinge gewohnt war, sah sie mahnend an. »Wir haben noch mehr Brote, keine Sorge«, sagte sie betont lässig, »Wenn du zu viel vergeudest, gibt es ein neues. Ist nur schade drum!« Josse hingegen wirkte entsetzt. Er wurde bleich und entschuldigte sich plötzlich. »Es tut mir leid, Ebbe«, sagte er, »das kann ich nicht mit ansehen. Ich kann nicht ertragen, dass du dich so kaputt machst! Mama hat mich gewarnt, aber das hier habe ich nicht erwartet!« Mit diesen Worten verließ er den Raum. Ebbe war fassungslos. Schwester Ute tat so, als habe sie mit nichts anderem gerechnet und sah Ebbe schuldzuweisend an. Als Lore mit dem Kuchen zurückkam, fand sie eine aufgelöste Ebbe und ein wütend zermatschtes Käsebrot vor. »Wo ist Papa?«, fragte sie und bemerkte erst jetzt die zwei Anrufe von Josse auf ihrem Handy. Es war das erste und letzte Mal, dass Ebbe Besuch von ihrem Vater bekam.

Die folgenden Tage zogen sich wie Kaugummi. Ebbe fühlte sich wie ein kleines Kind und wartete jeden Tag ungeduldig darauf, dass Lore endlich bei ihr war. Sie fing an, ihre Essensmengen zu steigern. Morgens aß Ebbe jetzt mindestens ein halbes Brötchen, wobei über den Belag jedes Mal heftig diskutiert werden musste. Wenn es Lore zu viel wurde, nahm sie ihre Tasche und ging zur Tür. Das wirkte und Ebbe gab nach. Sie hatte das Gefühl, ohne ihre Mutter gar nicht mehr leben zu können und zwang sich, ihr zu vertrauen. Jeder Bissen sei ein Schritt in die richtige Richtung, sagte Lore. Ebbes Befürchtung, ihr Gewicht würde bei den Mengen explodieren, bestätigte sich nicht. Fast zwei Wochen nach dem Gespräch waren es gerade mal 800 Gramm mehr auf der Waage. Diese Erfahrung sorgte dafür, dass Ebbes Angst ein kleines bisschen nachließ. Lore besorgte Zeitschriften, die sie sich gemeinsam ansahen. Sie vereinbarten Zeiträume, in denen Ebbe sich dazu mit ihr an den Tisch setzen sollte. Das Sitzen fiel Ebbe noch immer sehr schwer. Doch die Anspannung und der Druck, den Ebbe jedes Mal dabei empfand, ließen tatsächlich langsam nach. In den Zeitschriften waren viele junge Mädchen abgebildet. Oft zeigte Ebbe auf eine von ihnen und fragte, ob sie immer noch nicht deutlich dicker sei als diese. Lore beruhigte Ebbe jedes Mal damit, dass all diese Mädchen mit Sicherheit mindestens zehn Kilo mehr als Ebbe wogen. Sie solle sich aber nicht immer vergleichen. Doch Ebbe musste sich vergleichen. Sie hatte offenbar eine andere Sicht auf sich und wollte wissen, wie sie wirklich aussah. Das gab ihr etwas Halt und Zuversicht beim Zunehmen. Als Belohnung für ihre Mühe und die Mitarbeit durfte Ebbe jetzt täglich eine Stunde mit Lore im stationseigenen Garten verbringen. Wenn die Schwestern gute Laune hatten, ließen sie die beiden sogar zu Bäcker gehen. Dort trank Ebbe einen Kaffee, während Lore Kuchen aß und jedes Mal versuchte, Ebbe probieren zu lassen. Zu gerne hätte Ebbe das getan! Doch das konnte sie nicht zugeben. Ihr sei nicht nach etwas Süßem, sagte sie dann und betonte außerdem, dass sie sich extra schon einen Schuss Vollmilch in ihren Kaffee gekippt habe. Einen großen Schuss! Tatsächlich war dies nicht leicht für Ebbe. Jedes Mal versuchte sie abzuschätzen, wie viele Kalorien und wieviel Fett sie dabei zusätzlich zu sich nahm. Dabei hätte sie zu gerne sogar mal einen Cappuccino oder gar eine Latte Macchiato getrunken. Manchmal wünschte sie sich fast, Lore würde sie dazu zwingen. Doch ihre Mutter wusste, dass sie ihrer Tochter Zeit geben musste. Die Mahlzeiten auf der Station waren jedes Mal eine Achterbahn der Gefühle für Ebbe. Als sie zum ersten Mal Camembert zum Abendbrot aß, fing Ebbe plötzlich an zu weinen. Zu präsent war ihr die Erinnerung an den gemeinsamen Abend mit Lore und Josse vor dem Fernseher. Damals hatte sie es geschafft, ihre Eltern glauben zu lassen, etwas gegessen zu haben. Ausgerechnet mit ihrem Lieblingskäse hatte sie ihnen etwas vorgetäuscht! Ebbe musste plötzlich alles zugeben, was Lore vielleicht noch nicht wusste. Sie erzählte von den vielen Notlügen und ihrem furchtbar schlechten Gewissen. Es tat ihr so unendlich leid, unehrlich gewesen zu sein! Lore sagte, sie sei froh, dass Ebbe es ihr erzähle. Besser jetzt, als dass sie es noch länger geheim gehalten hätte.

Eines Tages entdeckte Ebbe in einer von Lores Zeitschriften eine Seite mit Nährwerttabellen. Sehr interessiert verglich sie hierbei die verschiedenen Süßspeisen. Erstaunt stellte sie fest, dass ein Schokokuss aufgrund seines geringen Gewichts deutlich weniger Kalorien hatte als ein durchschnittliches Stück Kuchen. Und auch weit weniger als eine belegte Vollkornschnitte. Als Alternative zum üblichen Käsebrot am Nachmittag gab es auf der Station täglich eine andere Sorte Kuchen. Dieser wurde von den Essgestörten natürlich gemieden. »Irgendwann musst du auch Zucker wieder zulassen«, sagte Lore eines Tages. Als Lena abends bei Ebbe im Zimmer saß, fragte sie die junge Schwester, ob sie am folgenden Tag statt eines Käsebrotes einen Schokokuss essen dürfe. Lena war erstaunt. »Du möchtest etwas Süßes als Alternative zum Käsebrot?

Das ist aber ja toll!«, freute sie sich über den Vorschlag. Kaum hatte sie das ausgesprochen, plagte Ebbe ein schlechtes Gewissen. Natürlich war es nicht falsch, dass Ebbe etwas Neues – und dazu noch Süßes – ausprobieren wollte. Doch der eigentliche Grund war ja die Hoffnung, dadurch weniger Kalorien zu sich zu nehmen. Ebbe lächelte verhalten.

Am nächsten Morgen berichtete Schwester Ute Lore gleich nach dem Frühstück von Ebbes Vorschlag und wirkte stolz. Auch Lore freute sich und die beiden bekamen die Erlaubnis, nach der Quarkmahlzeit zum Bäcker zu gehen und einen Schokokuss zu kaufen. Kurz nachdem sie die Eingangstür der Station hinter sich geschlossen hatten, nahm Lore Ebbe in den Arm. »Ich bin stolz auf dich, dass du das machst!«, sagte sie. Ebbe war innerlich zerrissen. War dies wieder eine Lüge? Sollte sie ihre Mutter einweihen? Verunsichert sah Ebbe wenig später zu, wie Lore zwei Schokoküsse kaufte. Um 14 Uhr war es dann soweit. Lore freute sich sichtlich darauf, etwas gemeinsam mit Ebbe zu essen. Das hatte es in dieser Form schon lange nicht mehr gegeben. Ebbe überlegte, ob sie einen Kaffee statt des üblichen Tees dazu trinken und in diesen mehr Milch schütten solle. Dann würde sie ihr schlechtes Gewissen vielleicht etwas beruhigen, weil sie ihrem Getränk einen höheren Nährwert zukommen ließ? Ebbe war hin- und hergerissen, als Schwester Marlies sie nach ihrem Getränkewunsch fragte. »Ebbe nimmt bestimmt wieder Tee«, antwortete Lore für sie und nahm selbst einen Kaffee. Als die Schwester das Zimmer verlassen hatte, platzte es aus Ebbe heraus: »Mama, ich wollte nichts Süßes ausprobieren, sondern einfach weniger als das Käsebrot essen! Ein Schokokuss hat doch nicht so viele Kalorien!« Wie ein kleines Kind begann Ebbe zu weinen und erkannte sich selbst nicht wieder. Lore war erstaunt. »Tatsächlich?«, fragte sie. »Hätte ich gar nicht gedacht bei dem vielen Zucker.« Ebbe bekam eine Gänsehaut, als Lore sie daran erinnerte, wie ungesund der Schokokuss war. »Na, dann isst du heute Abend einfach etwas mehr. Jetzt lass uns trotzdem genießen, dass wir wieder etwas gemeinsam essen können.« Lores gute Laune hielt an. Ebbes Freude hingegen war getrübt. Sie merkte, wie die Angst in ihr wuchs. Heute Abend mehr essen? Soooo unglaublich viel weniger war der Schokokuss ja nun auch wieder nicht! Was hatte sie sich da nur eingebrockt?! Am liebsten wäre sie auf den Krankenhausflur gelaufen und hätte ihr Käsebrot zurückgeholt. Doch das ging jetzt nicht mehr. Ebbe ärgerte sich über sich selbst und hatte den ganzen Nachmittag über schlechte Laune. Sie war aufgewühlt und angespannt. Als ihr Tablett mit dem Abendbrot gebracht wurde, war Ebbe übel vor Aufregung. Sie spürte ihren aufgeblähten Bauch. In ihrem Kopf nagte das schlechte Gewissen, freiwillig so viel Zucker gegessen zu haben. Wie viel mehr würde Lore heute beim Abendessen von ihr verlangen? Musste sie denn immer auf ihre Mutter hören? Oder könnte sie nicht darauf bestehen, es heute bei der neuen Schokokuss-Mahlzeit zu belassen? Fast bereute Ebbe es, ihrer Mutter die Wahrheit gesagt zu haben. Schwester Marlies stellte das Tablett ins Zimmer und wünschte Ebbe guten Appetit. Ebbe verdrehte die Augen. Lore blickte auf den Teller. In den letzten Tagen hatte Ebbe abends eine ganze Scheibe Brot gegessen. Mit Aufstrich. Ebbe hatte sich extra die vegetarische Paste bestellt. Denn die hatte einen deutlich geringeren Nährwert als die riesigen Scheiben Schnittkäse. Ebbe setzte sich an den Tisch, innerlich aufgewühlt. Zitternd begann sie, ihr Brot zu bestreichen. Sie war noch nicht einmal ganz fertig, als Lore sie an die abgesprochene Steigerung erinnerte. »Du kannst dir die zweite Scheibe gleich mitschmieren«, sagte sie. Das genügte! Wütend pfefferte Ebbe ihre Gabel auf den Tisch. »Lass mich!«, brüllte sie. »Ich habe genug Zucker gehabt heute, da fällt mir schon eine halbe Scheibe schwer! Was willst du eigentlich noch von mir?!«, brüllte sie ihre Mutter an. Lore war überrascht. »Was ich will? Dass du gesund wirst, mein Schatz!« Ihr sanfter Tonfall ließ Ebbe noch zorniger werden. Als Nächstes flog das Messer an die Wand. »Reiß dich zusammen, Ebbe!«, rief Lore entsetzt. Doch Ebbe war mit einem Mal außer sich vor Wut. Reichte es denn nicht, dass sie in den vergangenen Tagen immer mehr gegessen hatte? Dass sie sich immer häufiger hinsetzte und mit Lore Ruhe einhielt? Dass sie sich ohne ein Widerwort sondieren ließ und ihren ekelhaften, aufgeblähten Bauch aushielt? War das nicht genug? Sie wollte nicht essen! Weder eine ganze, noch eine halbe Scheibe Brot. Ebbe griff nach dem Schnittkäse, um ihn gegen die Fensterscheibe zu werfen. Dabei stieß sie mit ihrem Ellenbogen die Teetasse um. Heißes Wasser lief über den Tisch und tropfte auf ihre Hose. Ebbe war so aufgebracht, dass sie den Schmerz nicht spürte. »Schade, dass es nicht mehr gekocht hat!«, schrie sie. Auch die Tasse flog zu Boden. Der Henkel zerbrach. Der laute Aufprall war auch den Schwestern auf dem Flur nicht entgangen. Marlies klopfte kurz und trat herein. Als sie die fluchende Ebbe und das Durcheinander auf dem Tisch sah, rief sie nach Schwester Emma. Sie solle eine Spritze mit Beruhigungsmittel aufziehen. Dann ging sie zu Lore, nahm sie in den Arm und drückte sie. Ebbe war verblüfft. Ein Beruhigungsmittel? War das ernst gemeint? Sie sah Lores Gesicht. Ihre Mutter blickte erschrocken, ängstlich und verzweifelt. »Wir geben Ebbe eine kleine Beruhigungsspritze. Wollen Sie nicht schon gehen? Sie tun mehr als genug hier und der Tag heute war besonders anstrengend für Sie«, sprach Marlies mit ruhiger Stimme. Sie ließ Lore wieder los. Diese blickte Ebbe an und flüsterte: »Muss das wirklich sein, Ebbe? Hattest du nicht etwas versprochen? Bekommen wir das nicht beide auch so hin?« Als Ebbe sah, dass auch ihre Mutter mit den Tränen kämpfte, stürmte sie auf Lore zu. »Doch, doch, doch!«, weinte sie. Es tut mir leid, wirklich! Ich wollte das nicht. Ich werde jetzt essen, versprochen! Mehr als gestern.« In diesem Augenblick betrat Schwester Emma den Raum. In der Hand hielt sie eine Spritze. Fragend schaute sie zu Marlies, die wiederum die Schultern zuckte und sich erneut an Lore wandte: »Sind sie sicher?« Lore nickte und drückte die schluchzende Ebbe an sich. Mit dem Hinweis, dass Lore sofort klingeln solle, wenn noch etwas dazwischenkäme, verließen die beiden Schwestern das Zimmer. Kurz bevor sich die Tür ganz schloss, hörte Ebbe Schwester Marlies flüstern. »Das würde keine Mutter mitmachen! Wir müssen auf Frau Sander aufpassen! Vielleicht sollte sie nicht mehr so lange und jeden Tag hier sein. Ebbe macht sie vollkommen fertig.«

Ebbe konnte sich überhaupt nicht mehr beruhigen. Zum ersten Mal wurde ihr bewusst, wie egoistisch sie war. Immer dachte sie nur daran, was das Essen mit ihr machte und dass sie ihr Ziel verfolgen müsse. Die Gefangenschaft in diesem Zimmer fand sie passend für sich. Eine Bestrafung. Doch was tat sie damit ihrer Mutter nur an? Mit einem Mal begriff Ebbe das gesamte Ausmaß ihres Handelns. Es traf sie wie ein heftiger Schlag ins Gesicht. Sie weinte und weinte. Nach einer Weile sagte Lore ruhig: »So, jetzt reicht es, Ebbe! Es ist schon spät und du wirst demnächst schon wieder sondiert. Das Abendessen wartet.« Ebbe wagte kaum ihre Mutter anzusehen. Eine einfache Entschuldigung an dieser Stelle wäre lächerlich gewesen. Daher sagte sie nichts. Sie hatte das Gefühl, dass das schlechte Gewissen sie erdrücken würde. Ebbe setzte sich an den Tisch. Durch einen dicken Tränenschleier nahm sie das bestrichene Brot in die Hand und biss ab. Stück für Stück. So lange, bis nichts mehr übrig war. Zitternd griff sie nach der zweiten Scheibe. Sie hatte das Gefühl, ihr Magen drehe sich gleich um. Doch Ebbe ignorierte dieses Gefühl und aß auch die zweite Scheibe komplett auf. Sie hatte sogar etwas Butter darauf geschmiert.

Die Wochen und Monate in der Klinik flogen nur so dahin. Lore war und blieb stets an Ebbes Seite. Sie war der Fels in der Brandung und kam verlässlich jeden Morgen in die Klinik, um ihr durch den Tag zu helfen. Mehr und mehr konnte Lore beobachten, wie ihre Tochter zurück ins Leben fand. Auch Ebbe selbst merkte, dass sie sich veränderte. Plötzlich fiel ihr auf, wie sehr sie das Leben dort draußen vermisste. Das wahre Leben. Freunde, Unternehmungen, Spaß. Ebbe wollte wieder dazugehören. Und dazu musste sie kämpfen! Gegen das ungute Gefühl in ihrem Körper. Gegen die Unruhe. Gegen die negativen Gedanken, die sich eingebrannt hatten. Jeden Tag aufs Neue. Bald schon erkannten die Schwestern ihre ehemals so uneinsichtige Patientin kaum wieder. Ebbe fügte sich den Regeln auf der Station und bemühte sich sichtlich, mitzuarbeiten. Sie steigerte nicht nur ihre Mahlzeiten kontinuierlich, sondern begann darüber hinaus, Gefühle zuzulassen und darüber zu sprechen. Sie teilte sich den Schwestern mit, wenn sie dabei war, wieder einmal einen Weg zum Schummeln zu suchen. Oder wenn die Unruhe zu stark wurde und sie am liebsten joggen gegangen wäre. Darüber zu sprechen, ließ zwar nicht jeden negativen Gedanken komplett verschwinden. Doch es half dabei, durchzuhalten und die unangenehmen Gefühle zu ertragen. Die Schwestern gaben Ebbe das Gefühl, sie zu verstehen und sagten, dass dies alles zum Gesunden dazugehöre. Ebbe lernte, zu vertrauen. Auch die Gesprächstherapie brachte Ebbe viele neue Erkenntnisse. Zum ersten Mal seit Beginn ihrer Krankheit versuchte sie, die Hintergründe ihres Handelns zu verstehen. Die Therapeutin Frau Jalik half Ebbe dabei, ihr selbst erstelltes Idealbild abzuwandeln, wie sie es nannte. Die vorhandene Vorstellung von einer Person, die sie gerne sein wolle, könne und solle Ebbe nicht von heute auf morgen aufgeben. Dazu hatte sie zu lange existiert. Ebbe war 16. Begonnen hatte es mit knapp elf Jahren. Frau Dr. Jalik schaffte es jedoch, Ebbe zu einem positiveren Selbstbild zu verhelfen. Sie ließ sich viel aus ihrer Kindheit erzählen. An einigen Stellen stellte sie gezielte Fragen. Hierbei fiel Ebbe auf, dass sie selbst tatsächlich viel leistungsstärker war als sie dachte. Ebbe begriff nach und nach, dass ihr Körper lediglich das Ventil für innere Sorgen und Konflikte war. Sie musste schließlich akzeptieren, dass zur Krankheit Anorexie auch eine verzerrte Körperwahrnehmung gehörte. Dass es einfach nicht stimmte, was sie im Spiegel sah. Frau Dr. Jalik kannte viele Methoden, um Ebbe einen realistischeren Blick auf sich selbst und ihren Körper zu verschaffen. Überzeugen konnte sie die kranke Ebbe jedoch nur schwer. So bat sie Ebbe etwa, sich auf den Boden zu legen. Anschließend zeichnete sie ihre Körperumrisse auf ein großes Blatt Papier. Ebbe erschrak, als sie die schmalen Gliedmaßen sah. Doch gleich darauf beschuldigte sie ihre Therapeutin, dass sie den Stift viel zu sehr nach innen gerichtet hatte und sie in Wirklichkeit doch viel massiger war. Sie war wütend, weil ihre Therapeutin sie so leicht hinters Licht führen wollte. Dr. Jalik war selbst sehr schlank. Ebbe hielt sie für deutlich dünner als sich selbst. Ihre Therapeutin bat Ebbe in einer Sitzung, ihren Oberarm zu umfassen. Mit einer oder beiden Händen, das könne sie sich aussuchen. Ebbe war es sehr unangenehm, einer fremden Person so nahe zu kommen. Doch sie folgte der Anweisung. Anschließend sollte sie ihren eigenen Oberarm umfassen. Während Ebbe bei Dr. Jalik fast eineinhalb Hände benötigte, konnte sie ihren eigenen Arm locker mit einer Hand umfassen, so dass sich Daumen und Mittelfinger sogar noch überschnitten. Doch auch hier zweifelte Ebbe an der Messgenauigkeit und Aussagekraft der Übung. Immer wieder vergewisserte sie sich bei Lore, dass sie dünner war als die schlanken Personen um sie herum. Sie schnitt Bilder von jungen Mädchen aus Zeitschriften aus und fragte Lore, wieviel diese wohl wiegen würden. »Mindestens 46 Kilogramm. Mindestens!«, antwortete Lore jedes Mal. Das motivierte Ebbe. Sie hatte mittlerweile 36,2 Kilogramm erreicht. Als Belohnung sollte bei Erreichen der 37 Kilogramm die Sonde gezogen werden. Wenn Ebbe weiter so gut zunahm, durfte sie stattdessen wieder Meritene trinken. Ebbe freute sich unglaublich und bedankte sich überschwänglich bei Schwester Ute, die ihr die positive Nachricht überbrachte. Denn mittlerweile hatte Ebbe Gefallen am Essen gefunden. Sie freute sich besonders auf das Frühstück und Abendbrot, das sie gemeinsam mit Lore einnehmen durfte. Morgens gab es jetzt immer zwei ganze Vollkornbrötchen. Den Quark wenig später schaffte sie außerdem locker. Die Sorte Himbeere war Ebbe am liebsten und schütteln tat sie die Packung schon längst nicht mehr. Dafür ihre Meritene, das nahm sich Ebbe ganz fest vor. Beim Abendbrot liebte Ebbe mittlerweile die verschiedenen Käsesorten. Da das Krankenhausangebot hier begrenzt war, brachte Lore ab und zu neue Sorten mit. Manchmal weinte Ebbe, wenn sie etwas Neues ausprobieren durfte. Einfach, weil es so lecker war und sie es wieder durfte.

Niemand in Ebbes näherer Umgebung hätte gedacht, dass sie jemals wieder mit so viel Genuss und Freude würde essen können. Sie selbst wohl am wenigsten. Das Druckgefühl und die Unruhe ließen nach und auch das schlechte Gewissen hatte Ebbe jetzt unter Kontrolle. Noch immer musste sie ihre Essensmengen kontrollieren, das war klar. Doch die Tatsache, dass sie mittlerweile sechs normale Mahlzeiten aß, zusätzlich Meritene trank und dennoch nur sehr langsam an Gewicht zulegte, bestärkte und ermutigte sie. Es kam sogar vor, dass Ebbes Gewicht sich von Dienstag bis Freitag überhaupt nicht veränderte. Ganze zwei Wochen hielt sie 37,5 Kilogramm. Sie genoss die gemeinsamen Spaziergänge mit Lore auf dem Gelände und die Besuche der Bäckerei. Aus dem ehemals schwarzen Kaffee war ein Cappuccino oder Latte Macchiato geworden. Immer öfter konnte Lore ihre Tochter außerdem davon überzeugen, wenigstens ein ganz kleines Stück von ihrem Kuchen zu probieren. Ebbe hatte Spaß daran. Lore und Ebbe waren sich so nah, wie lange nicht mehr und Ebbe spürte, dass sie ihrer Mutter unendlich viel zu verdanken hatte. Immer wieder sprach sie ihr Mut zu. Selbst wenn Ebbe zum hundertsten Mal besorgt nachfragte, ob auch wirklich niemand den Wunsch verspürte, sie dicker aussehen zu lassen, als es nötig war.

18. Lübeck hinter sich lassen

Einen Monat später hatte Ebbe die magische Grenze von 40 Kilogramm erreicht. Erleichtert stellte sie fest, dass sie die meisten Hosen immer noch tragen konnte und ihre Beckenknochen noch zu sehen waren. Sie brauchte etwas, an dem sie sich orientieren konnte. Eine zu große Veränderung ihres Körpers hielt sie nicht aus. Doch ihre Hosen saßen nur minimal enger und damit hatte sie sich abgefunden. Weitaus entscheidender als die allmähliche Akzeptanz ihres Körpers war jedoch Ebbes Einstellung zum Essen.

Mittlerweile hatte Ebbe viele Gespräche mit verschiedenen Ärzten geführt. In diesen war ihr sehr sachlich erklärt worden, welche Gefahr ein zu starkes Untergewicht für ihren Körper darstellte. Unter 40 Kilogramm seien ihre Organe stark gefährdet, ihre Funktion einzustellen. Das könne schwere Folgen haben und Ebbe möglicherweise davon abhalten, ein normales Leben führen zu können. Mit oder ohne viele Fachbegriffe hatte Ebbe verstanden, dass sie durch ihre Unterernährung möglicherweise im Rollstuhl landen und zu einem Pflegefall werden könnte. Die Vorstellung davon löste bei Ebbe tatsächlich eine Gänsehaut und Angst aus. Da sie Ordnung und Kontrolle liebte, konnte sie sich mit der Vereinbarung, die 40 Kilogramm nicht zu unterschreiten, gut abfinden. Es passte in ihren Plan, den sie im Kopf hatte. Sobald sie eine plausible Erklärung und klare Fakten hatte, konnte sie sich mit gewissen Dingen arrangieren, indem sie diese in ihr persönliches System einordnete. 40 Kilogramm als feste Grenze. Nicht weniger. Aber auch kein Kilo darüber. Durch die Therapie hatte sie gelernt, ihren Körper mehr und mehr zu akzeptieren und Verantwortung zu übernehmen. Nicht nur für sich, sondern auch für die Menschen in ihrem Umfeld. Besonders für Lore, dachte Ebbe. Sie hatte so viel Kraft und unterstützte sie unermüdlich weiter. Die gemeinsame Zeit mit ihrer Mutter bedeutete Ebbe unglaublich viel. Die Vertrautheit zwischen ihnen hatte dazu geführt, dass Ebbe sich sogar auf die Mahlzeiten wieder freuen konnte. Auch wenn sie das nicht wirklich aussprach. Doch gemeinsam mit ihrer Mutter zu essen, war ein ganz besonderes Stück Nähe, das sie nie wieder hergeben wollte. Nach wie vor telefonierte sie regelmäßig mit Josse. Der so abrupt beendete Besuch ihres Vaters wurde nicht mehr erwähnt. Ebbes schlechtes Gewissen deswegen war riesig. Doch sie wusste, dass eine einfache Entschuldigung hier nicht angemessen war. Also erkundigte sie sich nach Klara und ließ nebenbei immer mal wieder fallen, dass sie jetzt auch wieder ganz normal essen könne. Josse ging zwar nicht direkt darauf ein, doch Ebbe wusste, dass ihm diese Sätze guttaten. Wenige Monate später, Mitte Mai, erreichte Ebbe die 41 Kilogramm. In der Chefvisite am Mittwoch wurde entschieden, dass eine Therapiepause sinnvoll wäre. Ebbe sollte erst einmal wieder eine Weile nach Hause und in den normalen Alltag einer Jugendlichen zurückfinden. Da sie sich dem Behandlungskonzept mit ihrer Mutter zuletzt so gefügt hatte, gingen die Ärzte davon aus, dass sie den weiteren Weg auch zu Hause würde gehen können. Ebbe konnte es zunächst überhaupt nicht glauben. Sie sollte wieder nach Hause? So plötzlich? Das alles war noch so weit weg gewesen! Ebbe hatte jedes Gefühl für Zeit verloren. War sie wirklich schon bereit dazu, ihren Schutzraum zu verlassen? Vereinbart wurde, dass sie sich an den Mahlzeiten orientierte, die es hier in der Klinik gegeben hatte. Ihr Gewicht solle sie mindestens halten. Langfristig sei eine Gewichtszunahme bis 45 Kilogramm anzuvisieren. Die Zahl 45 löste bei Ebbe mittlerweile nicht mehr ganz so starke Angstgefühle aus wie früher. Sie dachte an all die vielen Bilder der schlanken Mädchen in den Zeitschriften, die doch noch mehr wogen. Und 5 war eine schöne Zahl. 40 die Grenze, doch eine schöne 5 dazu passte eigentlich auch in ihr System. Ein bisschen jedenfalls. Immer wieder war Ebbe versichert worden, dass niemand auf die Idee käme, sie mit diesem Gewicht abstoßend zu finden. Ebbe musste lernen, dass sie sich selbst und vor allem ihren Körper noch immer deutlich anders wahrnahm, als er objektiv aussah. Sie musste lernen, das Ekelgefühl nicht zuzulassen. Stattdessen sollte sie überlegen, wofür es stehen könnte. Zu diesem Zweck konnte sie ambulante Gespräche mit einer Therapeutin in Anspruch nehmen, wenn sie es wollte.

Ebbe packte ihre Koffer noch am selben Nachmittag. Mit sehr gemischten Gefühlen. Ihr Aufenthalt in Lübeck war ein ganz besonderer gewesen. Er hatte sie in vielerlei Hinsicht geprägt und verändert. Ebbe hatte gelernt, das Essen wieder als Teil ihres Lebens zu akzeptieren. Ihre Gefühle hatten nichts damit zu tun. Sich auszudrücken gelang ihr nun über Worte und nicht über das Hungern. Sie hatte gelernt, Verantwortung zu übernehmen. Für sich und ihren Körper. Nicht zuletzt aber auch für ihre Familie, der sie über Jahre so viele Sorgen bereitet hatte. Am folgenden Tag durfte Ebbe das Krankenhaus verlassen. Es war ein seltsames Gefühl, an diesem Morgen ein letztes Mal in ihrem Zimmer zu frühstücken. Wie in den vielen Tagen und Wochen zuvor auch saßen Ebbe und Lore gemeinsam am Tisch. Beide hatten wie immer zwei Brötchen, verschiedene Aufstriche und Kaffee vor sich stehen. Ebbe frühstückte mittlerweile gerne. Doch an diesem Tag war alles anders. Bisher hatte Ebbe im Hinterkopf doch immer noch den Druck und die Kontrolle durch die Schwestern gehabt. Doch nun stand ihre Entlassung an. Sie war frei und konnte mehr oder weniger tun und lassen, was sie wollte. Als Ebbe das erste ihrer beiden Brötchen aufgegessen hatte, wurde Lore von Schwester Marlies ins Schwesternzimmer gebeten. Es gäbe noch ein paar Formalitäten zu klären, sagte sie. Beim Schließen der Zimmertür zwinkerte sie Ebbe zu und lachte: »Ebbe weiß ja jetzt, wie man isst!«. Dann schloss sich die Tür. Ebbe lächelte, doch wurde schnell wieder ernst. Vor ihr lag das zweite Brötchen, das sie in den letzten Wochen ohne Widerstand immer aufgegessen hatte. Noch war es unbestrichen. Ebbe wusste, dass sie weitermachen musste. Frau Dr. Jalek hatte sie eindringlich gewarnt, an ihrem erlernten Essverhalten etwas zu ändern. Eine Essstörung wie Anorexie sei tückisch. Schleichend würde sie wieder in alte Muster verfallen können und das wolle sie doch nicht, hatte sie zu Ebbe gesagt. Natürlich nicht, dachte Ebbe. Aber heute durfte sie wieder nach Hause und war deswegen sehr aufgeregt. War es da nicht nachvollziehbar, dass sie nicht ganz so viel würde essen können? Ebbe dachte an ihre Wutausbrüche, als sie noch vor wenigen Monaten dazu gezwungen worden war, eine Scheibe Brot zu essen. Davon war sie weit entfernt! Da Lore im Schwesternzimmer war, konnte sie ja auch nicht aufessen. Es war also einfach ein außergewöhnlicher Tag, entschied Ebbe. Entschlossen schob sie das zweite Brötchen zur Seite und brachte die beiden Frühstückstabletts schnell auf den Flur. Niemand bemerkte etwas. Um 11 Uhr kam Josse auf die Station, um Lore und Ebbe abzuholen. Sie umarmten sich innig. Es war noch immer ein seltsames Gefühl. Ebbes Freude war verhalten, doch sie wusste nicht recht, warum. Hatte sie Angst? Noch vor Monaten hätte sie alles darum gegeben, die Klinik so schnell wie möglich zu verlassen. Und nun?

Eilig holte sie ihre Koffer und verabschiedete sich von den Schwestern. Alle wünschten ihr nur das Beste. Doch in ihren Gesichtern konnte Ebbe

Zweifel erkennen. Selbstverständlich hatten sie Zweifel! Und plötzlich wusste Ebbe auch, warum ihr selbst so merkwürdig zu Mute war – auch sie zweifelte daran, dass es gutgehen würde. Josse nahm Ebbe das Gepäck ab. Als sie die schwere Eingangstür der Station hinter sich schlossen, wurde Ebbe schlecht. Auf dem Weg zum Auto schlug Lore vor, noch zwei Haferflockenbrote aus der Bäckerei mitzunehmen. Ebbe liebte das saftige Vollkornbrot mit den vielen Flocken. Da es diese Bäckerkette bei ihnen zu Hause nicht gab, war das eine gute Idee. Ihr Lieblingsbrot für das erste gemeinsame Abendessen zu Hause. Also spazierten sie zu dritt noch einmal zur Bäckerei. Ebbe wollte draußen warten. Ihr war noch immer etwas übel. Die Sonne schien hell und als sie vor dem Eingang stand, roch sie plötzlich den wohlbekannten Duft von frischem Holz. Es war das Holz der kleinen Bank, die angestrichen war wie die Häuschen in Schweden. Sie stand direkt vor der Bäckerei und erinnerte Ebbe plötzlich an das Schell'sche Reihenhaus. Auch dort vor der Tür stand eine Bank wie diese, die im Sommer wunderbar duftete. Ebbe wurde überschwemmt von Erinnerungen. Es waren Erinnerungen an den gewohnten Hausduft bei Anina; an Freundschaft und Behaglichkeit. Vor ihrem inneren Auge sah sie Bilder von früher auftauchen. Aus einer Zeit ohne Anorexie. Und mit einem Mal fragte sie sich, ob es diese jemals wieder geben würde. Konnte sie all das, was in den letzten Jahren geschehen war, einfach so vergessen? Ungeschehen machen? Konnte sie ohne ihre Essstörung leben? Vielleicht. Irgendwann bestimmt. Es war ein guter Weg, den sie eingeschlagen hatte. Sie würde kämpfen. Ja, dachte Ebbe entschlossen. Sie würde darum kämpfen, dass es wieder so unbeschwert werden würde wie damals. Sie blickte in den blauen Himmel und schluckte den dicken Kloß in ihrem Hals hinunter. Lore und Josse kamen aus der Bäckerei. Fröhlich unterhielten sie sich und hakten Ebbe unter.

Wenig später saßen sie im Auto. Es war Frühling und gerade weder zu warm noch zu kalt. Ebbe sah aus dem Fenster. Sie fuhren an Wohngebieten vorbei, in denen viele schöne Häuser standen. Sie lösten Gefühle aus, die Ebbe zunächst nicht zuordnen konnte. Es waren positive Emotionen. Glück, Zufriedenheit und eine Leichtigkeit, die sie lange nicht mehr gespürt hatte. Ebbe konnte fühlen, wie die Sonnenstrahlen sie wärmten. Ganz sanft strahlten sie durch das Autofenster und erhellten das Fahrzeuginnere ebenso wie die goldgelben Dächer und Fassaden der

Häuser draußen. Alles schien zu leuchten. Ebbe saß auf dem sandfarbenen Rücksitz und war erfüllt von neuer Kraft und einem Optimismus, den sie selbst nie für möglich gehalten hatte. Sie schloss die Augen und fühlte sich sicher und geborgen. Es war das erste Mal seit Jahren, dass es nicht die Anorexie war, die Ebbe in diesem Moment Halt gab. Es war, als würde sie plötzlich in den Himmel gehoben werden. Federleicht und frei. Und dabei war ihr ganz warm. So, wie es eine lange Zeit nicht sein durfte. Auch das Blau des Himmels war wundervoll. Es war nun nicht mehr das gleiche Blau wie vor der Klinik. Damals bedeutete der blaue Himmel, dass sie bald die kalte und graue Wolke erblicken würde. Unnahbar und eisig. Bedrohlich am Himmel schwebend. Sie war das Tor in ihre eigene Welt, das wusste Ebbe nun. In dieser gab es keine Wärme und somit auch kein strahlendes Gelb. Es war dunkel. Doch das Blau, das Ebbe jetzt sehen und fühlen konnte, das war anders. Es bedeutete, dass der Himmel endlich wieder ihr gehörte. Mit den vielen weißen Wolken. Sie waren viel deutlicher zu sehen als die graue Wolke. Alles war hell. Dieses aufkommende Gefühl während der Autofahrt nach Hause war der Beginn einer neuen Freundschaft. Der Freundschaft zwischen Ebbe und dem Leben. Denn in diesen wenigen Minuten hatte sie endlich wieder Gedanken, die mit dem Leben verbunden waren. Offenbar war dieser Weg genau der richtige. All die Trauer und Frustration, ja der gesamte Kampf in der Klinik hatten sich gelohnt. Sie war angekommen. An einer ersten wichtigen Haltestelle auf ihrem langen Weg, der sie fort von der Essstörung führen sollte. Ebbe konnte wieder genießen. Durfte wieder zulassen, dass sich etwas einfach gut anfühlte. Den Schatten, den die dunkle Wolke am Himmel hinter ihr und dem Auto auf den Boden warf, nahm sie nicht wahr. Er war auch nicht mehr ganz so finster wie noch vor wenigen Monaten.

Ebbe dachte daran, wie gemütlich es zu Hause nun sein würde. Dort war alles sehr hell und mit viel Holz gestaltet. In der Küche gab es eine warme Lampe über dem Esstisch. Es duftete bestimmt noch nach Lores frisch aufgebrühtem Kaffee. Als sie klein war auch nach heißem Kakao. Und nach getoasteten Brötchen. Ebbe spürte, wie sich erneut ein Kloß in ihrem Hals ausbreitete. Sie öffnete die Augen. Der Schatten der Wolke schlich nun neben dem Auto her, doch sie ignorierte ihn. Heute Abend würde sie mit ihren Eltern in der gemütlichen Küche gemeinsam Abendbrot essen. Haferflockenbrot. Ohne negative Gedanken. Sie atmete tief ein und wischte die Tränen der Rührung weg, die ungewollt aus ihren Augen liefen. Ein Abendessen mit Haferflockenbrot, auf das sie ihren geliebten Frischkäse schmieren konnte. Ein bisschen Sorgen hatte Ebbe plötzlich wegen der Brotscheiben. Sie hatte nicht gesehen, wie dick Lore sie in der Bäckerei hatte schneiden lassen. Dort konnte man zwischen verschiedenen Maßen wählen. Welche Stärke hatte Lore wohl genommen? Würde ihre Mutter gleich am ersten Tag nach ihrem Klinikaufenthalt darauf bestehen, dass Ebbe zwei Brote mit Butter aß, wenn die Scheiben doch sehr dick waren? Sie wurde etwas nervös. Als das Auto vor ihrem Zuhause hielt, zögerte Ebbe. »Willst du nicht aussteigen?«, fragte Lore, die es offensichtlich kaum erwarten konnte, das Haus zu betreten. Schließlich war auch sie mehrere Monate weggewesen. Voller Freude öffnete sie den Kofferraum und brachte die erste Tasche zur Haustür. Ebbe saß noch immer auf dem Rücksitz. Langsam öffnete sie die Autotür. Wie in Zeitlupe stieg sie aus und ging auf ihr Zuhause zu. Was würde sie hier erwarten? Ebbe war noch immer seltsam nervös und angespannt. Die Euphorie, die sie während der Fahrt gepackt hatte, war verschwunden. Ebbe dachte an ihre Entlassung aus der Bremer Klinik. Damals hatte sie das Haus kaum betreten, da war alles über sie hereingebrochen. Natürlich waren es zu dieser Zeit auch andere Bedingungen gewesen. Damals hatte Ebbe alles darangesetzt, aus der Klinik entlassen zu werden und hinsichtlich ihrer Essstörung nichts eingesehen. Das war nun anders. Ebbe hatte durch die Therapie in Lübeck viel über sich und ihre Vergangenheit gelernt. Doch war sie wirklich stark genug, den Weg auch hier draußen weiter zu gehen? Erneut drängten sich ihr zahlreiche Erinnerungen in ihrem Kopf auf. Doch diesmal waren sie nicht positiv. Welches Bild würde sich ihr zeigen, wenn sie in den goldenen Spiegel im Flur sah? Konnte sie es überhaupt noch wagen, hineinzusehen? In Lübeck gab es keinen Ganzkörperspiegel. Außerdem wollte Ebbe zu Klara. Doch als sie an ihre Reithosen dachte, wurde ihr mulmig zumute. Was war mit ihren Reithosen? Sollte sie sich trauen, in eine hineinzusteigen? War sie nicht zu dick dafür geworden? Musste sie nun ihren Kleiderschrank aussortieren, um nicht an die Vergangenheit erinnert zu werden? Frau Dr. Jalik hatte gesagt, sie solle einen Schlussstrich ziehen und mit einigen Dingen abschließen. Auch wenn ihr das nicht leichtfallen würde. Gerade das Thema Kleidung spiele bei Anorexiepatienten immer eine große Rolle. Da Ebbes Gewicht steigen sollte, hatte die Therapeutin ihr empfohlen, sich mit Lore neu einzukleiden. Dabei sollte sie allerdings darauf achten, mindestens eine Nummer zu groß zu kaufen. Das diene als Motivation. Ebbe hatte alles bejaht und nicht weiter darüber nachgedacht, als Frau Dr. Jalik mit ihr über diese Dinge gesprochen hatte. Erst jetzt verstand sie die Bedeutung dieser Worte. Mit all diesen Gedanken im Kopf betrat Ebbe ihr Zuhause und hastete sofort die Treppe hinauf. Als Ebbe es an Lores goldenem Spiegel vorbei die Treppe hinaufgeschafft hatte, atmete sie erst einmal durch. Sie hatte nur ganz kurz in den goldenen Rahmen des Spiegels im Flur hineingesehen. Da sie an diesem Tag ihre locker sitzende Chinohose angezogen hatte, konnte sie nicht viel von ihrer Figur erkennen. Ein dreiviertel Jahr war eine lange Zeit. Doch Ebbe hatte nichts von den Gefühlen vergessen, die hier vorgeherrscht hatten, bevor sie nach Lübeck gekommen war. Sie war die Treppe so schnell hinaufgelaufen, dass sie ganz außer Atem war. In der Klinik hätte man ihr bestimmt unterstellt, sie wolle nur mehr Energie verbrauchen. Doch nun war sie nicht mehr in der Klinik und konnte die Treppe so oft und schnell hinauf- und wieder hinunterlaufen wie sie wollte. Niemand würde es bemerken oder sie davon abhalten!

Ebbe ging auf ihre Zimmertür zu und öffnete sie. Abrupt blieb sie stehen. Ihr Zimmer sah vollkommen verändert aus! Vor den Fenstern hingen hellgrüne Seidenschals. Die Fensterbank war bestückt mit maritimen Figuren und Bilderrahmen. Die enthaltenen Fotos zeigten überwiegend Ebbe mit Klara. Die Bettwäsche auf ihrem Bett war ebenfalls in maritimen Farben gehalten und neu. Ein sandfarbener Teppich lag auf dem Boden. Als Ebbe ihn mit ihren nackten Füßen betrat, konnte sie fühlen, wie unglaublich weich er war. Sie musste lachen, als sie ihren Stoffhund vor dem Bett sitzen sah. Sie hatte ihn mit acht Jahren auf dem Weg in den Urlaub nach Fuerteventura am Flughafen gekauft. Obwohl ihre Eltern Ebbe darauf hingewiesen hatten, dass der schokoladenbraune Terrier doch vollkommen überteuert wäre, hatte sie ihr gesamtes Urlaubsgeld für ihn ausgegeben, noch bevor der eigentliche Urlaub begonnen hatte. Lore hatte ihm eine neue und knallrote Schleife umgebunden. An dieser hing ein kleines Schild mit der Aufschrift *Herzlich willkommen zu Hause*. Ebbe ließ ihren Blick durchs Zimmer schweifen. Sie bemerkte Lore und Josse hinter sich erst, als er meinte: »Grün ist die Farbe der Hoffnung und des Lebens. Wir dachten, es gefällt dir.« Ebbe drehte sich um. Und ob es ihr gefiel! Überwältigt schlang sie ihre Arme erst um Josses und anschließend um Lores Hals. Es war alles so liebevoll hergerichtet. Und das, obwohl Ebbe ihre Eltern so belastete. Ebbe fragte sich, womit sie das verdient hatte. Nachdem die drei sich noch eine Weile in den Armen gelegen hatten, gab es Mittagessen. Die erste Mahlzeit außerhalb der Klinik. Der Himmel war noch immer hellblau und nur wenige weiße Wolken schwebten über dem Haus. Ebbe war plötzlich aufgeregt. Wie würde die erste Mahlzeit ablaufen? Lore schien ebenfalls unsicher zu sein. Sie rührte nervös in ihrer Kartoffelsuppe herum und überlegte laut und hektisch, ob sie auch alles richtig gemacht habe. Sie zweifelte daran, dass sie so gut wie immer schmeckte und grübelte über verschiedene Kräuter nach. Schließlich gab sie auf, stellte den Herd einfach aus und nahm drei Suppenteller aus dem Schrank. »Ich fülle uns allen schon etwas auf«, sagte sie bemüht beiläufig. Doch Ebbe erkannte ihren unsicheren Tonfall und bemerkte den fragenden Blick, den ihre Mutter ihr zuwarf. Ebbe nickte. Angespannt. Ebenfalls unsicher. Josse saß neben ihr und las etwas auf seinem Tablet. Für ihn war dies scheinbar keine besondere Situation. Es gab ja schließlich auch nur Mittagessen, was war denn schon dabei?

Es sei das Einfachste, den Plan der Klinik einzuhalten. Da waren sich alle einig und Ebbe fühlte sich sicher. In der Klinik war alles so wunderbar geregelt, kontrolliert und damit vorhersehbar gewesen. Das gleiche Brot und die gleichen Brötchen zum Frühstück. Jeden Morgen. Immer dieselben gewohnten Mengen. Jede Mahlzeit zu einer bestimmten Uhrzeit. Ebenso die Therapien. Sogar für die Spaziergänge, ja eigentlich gab es für alles einen gewissen Zeitraum. Wiederkehrende Abläufe, die den Tag so verlässlich und planbar werden ließen. Doch das Leben hier draußen, außerhalb der Klinikmauern, war anders! Bereits an ihrem ersten Abend zu Hause spürte Ebbe die Unsicherheit, die durch die wiedergewonnene Freiheit entstand. Das Haferflockenbrot war dünn geschnitten und Ebbe wusste nicht, ob sie das gut oder schlecht finden sollte. Musste sie nun mehr als zwei Scheiben davon essen? In der Klinik war das Brot deutlich dicker gewesen. Lore schien das nicht zu bemerken und freute sich, als Ebbe sich gleich zwei Scheiben Brot auf ihren Teller legte. Auch mit dem Aufstrich war sie überhaupt nicht so streng, wie Ebbe befürchtet hatte. Ebbe war verunsichert und nahm etwas weniger Butter als in der Klinik. Plötzlich hatte sie wieder viel mehr Möglichkeiten, von ihrem Plan abzuweichen. Sie konnte sich deutlich mehr bewegen, wenn sie wollte. Unentdeckt an vielen Orten. Sie könnte dem Essen entgehen, wenn sie einfach wieder öfter unterwegs wäre. Es gab hier so viele Versuchungen. Die Erinnerungen an all ihre Tricks waren sehr präsent. Doch Ebbe wollte stark bleiben. Das nahm sie sich ganz fest vor. Sie hatte es versprochen.

Kurz bevor Ebbe an ihrem ersten Tag wieder zu Hause ins Bett ging, kam Lore noch einmal in ihr Zimmer. Sie setzte sich auf Ebbes Bettkante und erzählte von ihrem Abschlussgespräch mit Herrn Dr. Jalik. »Dein Papa und ich wollen es dir nicht vorenthalten. Wir sind natürlich überglücklich, dass du wieder hier bist«, begann sie das Gespräch. Sie stand auf und umarmte Ebbe, die etwas verunsichert durch die merkwürdige Atmosphäre im Raum war. »Das Gespräch heute war ernst«, fuhr Lore fort. »Du hast keine leichte Krankheit Ebbe. 25 Prozent der Betroffenen sterben an Anorexie. Herr Dr. Jalik sagte, dass du ein sehr harter Fall bist und er einen Rückfall nicht für ausgeschlossen hält. Du musst jetzt sehr stark sein und kämpfen, versprichst du es, Ebbe? Beweise ihm und uns das Gegenteil!« Lores Stimme klang brüchig. Ebbe schluckte. Sie konnte nichts sagen.

18. MÄCHTIGE GEDANKEN

Natürlich wollte sie das Gegenteil beweisen. Es war lächerlich anzunehmen, dass sie an dieser Krankheit sterben würde, fand Ebbe. So verrückt war sie nun auch wieder nicht. Sie hing an ihrem Leben und es gab so viele positive Dinge darin. Klara zum Beispiel. Ebbe vermisste ihre Stute und Lore versprach ihr noch vor dem Schlafen, dass sie am folgenden Tag direkt in den Stall fahren würden. Ebbe hatte sich bewusst vorgenommen, nicht darüber nachzudenken, wie sie in ihrer Reithose aussah. Selbstverständlich hatte sie zugenommen. Doch sie wollte sich die Freude darüber, ihr geliebtes Pony endlich wiederzusehen, nicht nehmen lassen. Nicht durch diese Oberflächlichkeit. Also ignorierte Ebbe das eklig drückende Gefühl, als sie in die enge Hose schlüpfte und vermied den Blick in den großen goldenen Spiegel im Flur. Sie wollte einfach nur in den Reitstall und ihre Freiheit genießen! Im Auto setzte sie sich auf den Beifahrersitz neben Lore. Ebbe war dankbar dafür, dass die Sitze vorne etwas höher lagen. Dadurch war der Abstand zwischen Oberschenkeln und Sitz größer und ihre Beine wirkten von oben betrachtet nicht ganz so dick. Dennoch kam Ebbe nicht dagegen an, ihre Beine abfällig zu betrachten. Jetzt lagen sie noch nicht einmal ganz auf dem Sitz auf, aber waren trotzdem unendlich breit. Ebbe erschrak, als sie das sah. Lore fuhr das Auto zügig zum Reitstall. Während der Fahrt sprach keine von beiden ein Wort. Verfolgt wurden sie von einer dunklen Wolke. In Ebbes Kopf drehte sich alles. Sie zwang sich an Klara und den schönen Tag zu denken, der bevorstand. Doch immer wieder musste sie hinuntersehen und ihre dicken Beine anstarren. Selbst ihre Kniescheiben waren von Fett bedeckt. Alles ist echt, dachte Ebbe. Alles ist bekannt. Jeder Gedanke und jede Bewegung waren eindeutig vorhersehbar gewesen. Die Anorexie holte sie ein. Schneller als gedacht. Ebbe sah die Katastrophe genau vor sich. Steuerte auf sie zu. Oder war es umgekehrt? Anstatt das Lenkrad herumzureißen und auf die Bremse zu treten, gab ihre Krankheit erneut Gas und lenkte genau auf die Gefahr hin. Ebbe spürte förmlich dieses Jetzt-erst-recht-Gefühl der Essstörung. Hatte sie wirklich die aussichtslose Hoffnung gehabt, die Bäume würden beiseite springen und es könne keinen Zusammenstoß geben? Selbstverständlich musste es ihn geben. Den Aufprall. Das Aufeinanderstoßen des Alltags mit der Macht der Anorexie. Ihre Wolke war mächtiger geworden und hinter der Klinik hervorgekrochen. Lore fuhr etwas zu schnell um die Ecke. Sie bog auf den großen Parkplatz vor der Reithalle ein und bremste hart ab. Als Ebbe die Autotür aufstieß, atmete sie den angenehmen und bekannten Pferdeduft ein. Sie hatte das Gefühl, ein zweites Mal nach Hause zu kommen. Jetzt gab es kein Halten mehr! Ebbe rannte auf den Stalleingang zu. Glücklicherweise fiel ihr gerade noch rechtzeitig ein, dass man auf dem Stallgang nicht rennen durfte. Sie bremste ab und ging mit schnellen Schritten auf den Stall mit dem grünen Kreideschild zu. *Klara.* Doch der Stall war natürlich leer, denn ihre Stute stand auf der Weide. Ebbe wurde immer aufgeregter. Sie lief in die Sattelkammer und holte Klaras Halfter. »Ganz ruhig, Ebbe, wir haben Zeit!«, sagte Lore, die erst jetzt den Stallgang betreten hatte. »Denk' an deine Kräfte.« Ebbes Lächeln verschwand. Was sollte dieser Satz von ihrer Mutter? Wieso sollte sie an ihre Kräfte denken? Sie hatte mehr als genug davon! Ebbes Reithose schien ihre Oberschenkel zermalmen zu wollen. Sie spürte mit einem Mal auch die Nähte, die in ihr Fleisch drückten. Ebbe wurde wütend. Sie verkniff sich jedoch eine bissige Bemerkung und sagte nur knapp: »Ich hole jetzt Klara von der Weide.« Damit verließ sie den Stallgang und eilte auf die Weide zu. Es waren einige hundert Meter, die sie hier zurücklegen musste. Doch in diesem Moment wünschte sich Ebbe, es wären Kilometer. Sie rannte und gelangte schnell außer Atem. Ihr Herz pochte wild und ihre Lunge brannte. Ebbe wurde nur noch wütender. Was hatte die Klinik aus ihr gemacht? Konnte sie jetzt nicht mal mehr ein paar Meter laufen, ohne dass ihr massiger Körper kollabierte? Sie war wütend. Vor dem Gatter hielt sie an und atmete durch. Die Luft war einmalig. Es duftete nach Sommer, Blumen und Heu. Nach früher, dachte Ebbe. Ihre Wut ließ nach und sie erblickte Klara auf der Weide. Endlich! Plötzlich waren die negativen Gedanken nicht mehr so präsent. Ebbe öffnete das Tor und freute sich, dass ihre Stute ihr bereits entgegenlief. Sollte Klara sie tatsächlich vermisst haben? Sie umarmte ihr Pony und verkniff sich die Tränen. Ebbe atmete den gewohnten Duft ein und erinnerte sich an die ersten Wochen und Monate auf dem Hof mit Anina. Es war alles schon so lange her, doch gerade jetzt kam es Ebbe vor, als wäre es erst letzte Woche gewesen. War wirklich schon ein halbes Jahr vergangen? Sie legte ihrem Pony das Halfter an und verließ die Weide. Auf dem Rückweg zum Stall sah Ebbe, dass ihr jemand entgegenkam. Sie bekam einen Schreck, als sie Anina erkannte. Daran hatte Ebbe nicht gedacht! Natürlich würde sie hier auch ihre ehemalige Freundin treffen. Für einen Moment sah es so aus, als würde Anina umdrehen wollen. Sie blieb stehen, überlegte es sich dann aber offenbar anders und kam weiter auf Ebbe zu. Hinter ihr lief Hündin Tascha. Vielleicht hatte Anina auch nur auf sie gewartet und wollte überhaupt nicht umdrehen? Verunsichert ging Ebbe weiter und blickte angestrengt auf ihren Führstrick. Als die beiden Mädchen nur noch weniger Meter voneinander entfernt waren, war die Stimmung angespannt. Ebbe merkte, wie sich eine Wolke vor die Sonne schob und sie eine leichte Gänsehaut bekam. Anina rief Tascha, damit sie ihre Hündin am Halsband festhalten konnte. Sie tat sehr beschäftigt und Ebbe konnte vorbeigehen, ohne dass die beiden Mädchen sich auch nur ein einziges Mal ansahen. Was soll's, dachte Ebbe. Es gab nichts mehr zu reden. Sie ging ein Stück und war versucht sich umzudrehen. Doch es wäre ihr unangenehm gewesen, wenn Anina das bemerkte. Vielleicht beobachtete sie Ebbe gerade ebenfalls von hinten und betrachtete abfällig ihre eng sitzende Reithose und den riesigen Hintern darin. Ebbe spürte förmlich, wie das Leder der Hose sie unangenehm drückte. Dann erreichte sie den Stall. »Anina ist hier«, sagte Lore, als sie den Gang betrat. Anscheinend hatte ihre Mutter nicht gesehen, dass die beiden Mädchen aneinander vorbeigegangen waren. »Ich weiß«, sagte sie und versuchte krampfhaft, nicht weiter darüber nachzudenken. Es war ja auch eigentlich nichts weiter dabei. Lore fragte Ebbe, ob sie im Reitstall bleiben solle oder schon mal den Einkauf erledigen könnte. Ebbe war es egal. »Gut, dann hole ich dich um 14.30 Uhr ab«, sagte Lore, »Um 15 Uhr gibt's ja schon deine nächste Zwischenmahlzeit!« Damit verließ sie den Hof. Zurück blieb eine wütende und innerlich zerrissene Ebbe. Das Glücksgefühl über das Wiedersehen mit ihrer Stute und den bevorstehenden Ausritt wurde immer wieder überdeckt von den wiederkehrenden Gedanken an ihre Reithose. Ebbe schämte sich für ihr Aussehen und konnte das Gefühl einfach nicht loswerden. Warum war es in der Klinik nur so viel einfacher gewesen? Die Sonne schien, als sie den Stall mit der gesattelten Klara verließ. Doch die angenehme Wärme fühlte sich für Ebbe plötzlich an wie eine bedrohliche Hitzewelle. Ebbe wurde immer wärmer. Sie spürte, wie sich ihre Wangen röteten und ihr Gesicht bestimmt noch viel massiger aussehen ließen, als es sowieso schon war. Ebbe stieg auf und ritt eine große Runde um den Reiterhof herum. Sonne und Wind wechselten sich ab und sie ließ den Schatten der dunklen Wolke hinter sich. Als sie auf einem Feld angaloppierte, fühlte Ebbe sich plötzlich unendlich frei. Sie genoss die Luft, die Geschwindigkeit und das zufriedene Schnauben von Klara. Ebbe klopfte ihren Hals und hätte am liebsten laut gelacht. Das Leben konnte so schön sein, so unendlich schön! Ebbe genoss das Absatteln und Versorgen ihrer Stute in vollen Zügen. Anina war mit ihrem Pony in der Reithalle. Ebbe konnte ab und zu ihre Stimme hören, wenn sie Kommandos gab. Sie ignorierte es. Als Lore sie wie vereinbart aus dem Reitstall abholte, war Ebbe wie ausgewechselt. Hatte sie sich wenige Stunden zuvor noch fest vorgenommen, mit diesem fürchterlichen Druck in ihrem gesamten Körper auf gar keinen Fall die übliche Zwischenmahlzeit um 15 Uhr einzunehmen, suchte sie nun Hilfe bei Lore. Der Ausritt hatte ihr gut getan und sie erinnerte sich an die Worte der Schwestern und Therapeuten auf der Station in Lübeck. Es würde nicht einfach werden, hatten sie gesagt. Ebbe solle die Klinik und den damit verbundenen Schonraum nicht unterschätzen. Zu Hause wäre einiges anders. Die Gefahr, in alte Muster zurückzufallen, sei viel größer als sie sich vorstellen könne. Daher wäre es so wichtig, den Plan einzuhalten. Zu essen und zurück ins Leben zu finden. Das wollte Ebbe ja auch. Doch sie musste ihre negativen Gedanken aussprechen. Wie in der Klinik auch, war Lore Ebbes Fels in der Brandung. Sie spürte offenbar die Unsicherheit ihrer Tochter und nahm sie fest in den Arm. Lore erinnerte Ebbe an die vielen Gespräche und Übungen zum Thema Körpergefühl, die sie aus Lübeck kannte. Auch wenn diese Erinnerungen Ebbes schlechtes Gefühl nicht sofort verschwinden ließen, fühlte Ebbe sich ermutigt. Da Lore vermutete, dass Ebbes Begegnung mit Anina diese negativen Gefühle noch verstärkt haben könnte, schlug sie vor, den Reitstall zu wechseln. Es hatten zwei neue Reiterhöfe eröffnet, die sogar noch näher an Ebbes zu Hause lagen. Beim Abendessen mit Josse vereinbarten sie, sich diese Höfe in der kommenden Woche anzusehen. Ebbe war erleichtert und dankbar für die Unterstützung.

Situationen wie diese häuften sich. Immer wieder kämpfte Ebbe mit den Gedanken, die sich über die Jahre so sehr eingebrannt hatten. Selten konnte sie eine Situation noch genießen, ohne dabei negativ über sich und ihren Körper sowie das Essen nachzudenken. Doch Ebbe blieb stark. Sie orientierte sich tatsächlich weitgehend am Tagesrhythmus und den

Mahlzeiten, die sie aus Lübeck kannte. Innerlich war sie jedoch oft zerrissen und wusste weder ein noch aus. Ebbe kam sich vor wie ein Blatt im Wind, das in einem starken Herbststurm durch die Gegend gewirbelt wurde. Hin und her und hin und her. Dunkle Wolke, helle Wolke, dunkle Wolke, helle Wolke. Es war kein sanftes Dahingleiten. Es war ein kraftvolles und nahezu aggressives Wehen. Ein Schaukeln, das Unheil versprach. Sie hatte Angst. So unglaublich große Angst. Und dabei gab es doch jene Momente, in denen dieses positive Gefühl aufflackerte. Es war eine Kraft, die sie in dem Maße schon sehr, sehr lange nicht mehr gespürt hatte. Eine Kraft voller Leben. Voll von ehrlichem Leben. Nicht dem Gedanken an einen Perfektionismus von Leben, den es in Wahrheit nicht geben konnte. Sie war auf dem richtigen Weg. Das jedenfalls versprach etwas in ihr, das sie nicht deuten konnte. Es war einfach so ein Gefühl. Es gab keinen Weg zurück. Kein Abnehmen, kein Flüchten mehr. Das hatte sie versprochen. Ebbe wollte nicht mehr lügen. Daher plagte sie auch diese unglaubliche Unsicherheit. Der Weg nach hinten war verschlossen. Die 30er lagen hinter ihr. Gewichtsmäßig. Und das war – zumindest aus medizinischer Sicht – gut so. Immer wieder dachte Ebbe daran, dass sie im kommenden Jahr erwachsen wurde. Konnte sie die Krankheit, die sie nun zu besiegen begann, nicht als einzigartige Erfahrung ihrer Jugend sehen? Aus dem Sumpf steigen nach so vielen Jahren? Ja! Sie stieg gerade aus dem Sumpf. Dieses Bild gefiel Ebbe! Denn genau so fühlte sie sich oft. Wie ein Sumpfmonster. Die Essstörung hing an ihr wie zäher Schlamm. Doch wenn sie sich nur oft genug schüttelte und genügend Kraft sammelte, könnte sie ihn gewiss abschütteln. Es waren noch Sommerferien und Ebbe feierte ihren 17. Geburtstag. Ihre Großeltern kamen zu Besuch und freuten sich sichtlich, ihre Enkeltochter endlich wiederzusehen. »Gut siehst du aus, Ebbe!«, freute sich ihre Oma, kaum dass sie Ebbe angesehen hatte. Ein gut gemeinter Satz, den Ebbe sich mit »Schön dick bist du geworden!« übersetzte. Sie fühlte sich furchtbar in ihrem Körper. Vor allem, weil sie sich dennoch an den Essenplan hielt. Sie aß und wog noch immer 41 Kilogramm. Ebbe hatte es schließlich versprochen. Fest versprochen. Der Himmel war bewölkt an diesem Tag. Wie eine graue Betonplatte lagen die dicken Regenwolken dort oben und ließen es immer wieder nass und dunkel werden. Ebbe störte es nicht. Die Luft war dennoch angenehm warm und so sah man ihre Geburtstagskerzen wunderschön leuchten. Auf dem Küchentisch, den Lore liebevoll geschmückt hatte. Genauso hatte Ebbe es sich vorgestellt. Sie wollte keine große Feier. Nur ganz klein mit Lore, Josse und ihren Großeltern. 17 war keine besondere Zahl und Ebbe war niemand aus ihrer alten Schule so wichtig, dass sie eine Geburtstagsfeier hätte ausrichten wollen. Ein paar ehemalige Klassenkameraden hatten ihr Nachrichten geschickt und gratuliert. Anina nicht. Nach den Ferien würde Ebbe auf eine neue Schule wechseln. Es war auch ein symbolischer Neuanfang. Ebbe war sehr froh über diese Entscheidung. Zwar begann dann schon die elfte Klasse und ein Neustart wäre sicherlich nicht ganz einfach. Doch ihre Begegnung mit Anina hatte ihr verdeutlicht, dass die Vergangenheit tiefe Wunden hinterlassen hatte, die Zeit zum Heilen brauchten. Viel Zeit. Auch Klara würde am Ende des Monats auf einem neuen Hof einziehen. Ebbe wollte abschließen. Mit ihrer Vergangenheit und der Essstörung. Doch ganz so einfach war es nicht.

19. Der Kampf geht weiter

Ebbe freute sich sehr auf den Neuanfang. Vielleicht würde ein verändertes Umfeld ihre verbliebenen negativen Gefühle vertreiben? Noch hatte Ebbe die Hoffnung nicht aufgegeben. Schließlich war die graue Wolke ja schon viel heller und kleiner geworden. Die Ferien gingen zu Ende und der Schulalltag rückte näher. Der erste Tag an der neuen Schule war besonders aufregend. Wie gewohnt hatte Ebbe morgens gefrühstückt und sich ihre erste Zwischenmahlzeit in eine Dose gepackt. Es war dieselbe Frühstücksdose, mit der sie vor ihrem letzten Klinikaufenthalt noch ihre Mitschüler versorgt hatte, wenn sie selbst ihr Frühstück nicht essen wollte. Doch das gehörte der Vergangenheit an. Jetzt würde sie ihr Frühstück selbst essen!

Bepackt mit einem neuen Schulrucksack, den nötigen Unterlagen und einer großen Portion Aufregung ging Ebbe ihrem Neuanfang entgegen. Das Gymnasium war riesig und sie hatte Sorge, sich nicht zurechtzufinden. Doch zu ihrer Erleichterung war alles genau ausgeschildert. Da in der Oberstufe in neu zusammengestellten Kursen unterrichtet wurde, kannten sich die Schüler untereinander nicht unbedingt. Das erleichterte Ebbe den Anfang. So stand sie nicht als einzige neue Schülerin im Mittelpunkt. Als Ebbe ihren ersten Kursraum betrat, saßen bereits einige Schüler dort. Die meisten schienen ebenso aufgeregt und neugierig zu sein wie sie selbst. Ebbe hatte lange überlegt, was sie an diesem Tag anziehen sollte. Plötzlich schämte sie sich für ihre weite Hose, die eigentlich eine Nummer zu groß war. Ebbe wollte darin ihre Figur verhüllen, um nicht zu zeigen, wie massig sie war. Nun fragte sie sich, ob sie nicht lieber etwas Modischeres hätte anziehen sollen. Zog sie mit ihrer weiten Hose nicht nur unnötig viele Blicke auf sich? Ahnten die anderen dann nicht umso mehr, wie dick sie eigentlich darunter war? Als Ebbe nun all die anderen Schüler sah, hätte sie sich am liebsten vollständig in ihren Schal eingehüllt und versteckt. Da drehten sich zwei sehr freundlich aussehende Mädchen zu ihr um. »Bei uns ist noch etwas frei«, rief eine von ihnen. Es war Jana, wie sich wenige Minuten später herausstellte. Sie war zierlich, etwas blass und hatte blonde Locken. Jana wirkte sehr zurückhaltend und schüchtern. Ebbe fand sie sehr hübsch und kam sich wie ein grauer Trampel neben ihr vor. Das zweite Mädchen hieß Stephi. Sie hatte rostrote Haare und sah ein wenig draufgängerisch aus. Ihre Hose war zerrissen und sie trug einen sportlichen Pullover. Stephi sprach und lachte sehr laut, doch Ebbe mochte auch sie auf Anhieb. So verschieden die beiden Mädchen auch waren, Ebbe bewunderte beide. Sie hätte auch gerne eine so zierliche Erscheinung wie Jana und so einen klaren und fröhlichen Charakter wie Stephi gehabt. Ebbe fragte sich, warum die beiden so nett zu ihr waren und ihr gleich einen Platz neben sich anboten. Sie setzte sich neben Jana und ärgerte sich weiter über ihre Kleidung. Ihr Pullover war so eng geschnitten, dass alle den Umfang ihrer Arme genau sehen konnten. Was hatte sie sich nur dabei gedacht, als sie ihn heute Morgen aus dem Schrank genommen hatte? Ebbe zwang sich, einen neutralen Gesichtsausdruck anzunehmen und sich auf den bevorstehenden Unterricht zu konzentrieren. Immerhin war sie nun nicht mehr ganz alleine hier. Sie spürte, wie ihre Oberschenkel auf dem Stuhl auflagen. Zum Glück war die Hose weit genug, sodass man sie nicht genau sehen konnte. Ebbe blickte zum Fenster hinaus und fragte sich, ob die anderen Schüler die graue Wolke ebenso wahrnahmen wie sie. Denn ihre dunkle Erscheinung wollte nicht zur wunderschönen Sommersonne passen, die durch das große Fenster des Gymnasiums schien. Zum Glück lenkte der Unterricht Ebbe ein wenig von ihren Gedanken ab. Sie war froh, wieder in der Schule zu sein und etwas lernen zu dürfen. Mit Stephi und Jana verstand sie sich sehr gut. Sie verbrachten den ersten Tag auch in den Pausen zusammen und stellten fest, dass sie mehrere Kurse gemeinsam besuchen würden. Es war eine so entspannte Atmosphäre, dass Ebbes Selbstzweifel an diesem Vormittag immer kleiner wurden.

In den darauffolgenden Tagen und Wochen trafen die drei sich auch außerhalb der Schule oft. Anfangs überwiegend zum Lernen. Doch mit der Zeit auch, um zusammen Serien zu schauen oder einfach nur zu reden. Die gemeinsamen Aktivitäten taten Ebbe gut. Es fühlte sich so normal an, fand sie. Obwohl diese neuen Freundschaften nicht zu vergleichen waren mit ihrer einstigen Beziehung zu Anina. Zwar hatten besonders Jana und Ebbe viele Gemeinsamkeiten und meist ähnliche Einstellungen. Doch wenn sie über Erlebnisse in den letzten Jahren sprachen, dann merkte Ebbe, dass eine große Distanz zwischen ihnen entstand. Stephi und Jana sprachen oft über lustige Partys bei Freunden, über ihre peinlichsten Fehltritte, wenn es mal wieder zu viel Sekt gegeben hatte oder über ihre verschiedenen Flirtversuche in den letzten Monaten. Das alles waren Themen, die Ebbe vollkommen fremd waren. Sie hatte noch nie Alkohol getrunken. Allein schon der Kalorien wegen. Die wenigen Geburtstagsfeiern, an die sie sich erinnerte, waren Kinderveranstaltungen gewesen. Und die Hoffnung, einen Freund zu haben, hatte Ebbe längst aufgegeben. Natürlich war sie in der vierten und fünften Klasse oft verliebt gewesen. Darüber hatte sie auch des Öfteren mit Anina gesprochen und sie hatten beide vor sich hin geschwärmt. Doch Ebbe war viel zu schüchtern, um tatsächlich mal auf einen Jungen zuzugehen. Was sollten sie denn von ihr halten, so wie sie aussah und sich benahm! Wieso sollte ausgerechnet jemand wie Ebbe einen Jungen abbekommen? Sie hatte das Thema seit ihrem ersten Klinikaufenthalt mit aller Kraft verdrängt. Ihre wenigen Erfahrungen waren verletzend gewesen. Denn selbst Anina hatte hin und wieder Andeutungen gemacht, dass Ebbe es schwer haben würde, einen Freund zu finden. Sie hatte es damals mit Ebbes schüchterner Art begründet. Doch Ebbe selbst war überzeugt davon, dass Anina eigentlich ihr Aussehen und ihre Persönlichkeit als Hindernis für eine Beziehung ansah. Vermutlich war sie nur zu höflich gewesen, es ihr ehrlich zu sagen. Auch jetzt gab es in Ebbes Jahrgang mehrere Jungen, die sie sehr mochte. Doch es war ihr schon vor sich selbst viel zu peinlich, auch nur im Ansatz darüber nachzudenken, dass sich einer von ihnen jemals für sie interessieren könnte. Wer war sie denn schon? Ein Mädchen, das durch ihre Klinikaufenthalte vollkommen unerfahren und zurückgeblieben war. Wenn Jana und Stephi über diese Themen sprachen, versuchte Ebbe möglichst unauffällig nur zuzuhören und scheinbar beiläufig das Thema zu wechseln. Es war ihr sehr unangenehm darüber nachzudenken, dass ihre frühe Jugend deutlich anders ausgesehen hatte. Statt mit ihren Eltern über die Uhrzeit zu diskutieren, zu der sie abends wieder zu Hause sein sollte, hatte sie über Essensmengen und Gewichtsgrenzen gestritten. Ihre größte Sorge war nicht ein unpassendes T-Shirt oder ein verwischter Mascara auf einer Party gewesen, sondern ein zu dicker Belag auf ihrem Käsebrot oder die Aussicht, ihren selbst festgelegten Bewegungsplan nicht einhalten zu können. Es waren einfach ganz andere Themen, die Ebbes Leben bestimmten. Ein riesiges Geheimnis, das sie mit sich trug. Dass sie anders war, wurde zunehmend schwieriger zu verdrängen. Immer wieder fiel ihr auf, wie extrem die Essstörung bereits in ihr Leben eingegriffen und es verändert hatte. Ihre Erfahrungen in den letzten Jahren waren ganz anderer Natur als die der weiteren Jugendlichen in ihrem Alter. Auch wenn sie sich nicht immer gegen ihre Krankheit wehren konnte, war Ebbe bewusst, dass ihre Gedanken und Verhaltensweisen noch immer stark von der Anorexie geprägt waren.

Ebbes Freude über die neu gewonnene Freundschaft mit Stephi und Jana wurde überschattet von ihrer grauen Wolke. Stimmten sie die gemeinsamen Momente mit den beiden auf der einen Seite sehr fröhlich und ließen wieder ein wenig Leichtigkeit in Ebbes Leben hinein, so wurde sie auf der anderen Seite doch beherrscht von ihren negativen Gedanken ans Essen. Der weiterhin durch feste Zeiten und Essensmengen strukturierte Tag wurde für Ebbe mehr und mehr zu einem Stressfaktor. Sie traute sich kaum noch, ihre Verabredungen auf den Nachmittag oder Abend zu legen. Denn dann war sie ängstlich, ihre Mahlzeiten nicht im gewohnten Maß einhalten zu können. Daher traf sie sich am liebsten direkt nach der Schule und schob Klara oder einen Termin vor, damit sie um 15 Uhr wieder zu Hause sein und ihre Zwischenmahlzeit einnehmen konnte. Ebbe war fast dankbar dafür, dass Lore immer dabei war. So kam sie gar nicht erst in Versuchung, eine Mahlzeit auszulassen oder abzuwandeln. Obwohl die Gedanken daran immer präsenter wurden und sie immer unsicherer war, ob dieser Weg tatsächlich der richtige war. Alles nach Plan zu essen und ihr Gewicht zu halten.

Mit aller Macht versuchte sie das immer negativer werdende Körpergefühl zu ignorieren. Ebbe hatte die mahnenden Worte der Lübecker Ärzte und Schwestern noch immer im Ohr. Daher frühstückte sie weiterhin so, wie sie es in der Klinik gelernt hatte. Jeden Morgen. Die Gewohnheit und gleichbleibende Struktur gaben ihr Sicherheit. Sie dachte wenig darüber nach, sondern sah es als Teil der Vereinbarung und damit auch als eine gewisse Verpflichtung an. Sie dachte dabei besonders an Lore, der sie es schuldig war, etwas zu ändern. Für ihre Eltern wollte Ebbe stark sein und die Vorgaben der Klinik einhalten, um nicht noch mehr Ärger zu bereiten. Doch genau diese Gewohnheit fiel Ebbe von Tag zu Tag schwerer.

Jedes Mal, wenn sie auf den Fluren des Gymnasiums eine von den anderen, in ihren Augen furchtbar dünnen Schülerinnen sah, überkam es Ebbe wieder wie eine riesige Welle. Die dunkle Wolke schob sich vor den blauen Himmel und verdunkelte alles um sie herum. Warum dürfen die so dünn sein?, fragte Ebbe sich jedes Mal aufs Neue. SO dünn sein!

Warum durfte Ebbe es nicht? Weshalb war sie so dermaßen gestraft mit ihrem Aussehen? Sie fühlte wieder jedes Gramm an sich. Spürte die Fülle ihres massigen Selbst. Diesen unbändigen Druck. Sie wollte heraus aus ihrem Körper. Das Fett an sich selbst nicht mehr spüren, schon gar nicht sehen. 41 Kilogramm. Ebbe nahm es deutlicher als je zuvor wahr. Bei jeder Bewegung. In diesen Momenten fühlte sie sich plötzlich absolut hilflos. Schwach und schlechter als je zuvor. Was war sie schon gegen all diese von Natur aus hübschen und schlanken Mädchen? Mit ihrem wenigen Essen und steten Abnehmen vor ihrem letzten Klinikbesuch hatte sie immer einen sicheren Halt gehabt. Doch nun? Woran konnte sie sich jetzt festhalten? Wie sollte sie nun Sicherheit bekommen?

Nur wenige Wochen nach Schuljahresbeginn begann Ebbe, ihr Handeln kritisch zu hinterfragen. Hatte sie kurz zuvor noch wie gewohnt gegessen und es der Krankheit dadurch zeigen wollen (wie Frau Dr. Jalik es immer genannt hatte), kamen nun deutliche Zweifel auf. »Ebbe, du musst essen. Dann bist du stark und kämpfst gegen die Anorexie. Wenn du hungerst, bist du schwach und gibst nach. Zeig es deiner Krankheit, du bist stark!«, hatte ihre Therapeutin in Lübeck gesagt. Doch diese Sätze rückten immer stärker in den Hintergrund. Die ermutigenden Worte ihrer Therapeutin oder auch die der Schwestern hallten kaum noch in ihr nach. Ebbe begann sich immer häufiger dafür zu schämen, wenn sie ihr Vollkornbrot oder ihren Quark aß. Sie schämte sich jetzt mehr als je zuvor für dieses Vergehen. Wie konnte sie nur weiterhin ihre festgelegten Mengen essen, wenn sie selbst so dick war? Wie konnte sie essen, obwohl sie sich so unwohl fühlte und die Menschen um sie herum doch so dünn waren? Wann war sie bloß so unfassbar undiszipliniert geworden? Immer öfter fragte Ebbe sich, wie es möglich gewesen war, dass sie ihr Ziel jemals aufgegeben hatte. Die Worte der Ärzte und Schwestern auf der Station in Lübeck gerieten immer mehr in Vergessenheit. Der Schleier der grauen Wolke wurde dicker und dicker und ließ Ebbe ihren gesamten Aufenthalt nur noch sehr undeutlich wahrnehmen.

Ebbes Gefühle im Sommer dieses Jahres glichen einer rasanten Achterbahnfahrt in schwindelerregender Höhe. Ihre Gefühlswelt war vollkommen durcheinandergeraten. Ebbes starke Unruhe erreichte eine neue Dimension. Wie in einem Vulkan brodelte der Bewegungsdrang in Ebbe stetig vor sich hin. Leise und unsichtbar. Doch es war nur eine Frage der Zeit, wann dieser Vulkan ausbrechen würde.

Als Jana eines Freitags vorschlug, sie könnten sich abends doch zu dritt bei ihr treffen, um Filme zu schauen und ein bisschen zu quatschen, freute sich Ebbe. Doch als Jana daraufhin begeistert sagte, sie könnten ja zusammen Pizza bestellen, drehte sich Ebbe der Magen um. Pizza? Als Abendessen? Das passte nicht in ihren Plan! Sie aß abends zwei belegte Scheiben Vollkornbrot und dazu Gemüse. Stattdessen eine Pizza zu essen, war für Ebbe unmöglich! Doch was sollte sie sagen? Noch dazu würden sie sich mit Sicherheit nicht vor 20 Uhr treffen können. So spät abends mochte Ebbe nichts mehr essen! Sie wurde nervös und wusste nicht, wohin sie schauen sollte. Zum Glück nahm Stephi ihr die Antwort ab. »Pizza bestellen klappt heute bei mir nicht. Meine Mutter hat ein gemeinsames Abendessen mit den Nachbarn geplant und den kompletten Kühlschrank mit Lebensmitteln vollgestellt, die sie für heute Abend eingeplant hat. Sie kommen um 18 Uhr zum Essen. Ich werde platzen«, lachte sie. »Na gut, dann beim nächsten Mal«, räumte Jana ein. »Dann bringe ich wenigstens Donuts als Nachtisch mit. Die gefüllten Dinger sind der Hammer, die müsst ihr dann unbedingt probieren. Da kommt ihr nicht drumherum.« Ebbe atmete erleichtert auf. Somit hatte sie ein Problem weniger. Ein bisschen unruhig war sie jedoch noch wegen der Donuts. Würde Jana tatsächlich darauf bestehen, dass Ebbe einen aß? Eigentlich gab es keinen Grund und Ebbe konnte ja immer noch Bauchschmerzen oder Übelkeit vortäuschen. Die drei vereinbarten also, sich um 20 Uhr bei Stephi zu treffen. Ab da hätten ihre Eltern sicherlich nichts dagegen, wenn sie sich vom Tisch entfernte, meinte sie. Irgendwann wurde es für sie mit den Nachbarn eh zu langweilig. »Anton und Susi sind zwar nett, aber sie bringen immer ihren Sohn mit. Er ist 14 und hat nur Sport im Kopf. Meistens nervt er, aber zum Glück geht er abends eh immer noch eine Runde joggen«, erklärte Stephi. Ebbe horchte auf. Jeden Abend eine Runde joggen? So oft? Lore und Josse achteten penibel genau darauf, dass Ebbe es mit dem Sport nicht übertrieb. In der Klinik hatten sie ihr ein Limit von drei Mal in der Woche vorgeschrieben. Alles andere sei zu extrem, hieß es. Und jetzt erfuhr sie hier so nebenbei, dass sogar der Nachbarssohn von Stephi viel mehr Sport trieb! Das war unfair, fand Ebbe und fühlte sich im gleichen Moment unendlich schlecht. Es war offenbar doch normal, deutlich mehr Sport zu treiben, als sie es tat. Warum wurde sie dann also so unnormal behandelt? Ebbe fühlte sich bevormundet und sinnlos gemaßregelt. Essen und Bewegung stellten jedoch nicht die einzigen Stressfaktoren für Ebbe dar. Auch die Gespräche mit Stephi und Jana verunsicherten Ebbe oft. So gerne sie sich auch mit den beiden unterhielt, fühlte sie sich zunehmend unwohl, wenn es um Themen wie Partys und Jungs ging. Was sollte sie dazu sagen? Ebbe wusste, dass sie anders war. Wussten es Jana und Stephi auch? Ahnten die Schüler in ihrem Jahrgang etwas? Die Anorexie hatte sie sehr verändert. Sie hatte so viel Zeit mit dem (Nicht-)Essen zugebracht, das sie wesentliche Dinge, die Jugendliche so durchlebten, nicht mitbekommen hatte. Ihre Gedanken waren noch immer vereinnahmt und sie konnte selten an etwas anderes denken als das Essen. Ebbes Verhalten war noch immer sehr auffällig, da war sie sich sicher. Konnte sie es weiterhin verbergen? War sie nicht viel zu anders als die Mädchen um sie herum? Immer wieder stellte Ebbe sich die Frage, wie lange sie die Fassade des normalen Mädchens noch aufrechterhalten konnte. Musste sie das denn überhaupt noch? War nicht sowieso schon allen Menschen in ihrem Umfeld klar, dass sie irgendwie komisch war? Wie mochten die anderen Kinder sie bezeichnen? Ein bisschen verrückt oder bescheuert vielleicht? Gehörte sie nun zu den klassischen Außenseitern, die es in jeder Schule gab? Ebbes Unsicherheit war riesig. Sie wusste einfach nicht, welchen Weg sie einschlagen sollte. Bisher hatte sie sich an alles gehalten, was ihr in den Therapiestunden und vielen weiteren Gesprächen in der Klinik geraten worden war. Weil alleine diese Vorgehensweise sie angeblich zurück zur Normalität führen würde. Doch jetzt merkte Ebbe, dass sie an ihre Grenzen stieß. Die Normalität war weit entfernt. Wie sollte sie zurück dorthin gelangen, wenn ihr Tag aus Essensplänen und einem unerträglichen Körper bestand? Aus jeder Menge Widersprüchen, Unsicherheiten, sinnlosen Vorgaben und selbst entworfenen Zwängen? Warum bemerkte das nur niemand? Ebbe fühlte sich unverstanden. Alleine und haltlos. Ihr Ziel hatte ihr so viel Sicherheit gegeben. Warum hatte sie es bloß aus den Augen verloren und aufgegeben?

20. Halt finden

Eine unbeschreiblich große Unsicherheit ergriff Besitz von ihr. Sie erfüllte Ebbe mit einer riesigen Angst und purer Fassungslosigkeit. Ein merkwürdiges Gefühl, das Ebbe dennoch sehr bekannt vorkam. Sie fühlte sich plötzlich zeitlich zurückversetzt in die vierte Klasse der Grundschule. Es war wieder Sommer. Ein sehr warmer und duftender Sommer, den Ebbe überwiegend mit Anina im Reitstall verbracht hatte. Doch Ebbe dachte nicht an die wunderschön blühenden Pflanzen oder das warme Gras in dieser Zeit. An die vielen gelben Rapsfelder, die so stark leuchteten. Stattdessen konnte sie die fürchterliche Hitze und das Brennen der Sonne spüren. In dieser einmaligen Zeit mit Anina, die sie doch so durcheinandergebracht hatte. Ebbe hörte das Summen der grauen Bremsen im Stall. Es klang jetzt bösartig und aggressiv. War es damals auch schon so gewesen? Schlagartig wurde sie an all ihre negativen Gefühle erinnert, die sie damals überflutet hatten. Ebbe dachte an die enge Reithose, in der ihre Rundungen so unangenehm betont wurden. An diesen ekelhaften Druck, den sie in ihren Armen, Beinen und sogar in ihrem Gesicht spüren konnte. Diese rundlichen Wangen, von der Sonne unangenehm gerötet. Ebbe sah das Bild von sich so deutlich vor sich, dass ihr Tränen der Wut und Verzweiflung in die Augen traten. Wie konnte sie das nur vergessen haben? Ihr schreckliches Äußeres wurde darüber hinaus gekrönt von ihrem dämlichen Verhalten. Ebbe fielen wieder zahlreiche blöde Bemerkungen von sich in den Gesprächen mit Anina oder den anderen Mädchen im Stall ein. Sie hatte sich bereits damals so geschämt. Einfach dafür, so zu sein, wie sie war. Wütend dachte Ebbe daran, dass sie nicht ohne Grund so fest entschlossen hatte, sich zu verändern! Wie in aller Welt konnte sie das nur aus den Augen verlieren? Wieso hatte sie all die Glücksgefühle verdrängt, die sie durch das Abnehmen und Zurückhaltung, ja durch das Verfolgen ihres Zieles, hervorrufen konnte? Wie konnte sie vergessen, was sie schon erreicht hatte? Ebbe dachte an die enorme Stärke, die sie durch ihr Ziel gewonnen hatte. Kraft und Energie. Alles war so schön und wolkenlos gewesen. Oder etwa nicht? Ebbe wollte dahin zurück. Sie sehnte sich nach diesem Gefühl, wieder etwas zu schaffen.

Auch in den kommenden Tagen und Wochen hetzte sie durch den Alltag und fühlte sich überall fehl am Platz. Nirgends passte sie. Zu den Mädchen in ihrer Klasse konnte sie nicht mehr dazugehören. Ihre Vergangenheit hinderte sie daran. Ebbes Erfahrungen und Erlebnisse mit der Essstörung und den Klinikaufenthalten hatten sie zu stark geprägt, als dass sie mit ihren Klassenkameraden mithalten konnte. Das spürte sie jeden Tag aufs Neue. Ebbe hatte keine lustigen Partygeschichten auf Lager, die sie erzählen konnte. Keine merkwürdigen Vorlieben für bestimmte Speisen oder außergewöhnliche Kleidungsstile, mit denen sie sich identifizieren konnte. Keine Liebesgeschichten. Noch nicht einmal Flirts. Sie traute sich kaum, etwas von sich zu erzählen. Ständig schwang die Angst mit, sich nur noch mehr zu blamieren. Klamotten bedeuteten für Ebbe eine fürchterliche Konfrontation mit ihrem Körper. Es gab kaum ein Kleidungsstück, das Ebbe noch gerne trug. An einigen Tagen zog sie sich mehrmals um, damit dieses fürchterliche Druckgefühl nachließ. Es war, als würde ihr dicker Körper platzen wie ein Luftballon. Ebbe fehlte die Leichtigkeit, die sie bei ihren Klassenkameraden um sie herum wahrnahm. Wie konnten sie nur durch den Alltag kommen, ohne auch nur einen einzigen negativen Gedanken an die Mahlzeiten? Diese Frage stellte sich Ebbe immer wieder, obwohl die Antwort für sie auf der Hand lag. Wäre sie selbst ebenfalls so schlank und hübsch wie die anderen um sie herum, dann bräuchte auch sie sich keinerlei Gedanken zu machen. Doch durch ihre gestörte Körperwahrnehmung verband Ebbe das Essen mit Zwängen, von außen festgelegten Vorgaben oder selbst gesetzten Verboten. Mit sehr gemischten Gefühlen dachte sie dann an die Klinik mit ihren unveränderbaren Vorgaben, strikten Mengen und viel Rechnerei. Das war doch alles auch nicht normal.

Immer wieder fragte Ebbe sich, wem sie noch glauben konnte. Plötzlich erschien ihr der gesamte Klinikaufenthalt in Lübeck wie eine gemeine Verschwörung. Vermutlich wollten sie alle nur ihre Ruhe haben. Und das ging selbstverständlich am besten, wenn Ebbe genug wog. Wenn sie rund und gesund war, dann brauchte sich schließlich keiner mehr Sorgen zu machen. Wen interessierte es da, wie Ebbe sich fühlte oder ob sie nun zu den dicken Mädchen gehörte? Niemanden!

Ebbe orientierte sich an Stephi und Jana. Sie wollte ganz genau so sein wie ihre Freundinnen. Sie kaufte sich Hosen derselben Marke. Allerdings war Ebbe überzeugt davon, dass sie selbst bestimmt mehrere Nummern größer trug als ihre Freundinnen. Am liebsten hätte sie

Jana nach ihrer Hosengröße gefragt, doch das traute sie sich nicht. Und gefallen tat Ebbe sich auch in der neuen Kleidung nicht besser. Es war einfach zum Verzweifeln. Sie kämpfte und kämpfte. Auch dieses Jahr ging zu Ende. Die Blätter fielen, dunkle Wolken gab es jetzt viele und der Dezember brach an.

Es war an einem der Tage, die sie gemeinsam mit Jana abends bei Stephi verbrachte, als Ebbe einen Entschluss fasste. Ein schöner Abend, an dem ihr zwischendurch irgendwann auffiel, dass sie tatsächlich von Herzen gelacht und sehr wenig über das Essen nachgedacht hatte. Wenn sie nur endlich dünner wäre, dann wäre alles wieder gut. Sie musste ihr Ziel einfach erreichen. Doch dieses Mal wollte Ebbe es anders angehen. Als sie nach ihrem Besuch bei Stephi nach Hause kam, wünschte sie Lore und Josse schnell eine gute Nacht und zog sich in ihr Zimmer zurück. Da es schon spät war, ging sie direkt ins Bett. Doch schlafen konnte Ebbe nicht. Sie war sehr nachdenklich geworden. Schließlich hatte sie den Klinikaufenthalt in Lübeck nicht komplett vergessen. Sie wollte nicht wieder ganz dorthin zurück, wo sie vor ihrem Aufenthalt angelangt war. Ebbe wollte nicht mehr verheimlichen, hungern und sich aus dem Leben zurückziehen. Dazu hatte sie die schönen Seiten des Lebens wieder viel zu sehr kennen- und schätzen gelernt. Essen gehörte zu einem glücklichen Leben ebenso dazu wie Geselligkeit. Diese Dinge konnte und wollte Ebbe behalten. Doch sie würde das schöne Leben noch viel mehr genießen können, wenn sie einfach dünner wäre. Das war ganz gewiss auch das Geheimrezept der Mädchen um sie herum. Sie waren genau deswegen so entspannt und glücklich, weil sie eben so dünn und leicht waren. Mit Kontur. Dorthin wollte Ebbe auch gelangen. Das Wichtigste war, dass sie weiterhin den Eindruck vermittelte, ihr Essverhalten normalisiert zu haben und regelmäßig ihre Mahlzeiten aß. So würde man ihr den dringenden Veränderungswunsch nicht anmerken. Ebbe wusste, dass sie schnell abnehmen konnte. Denn in der Klinik hatte sie ihre Mengen stetig steigern müssen und dennoch immer langsamer zugenommen. Also würde sie auch schnell an Gewicht verlieren, wenn sie ihre Mahlzeiten nur kontinuierlich ein wenig reduzierte. Da war sie sich sicher.

Ebbe hatte einen neuen Plan. Sie würde weiterhin essen dürfen und ihre Mahlzeiten genießen. Sie hatte zwei gute neue Freundinnen, mit denen sie viel Zeit verbringen konnte. Ebbe wollte keine Essstörung in dem Sinne mehr. Sie wollte leben. Normal sein. Leicht sein. So, wie die anderen Mädchen um sie herum auch. Es war doch so einfach! Das Leben genießen und dabei dünn sein! Erfüllt von Hoffnung und neuem Mut, fast schon Euphorie, lag Ebbe noch eine ganze Weile wach. Sie hatte alle Probleme im Blick. 37 Kilogramm. Mit diesem Gewicht hatte sie sich in der Klinik wohlgefühlt. Es konnte nicht so schwer sein, dieses zu erreichen. Schließlich fiel sie in einen unruhigen Schlaf. Gleich am nächsten Tag begann Ebbe ihren Plan umzusetzen. Und das war einfacher als gedacht. Als Ebbe in die Küche kam, war Lore bereits in ihre Schuhe und Jacke geschlüpft. »Tut mir leid, Ebbe, du musst heute alleine frühstücken. Ich habe kurzfristig noch einen Termin beim Frisör bekommen und muss zeitig los. Wir sehen uns heute Nachmittag. Fährst du nach der Schule wieder direkt zu Klara? Dann koche ich heute Abend und du nimmst dir dein übliches Abendbrot mit?« Ebbe konnte ihr Glück kaum fassen! Nun hatte sie gerade erst ihren Entschluss gefasst und bekam sofort die Gelegenheit, ihren Plan umzusetzen. Es war der erste Tag nach langer Zeit, an dem Ebbe erneut begann, sich selbst zu belügen. Sie wusste es, doch im Verdrängen war sie mittlerweile eine Meisterin geworden. Ebbe aß zwar ihre gewohnten Mahlzeiten. Allerdings veränderte sie diese täglich ein wenig mehr, indem sie Butter durch Frischkäse ersetzte oder anstatt Sahne nur noch Milch verwendete. Aus dem Sahnequark zum Nachtisch wurde fettarmer Hüttenkäse und an Stelle von Schwarzbrot bevorzugte sie nun Vollkorntoast oder Knäckebrot, da dies deutlich weniger Kalorien hatte. Lore und Josse kannten sich mit Nährwerten zum Glück nicht so gut aus wie sie, sodass Ebbes verändertes Essverhalten nicht weiter auffiel. Ab und zu konnte Ebbe ihre Mutter dazu überreden, dass sie selbst das Mittagessen für alle kochte. Dann tauschte sie auf ihrem Teller heimlich die Kartoffelstücke gegen wässriges Gemüse aus und bedeckte alles so geschickt mit Soße, dass niemand einen Unterschied bemerkte. Am Wochenende holte Ebbe die Brötchen vom Bäcker. Nachdem sie alle Sorten heimlich ausgewogen hatte, wusste sie, welches Brötchen am leichtesten war. Ebbe war vollkommen erfüllt von ihren neuen Strategien. Durchgehend beschäftigte sie sich damit, wo sie noch mehr an ihrem Essverhalten verändern konnte. Sie fühlte sich stärker als je zuvor. Denn schließlich aß sie immer noch sechs Mahlzeiten und diese ganz normal. Fast jeden Tag fielen ihr neue Möglichkeiten ein, eine Mahlzeit so zu reduzieren, dass sie sich und ihren Eltern einreden konnte, alles sei in bester Ordnung. Ebbes Euphorie führte sie so weit, dass sie sich voller Energie fühlte und nun auch immer mehr Bewegung in ihren Alltag mit einbaute. Die Idee dazu entstand mehr oder weniger durch Zufall. Als Ebbe eines Morgens zur Schule wollte und bereits an der Haustür stand, fiel ihr ein, dass sie ihre Stifte vergessen hatte. Schnell lief sie nach oben, steckte die Federtasche ein und lief wieder nach unten. Dort stellte sie fest, dass ihr Fahrradschlüssel nun oben geblieben war. Erneut lief sie die Treppe hoch und wieder hinunter. Als sie wegen eines vergessenen Halstuchs ein drittes Mal nach oben hastete, trat Josse aus der Küche. Er hatte ein paar Tage frei und fragte seine Tochter scherzhaft lächelnd, ob sie ihren Frühsport nun erledigt hätte. Ebbe sah ihn an, lächelte zurück und hatte eine neue Variante gefunden, Kalorien zu verbrennen. Von nun an nutzte sie jede kleinste Gelegenheit, um ein paar Schritte mehr zu laufen. In der Schule animierte sie Stephie und Jana sogar in den Fünf-Minuten-Pausen zu kleinen Spaziergängen oder sprintete alleine unter dem Vorwand, etwas vergessen zu haben, die Treppen im Schulgebäude hoch und wieder hinunter. Kraft zog Ebbe vor allem aus der Einbildung, dass sie dennoch so normal geworden war. Schließlich aß sie ihre sechs Mahlzeiten. Sie frühstückte mit Stephi und Jana in den Pausen und wenn die drei abends zum Serien Schauen verabredet waren, probierte Ebbe mittlerweile sogar von den Donuts, die Jana traditionsgemäß seit ihrem ersten Treffen mitbrachte. Da sie den Tag über so viele Kalorien eingespart hatte und die Spätmahlzeit durch die Verabredung darüber hinaus ganz wegfiel, war das kein Problem für sie. Ebbe war regelrecht stolz darauf, dass sie so viel essen konnte und dennoch immer wieder schnell ihren knurrenden Magen spürte. Ein Zeichen, dass ihr Körper nach mehr Nahrung verlangte. Wenn sie ihm jedoch weiterhin zu wenig gab, dann wären die 37 Kilogramm – und damit ihr Ziel – bald schon erreicht. Dass ihre Portionen immer kleiner und leichter wurden, verdrängte sie mit aller Macht. Immerhin aß sie und dies sechs mal am Tag! In der Klinik hatte Ebbe über den Tag verteilt gute 3000 Kalorien zu sich nehmen müssen. Das hatte sie mehrfach nachgerechnet. Obwohl sie es selbst kaum glauben konnte, war ihr Gewicht zuletzt dennoch kaum noch angestiegen. Schwester Sandra hatte Ebbe damals lächelnd angesehen. »Siehst du, Ebbe. Der Körper gewöhnt sich an alles. Und so unglaublich viel ist es nicht, was du hier isst. Du scheinst außerdem gut zu verbrennen. Dick wirst du nie, da bin ich mir sicher!« Zu Hause hatte Ebbe ihr Gewicht tatsächlich gehalten, obwohl sie weiterhin um die 2500 Kalorien gegessen hatte.

Zwei Wochen nachdem sie begonnen hatte, ihr Essen regelmäßig zu reduzieren, rechnete Ebbe sich einen Kaloriengehalt von etwa 1500 am Tag aus. Es war zu wenig, um das vereinbarte Gewicht zu halten, das wusste sie. Doch Ebbes Leistung, sich selbst zu belügen und Fakten zu verdrängen, war fabelhaft. Allerdings konnte sie ihrem Körper in dieser Hinsicht nichts vortäuschen. Ihre Energiezuvor blieb stets unter ihrem Bedarf und das bekam Ebbe eines Tages mit aller Heftigkeit zu spüren.

21. Etwas ist stärker

Das Jahr ging zu Ende und ein neues begann. In diesem Juni würde Ebbe 18 Jahre alt werden. Es waren nur noch wenige Tage bis zu den Osterferien. Auf diese freute sich Ebbe in diesem Jahr ganz besonders. Denn seit zwei Wochen gab es nun konkrete Pläne für mehrere Tagesausflüge mit ihren beiden Freundinnen Stephi und Jana. Sie hatten entschlossen, zu dritt einfach mal ein bisschen rauszukommen, die Gegend zu erkunden und etwas zu erleben. Der Ort war zweitrangig – wichtig war ihnen, dass sie die Zeit gemeinsam und vor allem ohne Eltern und Schule verbrachten. Wenn Ebbe mit Jana und Stephi zusammen war, dann schien in letzter Zeit alles so schwerelos und hell zu sein. Sie fühlte sich so leicht, da sie ihr Ziel weiterverfolgen konnte und akzeptiert wurde, wie sie war. Stephi und Jana ahnten offenbar nichts von Ebbes Vergangenheit, da Ebbe ihrer Meinung nach auch normal aß. Gerade gestern hatte Stephi sie kopfschüttelnd gefragt, wo sie ihr Frühstück immer lassen würde, so dünn wie sie sei. Ebbe hatte verlegen gelacht und auf ihr Knäckebrot geschaut, das sie mit einer großzügigen Schicht Magerquark bestrichen hatte. So sah es nach viel mehr aus, als es eigentlich war. Auf Ebbes Armen hatte sich eine Gänsehaut vor Freude gebildet. Dünn? Sie war tatsächlich dünn? Die schwarze Wolke, die Ebbe seit Beginn des Jahres nun überhaupt nicht mehr aus den Augen ließ, schien für einen Moment zu verschwinden, wenn sie mit ihren Freundinnen zusammen war. Ebbe hatte sich mit Jana und Stephi an diesem Nachmittag in ihrem Lieblingscafé bei Jana um die Ecke verabredet. Das Mittagessen war heute sehr leicht gewesen. Lore hatte eine Gemüsesuppe gekocht und unglaublich viel geredet. Dabei war ihr nicht aufgefallen, dass Ebbe ihr Brötchen zur Suppe gar nicht gegessen hatte. Die Suppe war außerdem nicht mit Sahne, sondern mit Milch gekocht, da Lore die Sahne beim Einkaufen vergessen hatte. Lore wirkte überhaupt sehr müde in letzter Zeit. Das fiel Ebbe immer wieder auf. Ebbe hatte sich vorgenommen, ihre Mutter an diesem Abend einmal darauf anzusprechen, da sie sich Sorgen um sie machte. Lore war blass und unkonzentriert. Allerdings kam Ebbe die Vergesslichkeit ihrer Mutter heute sehr gelegen. Denn so hatte sie sowohl ein ganzes Brötchen als auch eine ordentliche Portion Sahne eingespart! Außerdem hatte Ebbe sich heute Morgen auf die Glaswaage im Badezimmer gestellt. Sie hatte gehofft, nur ein paar Gramm weniger als gestern zu sehen. Zu ihrer größten Verwunderung prangte wenige Sekunden später eine große schwarze 34,8 auf der Anzeige. Ebbe konnte ihr Glück an diesem Tag kaum fassen und war mehr als gut gelaunt, als sie um 14.30 Uhr zu ihrer Verabredung aufbrach. Nun konnte sie in ihrem Lieblingscafé auch einen großen Milchkaffee oder einen Latte Macchiato bestellen. Ebbes Magen knurrte bereits eine Stunde nach der Mittagsmahlzeit so laut, dass sie mit dem Gedanken spielte, sich sogar eine Portion Schlagsahne zu gönnen. Warum nicht? Selbst dann hatte sie an diesem Tag noch keine 1000 Kalorien zu sich genommen. Das Gewicht war schneller gesunken, als Ebbe gedacht hatte. Da wäre also eine Portion Sahne mindestens drin. Sie freute sich wie ein kleines Kind auf den Nachmittag im Café. 34,8 Kilogramm und eine dünne Suppe als Mittagsessen! Voller Übermut strich Ebbe über ihren Bauch, der als Antwort laut knurrte. Ebbe war etwas zu früh im Café. Da sie nicht länger als notwendig sitzen wollte, lief sie ein wenig vor der Schaufensterscheibe auf und ab. Währenddessen betrachtete sie die reichhaltige Kuchenauswahl, die dort präsentiert wurde. Es gab einfache Stücke wie Marmor- oder Sandkuchen. Daneben einige fruchtige Schnitten mit zum Teil großzügiger Zuckerglasur. Am meisten beeindruckten Ebbe jedoch die Torten. So viele köstliche Schichten Sahne! Auf der einen Torte mit etwas Kakao vermischt, auf der anderen mit dunkelroten Früchten garniert. Mal war der Boden etwas heller, mal dunkler. Ebbe ging einen Schritt schneller und sah immer wieder um sich, ob sie bei ihren Beobachtungen bemerkt wurde. Schließlich sollte niemand denken, sie sei darauf bedacht, sich ein derartiges Stück auszusuchen! Wobei sie sich selbst das heute durchaus erlauben könnte. Nach diesem kargen Mittagessen. Und auch das Abendessen würde heute deutlich kleiner ausfallen, da Lore und Josse bei den Nachbarn eingeladen waren. Da konnte sie wieder am Aufstrich sparen und sich die dünnsten Scheiben Brot aus der Packung heraussuchen. Beim Bäcker waren immer mindestens zwei hauchdünne Scheiben dabei, die Ebbe sich sofort nahm, wenn Lore ein neues Brot gekauft hatte. Ebbe war so in Gedanken versunken, dass sie zusammenzuckte, als Jana ihr leicht auf die Schulter tippte. »Oh, entschuldige, ich wollte dich nicht erschrecken«, lachte diese, »schön dich zu sehen!« Jana nahm Ebbe in den Arm und es fühlte sich so ehrlich an. Als Ebbe jedoch Janas Schulterblätter unter dem dünnen T-Shirt fühlte, schämte sie sich plötzlich unglaublich für ihre Gedanken. Wie konnte sie nur daran denken, Sahne oder gar ein Stück Kuchen bestellen zu dürfen? Nur, weil die Waage jetzt unter 35 Kilogramm anzeigte! Jana durfte das, nicht jedoch sie selbst! Ebbe wurde richtig wütend auf sich. Was war nur in sie gefahren? Einen kurzen Moment dachte sie an Lübeck. War es nicht etwas übertrieben, so streng über das Essen zu denken? War das krank? Glücklicherweise kam Stephi im nächsten Moment um die Ecke und Ebbe hatte keine Zeit mehr, sich deswegen weiterhin den Kopf über ihre eigenen Gedanken zu zerbrechen. Die drei betraten das Café und suchten sich einen ruhigen Platz in der Ecke. Ebbe versuchte mit aller Macht, ihre Konzentration auf das bevorstehende positive Urlaubsthema zu lenken. Mehrere Tagesausflüge bedeuteten mehrere Tage Freiheit! Sie würde ihrem Ziel deutlich näherkommen und trotzdem einen ganz normalen Mädchenurlaub erleben können. Es gab keine Essstörung mehr, denn sie würde ja essen. Und ganz nebenbei etwas abnehmen. Es war nicht wie mit Anina oder wie vor der Klinik. Ebbe war nicht mehr krank, denn sie hungerte schließlich nicht. Sie würde genauso essen können, wie sie es selbst wollte. Ohne den strengen – in der letzten Zeit vor allem aber sehr besorgten – Blick von Lore und Josse. Immer fühlte Ebbe sich beobachtet und mehr oder weniger streng kontrolliert. Das würde an diesen Tagen wegfallen. Ebbes Gemütszustand schwankte zwischen größter Vorfreude und gleichzeitig besorgter Aufregung. Hoffentlich würden Jana und Stephi nicht allzu oft Eis essen gehen oder sich abends Hamburger und Pommes holen wollen. Auch vor Pizza hatte Ebbe Angst. Was sollte sie dann sagen? Aßen nicht alle Jugendlichen gerne Pizza? Doch sie beruhigte sich mit dem Gedanken, dass es auch in Fast-Food-Läden mittlerweile Salate gab. Das Brot dazu könnte sie weglassen. Und wenn die beiden doch nachfragen würden, warum Ebbe keine Pizza wolle, dann hätte sie in dem Moment eben einfach nicht so großen Hunger. Oder Bauchweh. Oder einfach Lust auf etwas Kaltes. Vielleicht war es ja warm an dem Tag. Hoffentlich würde es warm sein!

»Ebbe? Ebbe! Du bist dran mit deiner Bestellung!« Stephis durchdringende Stimme und ihr spitzer Ellenbogen, den Ebbe in ihrer Seite spürte, holten sie in die Realität zurück. Ebbe war verwirrt und durcheinander. »Einen Latte Macchiato, bitte!«, brachte sie zögerlich heraus. Sollte sie auch Sahne nehmen? Ihr Blick fiel auf Janas zarte Gestalt. Nein, das konnte sie sich noch nicht erlauben! Erst, wenn sie ebenfalls so zart wäre. »Kuchen dazu?«, fragte die Kellnerin freundlich. »Nein, danke«, erwiderte Ebbe. Was würde die schlanke Bedienung nur denken, wenn sie auch noch einen Kuchen zu ihrem großen Milchkaffee essen würde? Der Nachmittag im Café verging wie im Fluge und sie hatten Spaß. Auch Ebbe, wobei es ihr an diesem Tag noch mehrmals passierte, dass sie mit ihren Gedanken viel mehr beim Essen während der bevorstehenden Ausflüge war, als hier im Café. Stephi, Jana und Ebbe hatten sich für fünf verschiedene Ausflüge entschieden. Der erste sollte sie bereits wenige Tage später an die Ostsee führen. Die Mädchen wollten früh morgens los.

Ebbe verließ das Haus daher bereits um kurz nach sieben. Sie trank noch einen Kaffee mit Lore, die sich in ihren Morgenmantel gehüllt zu ihr an den Küchentisch setzte. Ebbe hatte sich den großen hellblauen Kaffeebecher ausgesucht. Er war so bauchig, dass man den Kaffee darin kaum erkennen konnte, wenn man sich gegenübersaß. So fiel es Lore an diesem Morgen nicht auf, dass Ebbe ihren Kaffee heute schwarz und nicht wie sonst mit viel Milch trank. Sie wollte sich die Kalorien der Milch aufheben, falls sie mit Jana und Stephi später in einem Café eine Pause einlegen würde. Dann könnte sie dort einen Milchkaffee trinken. Vielleicht.

»Und du möchtest dir wirklich kein Frühstück mitnehmen, Ebbe? Ihr seid doch den ganzen Tag lang unterwegs!« Lore sah ihre Tochter besorgt an. »Mama, ich habe dir das doch schon erklärt. Wir werden gemeinsam frühstücken und essen gehen. Da will ich doch keine Ausnahme sein, weil ich mir mein Frühstück von zu Hause mitgenommen habe.« Ebbes Mutter lächelte verständnisvoll und nickte. Doch Ebbe konnte sehen, dass sie nicht ganz zufrieden war. Ebbe selbst plagte ein schlechtes Gewissen. Sie hatte genau genommen eigentlich nicht mit Jana und Stephi über das Frühstück oder irgendeine andere Mahlzeit gesprochen. Hastig stürzte Ebbe ihren Kaffee hinunter, gab Lore den gewohnten Abschiedskuss und lief eilig zum verabredeten Treffpunkt zwei Straßen weiter. Ebbe lief so schnell, dass der Wind ihr eisig ins Gesicht blies. Es war noch frisch draußen, doch durch das Laufen geriet Ebbe bereits nach wenigen Schritten ins Schwitzen. Völlig außer Atem ging sie die letzten Schritte langsamer auf Stephi zu, die bereits an der Bushaltestelle auf sie wartete. Sie saß entspannt auf der kleinen grauen Gitterbank und spielte mit ihrem Handy. »Alles okay?«, fragte sie und blickte die gehetzte Ebbe etwas irritiert an. »Wir haben doch noch Zeit!«, fügte sie hinzu. Offenbar sah Stephi den Grund für Ebbes Eile in der Sorge, den Bus zu verpassen. Doch Ebbe war nicht deswegen so gehetzt und durcheinander. Die Gründe waren ganz andere. Ebbe spürte den Schatten der dunklen Wolke neben und über sich. In ihrem Kopf herrschte Chaos. Sie hatte Lore wegen der Mahlzeiten angelogen und einen schwarzen Kaffee getrunken. Frühstück hatte sie nicht dabei und bis zum Abend würde sie nicht unbedingt dazu genötigt werden, ihre gewohnten Mahlzeiten einzuhalten. Sie konnte auch den ganzen Tag nur Kleinigkeiten essen und sich damit herausreden, dann abends zu Hause zu essen. Dort wiederum würde sie natürlich behaupten, den ganzen Tag über bereits genug zu sich genommen zu haben. Ebbe hatte Kopfschmerzen und ihre Gedanken überschlugen sich. Sie beruhigte sich selbst. Es war nichts dabei. Es war April und die Temperaturen stiegen nun immer öfter auf über 20 Grad. Vielen Menschen war dann nicht danach, viel oder schwer zu essen. Es war also ganz normal, dass sie etwas weniger oder leichter aß. Ganz normal. Ganz normal. Ebbe dachte an die Pizza, die sie früher mit Anina gegessen hatte und dann an die trockenen Brötchen, die daraus geworden waren. An Lübeck und ihre Schummeleien mit Nährwerten in den letzten Wochen. Ebbe hatte ein schlechtes Gewissen, wusste aber selbst nicht, wem gegenüber sie dieses haben musste. Sich selbst gegenüber oder Lore und Josse? Ihrer Krankheit? Gegenüber den Ärzten und Schwestern in Lübeck, die sie so lange und geduldig mit allen zur Verfügung stehenden Mitteln unterstützt hatten? Wem war sie Rechenschaft schuldig? War es nicht ihr eigenes verdammtes Leben? Dieses Jahr würde sie 18 Jahre alt und somit volljährig werden. Dann könnte sie sowieso tun und lassen, was sie wollte. Sie wollte einfach nur passen. So wie alle anderen Menschen auch passten. Dazugehören. Es war alles normal. Ganz normal. Ebbe sah zu Stephi. Sie sah so hübsch aus mit ihren roten Haaren und dem gelben lockeren Shirt, das ihre schmale Taille erahnen ließ. Sie trug eine passende grüne Hose dazu. Ebbe wünschte sich ihre spitzen Knie. Stephi sah einfach immer gut aus und war außerdem von Natur aus fröhlich. Ihre gute Laune ließ sie strahlen. Ebbe wünschte sich, genauso zu sein. Auch Jana war mittlerweile eingetroffen. Sie unterhielt sich mit Stephi, so dass Ebbe noch einen Moment gedankenversunken danebenstehen und sie beobachten konnte. Jana hatte ihre zierliche Figur in ein weißes

Sommerkleid gehüllt und einen Strohhut dazu aufgesetzt. Auch sie sah wundervoll aus. Ebbe schämte sich. Sie hatte ihre schwarze, glänzende Jeans angezogen, die seit einiger Zeit schon nicht mehr richtig saß. Ebbe hatte sie mit einem Gürtel enger geschnürt und schämte sich nun für die Falten, die sich gebildet hatten. Ihr hellblaues Lieblingsshirt kam ihr plötzlich ebenfalls unpassend vor. Es war so kurz und unförmig geschnitten, dass Ebbe sich darin unendlich hässlich vorkam. Es war so widersprüchlich. Eigentlich freute sich Ebbe darüber, dass ihre Kleidung lockerer saß. Es gab ihr Sicherheit und bestärkte sie, auf dem richtigen Weg zu sein. Doch vor Lore und Josse musste sie in letzter Zeit aufpassen, was sie anzog. Ihre Eltern blickten sie seit mehreren Wochen schon sehr kritisch an. Sie schienen den Gewichtsverlust zu bemerken. Doch ausgesprochen hatte es bisher noch keiner von ihnen.

»Du schaust heute aber gar nicht glücklich aus, Ebbe«, sprach Jana sie an. »Ich glaube, der Tag heute wird dir gut tun!« Ebbe war verunsichert. Worauf spielte Jana an? Sah Ebbe so unmöglich aus, dass sie es in dieser Form mitteilen musste? Mochte ihre Freundin sie jetzt plötzlich nicht mehr? Ebbe könnte es ihr nicht verdenken. Ihr wurde übel und sie hatte mit einem Mal kaum noch Lust auf den Ausflug. Doch als der Bus kam und Ebbes Magen laut knurrte, beruhigte sie sich wieder. Sie hatte ja noch immer ihr Ziel! Sie würde heute so reduziert essen wie lange nicht mehr. Sie war schließlich schon bei 34,8 Kilogramm! Bald würde sie auch so leicht sein wie Jana oder Stephi. Dann wäre die Welt wieder in Ordnung. Ebbe lächelte vor sich hin und bemühte sich, fröhlich an den Gesprächen ihrer beiden Freundinnen teilzunehmen. In Gedanken war sie bei ihrem Ziel und dem Essen. Vor ihrem inneren Auge sah sie den hellblauen Kaffeebecher mit dem schwarzen Kaffee darin. Ohne Milch. Heute würde sie einfach nur Salat essen. Ohne Dressing. Dafür am Nachmittag vielleicht ein Latte Macchiato. Mit Milch natürlich. In Cafés verwendeten sie bestimmt alleine aus Kostengründen oft die fettarme Variante. Perfekt, dachte Ebbe und war selig und zufrieden. Bald würde sie sicher sein. Es war wie ein Rettungsring für Ebbe. Der Gedanke an das Essen. An das Immer-weniger-Essen. An das Verschwinden. An Leichtigkeit. Sie wollte endlich genauso in diese Welt passen wie all die anderen charakterstarken Menschen in ihrer Umgebung. Sie wollte etwas können. Warum eigentlich 34 Kilogramm? Warum nicht 33? Oder 32? Was wussten die Ärzte schon, wann es ihrem Körper gut ging? Gehören nicht Körper und Seele immer zusammen? Und Ebbes Seele konnte es mit diesem Körper einfach nicht gut gehen. Mit fast 35 Kilogramm. Das ging nicht. 34 wären toll. Vielleicht 33. Sie war ja auf dem Weg und es ging schneller als sie dachte. Bald hätte das Leid ein Ende. Ebbe hatte plötzlich das Gefühl, aus dem Bus herauszufliegen. Sie war froh, endlich eine klare Entscheidung getroffen zu haben.

Es war ein schöner und entspannter Tag, an dem Ebbe tatsächlich nur einen Milchkaffee trank und mittags einen Salat aß. Ohne Dressing. Es war normal, sagte sie sich. Stephi und Jana aßen Pommes zum Salat und holten sich am Nachmittag ein Schokocroissant. Das war ja kaum mehr, redete Ebbe sich ein. Jana trank den Kaffee mit viel Zucker. Stephi ohne. Die Wolke warf ihre Schatten hinter die drei Mädchen. Als Stephi und Jana sich am späten Nachmittag jeweils zwei belegte Brötchen und einen Kakao vom Bäcker holten, nahm Ebbe zögerlich ein trockenes Körnerbrötchen. Den winzigen Teil schlechten Gewissens, den es in ihr noch gab und der sie an ihren Plan aus Lübeck erinnerte, besänftigte sie damit, dass die Körner bestimmt ausreichend Kalorien hatten und ein vollständiges Abendbrot ersetzten. Sie enthielten schließlich Fett. Das reichte aus, ganz sicher.

Zu Hause angekommen, wich Ebbe ihren Eltern ein wenig aus, als diese sich nach ihrem Tag erkundigten. »War sehr schön, aber ich bin müde«, entschuldigte sich Ebbe und wollte in ihr Zimmer gehen. »Was ist denn mit dem Abendbrot?«, fragte Josse. Er stand im Türrahmen, neben ihm Lore. Sie blickten ernst. Ebbe kam sich plötzlich vor wie auf der Anklagebank. Sie durfte sich jetzt nichts anmerken lassen. »Wir haben noch beim Bäcker gehalten«, erwiderte sie. Das war ja nicht mal gelogen. Lore und Josse sahen Ebbe mit Blicken an, die sie nicht deuten konnte. Doch sie fühlte sich sehr unwohl dabei. Sowohl die Blicke als auch das damit verbundene Unwohlsein blieben. Die Tagesausflüge mit Jana und Stephi taten gut. Ebbe hing ihren Gedanken nach und konnte völlig frei essen. Keiner wusste etwas und niemand würde es erfahren, da war sie sich sicher. Nur die Blicke von Josse und Lore störten. Auch Ebbes Großeltern kamen in den letzten Tagen wieder öfter zu Besuch. Sie hatten einen ähnlichen Blick im Gesicht, wenn sie Ebbe sahen. Sorge, Wut, Enttäuschung? Ebbe war sich nicht sicher, wie sie diese Blicke deuten sollte. Sie fühlte sich überhaupt in ihrem Leben nicht mehr sicher. Nur, wenn sie ihr Essen kontrollieren konnte, dann ging es ihr gut. Es war normal.

22. Schwäche

Ebbes Körper wurde zum Maß *der* Dinge. Für alles. Als würde er auch nur im kleinsten Detail zeigen können, wie es in Ebbe selbst aussah! Wenn Ebbe an Gewicht verlor und wieder ein Stück schmaler und blasser geworden war, dann erntete sie oft herabschauende – ja abfällige Blicke und negative Äußerungen von ihren Eltern oder Großeltern.

Wie siehst du wieder aus? Das ist nicht dein ernst! So traust du dich doch nicht aus dem Haus? Du siehst schrecklich aus! Lore äußerte es öfter als Josse. Manchmal vergaß sie morgens fast, Ebbe zu begrüßen. »Wenn Papa dich so sieht!«, brachte sie stattdessen erschrocken hervor, wenn Ebbe in die Küche kam. Auch beim Einkaufen oder auf der Straße bemerkte Ebbe des Öfteren, dass sie beobachtet wurde. Sie schob es dann auf ihr schreckliches Aussehen oder darauf, dass sie mal wieder ein unpassendes Shirt angezogen hatte. Manchmal sahen ihr die Leute hinterher, wenn sie einen Laden verließ. Ebbe spürte die Blicke und hörte manchmal ein merkwürdiges Getuschel. Auch der Wolke konnte sie nun nicht mehr entkommen.

Jeden Sonntag kaufte Ebbe bei ihrem Lieblingsbäcker die Frühstücksbrötchen für sich und ihre Eltern. Bei ihrem letzten Besuch sah die Verkäuferin sie fast etwas mitleidig an. »Geht es dir gut, Ebbe?«, fragte sie besorgt. Ebbe war verwirrt. »Ja, vielen Dank«, erwiderte sie und bestellte wie immer die sechs Brötchen. »Du bist sehr, sehr dünn geworden. Ich habe dich eben fast nicht mehr erkannt. Ich schenke dir noch zwei Schoko-Croissants dazu«, lächelte sie freundlich. Ebbe spürte einen Kloß in ihrem Hals und begann zu zittern. Sie freute sich einerseits unglaublich über die Bestätigung. Doch warum musste sie nun zwei Schoko-Croissants bekommen? Sie sah die dunkelbraune Fettglasur und die buttrige Konsistenz der Teilchen. Jedes Kind hätte vermutlich Luftsprünge gemacht und sich eines der beiden gleich auf die Hand geben lassen. Doch selbstverständlich nicht Ebbe! Schoko-Croissants! Mit zitternden Händen nahm sie das gut gemeinte Geschenk entgegen und bedankte sich höflich. Sie bezahlte und verließ den Laden, wobei es sich die freundliche Verkäuferin nicht nehmen ließ, ihr ein »Pass gut auf dich auf!« hinterherzurufen. Ebbe stand einen Moment regungslos vor der Bäckerei. Was nun? Wohin sollte sie die Croissants tun? Würden

Lore und Josse verlangen, dass sie eines aß? Oder gar beide? Ebbe wurde schlecht und schwindelig. Sie erblickte einen Mülleimer und zögerte. Doch das mochte sie nicht tun. Sie konnte die frisch gebackenen Leckereien jetzt nicht einfach wegschmeißen. Ihr wurde heiß und kalt zugleich. Eine dunkle Wolke sorgte dafür, dass die Sonne nicht mehr zu sehen war. Ebbe lief nach Hause. Dort konnte sie Josse davon überzeugen, dass er die Croissants essen würde. Zu Ebbes Erstaunen schüttelte Lore dabei nur unmerklich den Kopf und verkniff sich jeglichen Kommentar.

Ein anderes Mal hörte Ebbe ganz deutlich, wie eine Mutter etwas über sie zu ihrer Tochter sagte. »Schau mal, das ist Magersucht. Schrecklich.«

Ihre Umwelt reagierte so böse und negativ auf Ebbes Erscheinung, da sich die Menschen wohl selbst einfach hilflos fühlten. Und sie waren es auch – einfach hilflos. Ebbes Familie war gezwungen zuzusehen, wie Ebbe immer weniger wurde; wie sie immer weiter zu verschwinden schien. Und sie entfernte sich nicht nur physisch, sondern auch psychisch. Ebbe war eingenommen von der Stimme ihrer Krankheit, der Anorexie. Sie klammerte sich an sie, suchte Halt bei der Essstörung und schien ihn dort auch zu finden. Verschwinden müsse sie, das sagte die Krankheit. Und mit jedem Stück weniger Körper gewann Ebbe selbst als Person an Stärke dazu. Das glaubte sie zumindest. Und es fühlte sich sehr gut an. Warum nur wollten die anderen es nicht akzeptieren? Das fragte sich Ebbe oft. Sie fühlte sich so unglaublich wohl, wenn sie wusste, dass sie nun immer weniger werden würde. Und dennoch essen konnte. Alles unter Kontrolle hatte. Jeden Bissen, jeden Schluck, jeden Schritt. Alle Nährwerte, jedes Gramm. Nichts war spontan oder unbekannt. Alles im Blick. Immer. Wenn sie sich sicher sein konnte, dass ihr Körper verschwand – nach und nach – aber immerhin kontinuierlich. Und immer mehr. Ein Gefühl der Freiheit, in die sie entfliehen konnte. Hoch hinaus in den blauen Himmel mit seinen vielen weißen und leichten Federwolken. Nur die eine, dunkel gefärbte Kumuluswolke, die ließ sie außer acht. Sie war immer da, aber es gab daneben noch viele schöne, weiße Wolken. Gefangen in der Freiheit der Anorexie. Ebbe war voller Energie und nutzte jede Gelegenheit, um sich zu bewegen. Sie stand eine Stunde früher auf als sie musste, um noch vor der Schule in ihrem Zimmer Sport zu treiben. Dabei lief sie auf der Stelle oder hüpfte hin und her. Niemand wusste davon. Auch abends legte Ebbe mittlerweile eine Stunde Bewegung ein. Ansonsten stand sie fast nur noch oder lief durch die Gegend, wann immer es ihr möglich war. Sie versuchte, sitzende und ruhige Tätigkeiten so gut es ging zu vermeiden. Familienfeiern, Geburtstage oder Mädelsabende wurden für Ebbe nach und nach zu Stressfaktoren, da sie an diesen Tagen ihre Bewegung anders planen musste. Eine Stunde sitzen? Das bedeutete für Ebbe, mindestens sechs Mal mehr die Treppen zu laufen. Mindestens. Doch es gab noch andere Gründe, aus denen heraus Ebbe gemeinsame Veranstaltungen mit der Familie ebenso zu vermeiden versuchte wie Klassentreffen oder Jahrgangsparties. Sie traf sich mittlerweile nur noch mit ihren engsten Freunden Stephi und Jana und vermied die Konfrontation mit anderen Jugendlichen. Ebbe fühlte sich so unglaublich unwohl und unpassend. Sie wusste, dass die anderen Mädchen in einer ganz anderen Welt lebten. Sie hatten Erfahrungen, die Ebbe verpasst hatte. Freundschaften, Beziehungen, Liebe, Alkohol, die Nacht zum Tag werden lassen. Spaß haben. Leben. Nachts Pizza und Nudeln essen. Schokolade verdrücken. Cocktails genießen. Das alles kam für Ebbe nicht in Frage. Sie musste kontrollieren. Streng sein.

Und sie hatte schließlich Erfolg. Die Waage zeigte stetig weniger Gewicht an. Sich selbst irgendwo zu zeigen, war für Ebbe mittlerweile wie ein Spießrutenlauf. Kaum war sie aus ihrem Zimmer herausgekommen, sah sie die Gesichter ihrer Mitmenschen. Und diese sprachen Bände. War ihr Körper dünner geworden, veränderten sich ruckartig die Gespräche und Unternehmungen – ja, letztlich die ganze Atmosphäre um sie herum. Es war oft nicht mehr auszuhalten. Alle waren plötzlich angespannt, traurig und so auf sie selbst bzw. ihren Körper fixiert. Es lag so viel Unausgesprochenes in der Luft. Geladen wie vor einem schweren Gewitter. Unheil versprechend. An Tagen hingegen, an denen sie sich bewusst anders kleidete und etwas schminkte, um gesünder und runder auszusehen, war die Resonanz auf ihr Wesen deutlich positiver. Lore, Josse und Ebbes Großeltern waren plötzlich so freundlich und nett. Unabhängig davon, wie Ebbe selbst sich dabei fühlte. Ebbe hasste das! Diesen Blick von außen. Und das mit diesem verbundene naive Urteil der Menschen um sie herum. Wenn sie bzw. ihr Körper Richtung Normalgewicht ging, meinten sie, es ginge auch ihrer Seele gut. War Ebbe hingegen zu untergewichtig, wurde ihr unterstellt, sie würde auch innerlich leiden. Doch ganz so einfach war es nicht. Anorexie war viel komplexer als eine einfache mathematische Gleichung. Das Befinden einer Person lässt sich nicht einfach aus deren Körpergewicht erschließen. Genau das schienen aber viele Menschen zu glauben, da diese Erkrankung in erster Linie durch die äußerliche Erscheinung bzw. die Veränderung dieser auffällt. Es war der Blick von außen, der zählte. Noch bevor ein Wort von irgendjemandem ausgesprochen worden war, sah man Ebbe an und urteilte über sie. Einfach so. Das führte irgendwann dazu, dass es ihr peinlich war, sich noch irgendwo zu zeigen. Und war es lediglich am Frühstückstisch in ihrem Elternhaus. Dann spürte sie die Spannung, fühlte sich unangenehm durchbohrt von Blicken. Anders war es bei Stephi und Jana, mit denen Ebbe sehr viel Zeit verbrachte. Bei ihren Freundinnen fühlte sie sich wohl und unentdeckt. Die drei gingen weiterhin regelmäßig in ihr Café. Ebbe reduzierte ihre Mahlzeiten so, dass sie hin und wieder sogar einen Latte Macchiato mit Sahne oder ein Eis bestellen konnte. Sie fühlte sich so normal, weil sie aß. Niemand sagte etwas oder sah sie merkwürdig an.

Zwei Wochen später war sie bei 32,8 Kilogramm angekommen. Eine tiefschwarze Wolke waberte um sie herum, doch Ebbe schob sie beiseite. 32,5. 32,0. Sie konnte nicht aufhören, obwohl sie ihre Knochen mittlerweile sah. Die Hosen rutschten, doch Ebbe schnürte sie enger. Schloss die Augen. Redete sich ein, es käme vom Waschen. Das Material leiere aus.

Recht schnell kam nun eine Zeit, in der Ebbe erfuhr, was Schwäche tatsächlich bedeutete. Zum ersten Mal in ihrem Leben fiel es ihr schwerer, Kraft für jegliche Dinge aufzubringen, die der Alltag mit sich brachte. Das Schlimmste für sie selbst war, dass es keine gewöhnlichen Erschöpfungsgefühle waren, wie sie normalerweise nach einer intensiven Sporteinheit auftraten. An Sport mochte Ebbe in diesen Tagen überhaupt nicht mehr denken. Ihr war so schwindelig, dass sie manchmal das Gefühl hatte, verrückt zu werden. Es war überhaupt nicht so, wie sie es sich erträumt hatte. Dünn sein. Sitzen dürfen. Entspannung und Ruhe genießen können. Es war ganz anders! Ebbe spürte nichts weiter als diese alles einnehmende Kraftlosigkeit. Sie war zerstörend. Jede Treppe wurde zur Qual. Manchmal hatte sie Angst, es in der Schule nicht mehr nach oben oder unten zu schaffen. Die Schwindelgefühle flößten Ebbe Angst ein. Besonders, da sie es niemandem erzählen konnte. Lore und Josse hätten sofort gewusst, warum ihr Kreislauf so schwach war. Eigentlich wusste Ebbe es ja auch selbst. Doch sie wollte es nicht wahrhaben. Immer wieder redete Ebbe sich ein, sie sei einfach nur unfähig. Mit dem Essen oder gar ihrer Gewichtsabnahme könne das nicht zusammenhängen. Das Bedürfnis sich hinzusetzen, war größer als je zuvor. Ebbe war völlig am Ende, zwang sich jedoch weiter, so viel wie möglich in Bewegung zu bleiben. Wenigstens stehen bleiben und möglichst wenig hinsetzen, sagte sie sich immer wieder. Das war schon deutlich kraftschonender, als sie es ihrer Meinung nach verdient hatte. Die Zeit verging und Ebbe wurde 18 Jahre alt. Volljährig. Erwachsen. Frei. Doch Ebbe schaffte es nicht mal mehr, einen kleinen Spaziergang durchzuhalten. Sie konnte die neue Ruhe, zu der ihr geschwächter Körper sie zwang, kaum ertragen. Es war überhaupt nicht so, wie sie es sich immer vorgestellt hatte. Damals hatte sie gedacht, wenn sie erst einmal so dünn wäre, dass die Schwäche kommen und es nachvollziehbar sein würde, dass sie Ruhe unbedingt bräuchte, dann würde alles wunderbar sein. Einfach alles. Sie hatte sich ausgemalt, dass sie es ganz und gar genießen könnte. Mit jeder Faser ihres Körpers, der ja dann wesentlich ästhetischer wäre als zuvor. Sie hatte sich eine vollkommene Erfüllung herbeigesehnt. Sorglos und glücklich. Niemals hatte Ebbe mit dieser Form von Schwäche gerechnet. Eine Kraftlosigkeit, die mit starker Übelkeit und mit Kopfschmerzen einherging. Schwindelgefühle und dazu eine innere Kälte, die unerträglich wurde. Statt genießen zu können, dass ihr Körper mit jedem seiner Zellen signalisierte, sich erholen zu wollen, verspürte Ebbe in diesen Tagen einzig und allein den Wunsch, dass es einfach aufhören solle. Sie wollte nicht mehr so schwach sein. So unfähig, wie sie es selbst bezeichnete. Und tatsächlich gab es Momente, in denen es aufhörte. Nicht nur das – es schlug geradewegs ins Gegenteil um! Ebbe wurde plötzlich von einem unbändigen Energieschub überrascht. Beinahe wie neues Leben und gleichzeitig ein Gefühl, das sie noch nie gespürt hatte. Eine große Menge reine Kraft, die sie wie ein Blitz durchfuhr. In ihren Beinen schien Strom zu fließen. Und sie hätte ihn am liebsten herausgerissen aus ihren Beinen. Denn dieses Gefühl war so schön, dass sie diese Kraft überall spüren wollte. Es kribbelte und schob sie an. Animierte sie, zu gehen. Zu laufen. Ebbe lief immer schneller und war dabei unendlich glücklich. Glücklich über diese Kraft, die nur ihr gehörte und die sie für immer behalten wollte. Doch diese seltenen Impulse waren nicht von Dauer. Schon nach wenigen Minuten kam die Schwäche zurück. Schlimmer als zuvor. Und mittlerweile waren es nicht nur physische

Beeinträchtigungen, unter denen Ebbe litt. Auch ihr Gedächtnis ließ nach. Sie konnte sich nicht richtig konzentrieren. Ständig vergaß sie etwas und hatte Mühe, einem Gespräch über längere Zeit zu folgen. Ihre einst so guten Leistungen in der Schule begannen darunter zu leiden. Plötzlich schrieb sie Vieren und schämte sich. Eine Fünf im Vokabeltest folgte. Wie dumm war sie geworden? Was war mit ihrem Gehirn los? Wie konnte sie nur so schlecht sein? Tief in ihrem Inneren wusste Ebbe, dass es an der Unterversorgung ihres Körpers lag. Sie hatte keine Kraft mehr. Die Mahlzeiten zu Hause wurden wieder zum Kampf. Plötzlich hinterfragte Lore misstrauisch absolut alles, was Ebbe zu sich nahm. Warum denn Knäckebrot und kein Schwarzbrot? Warum das runde und nicht das eckige Brötchen? Warum Toast statt Weltmeisterbrot? Frischkäse statt Butter? Warum keinen Sahnequark mehr? Warum, warum, warum? Ebbe war genervt. Sie kannte die Antwort ebenso gut wie ihre Eltern! Sogar Josse, der sich in den vergangenen Wochen bezüglich des Essens herausgehalten hatte, meldete sich immer öfter zu Wort. »Das ist lächerlich, Ebbe! Willst du uns für dumm verkaufen? Du hungerst dich zu Tode! Aber nicht bei uns im Haus, nicht hier!«, platzte es eines Abends aus ihm heraus. Wütend verließ er den Essraum.

23. Ebbe will leben

In dieser Nacht schlief Ebbe besonders schlecht. Seit Wochen war sie es bereits gewohnt, von ihren wirren Gedanken oder heftigen Bauchschmerzen wachgehalten zu werden. Gegen die fürchterliche Kälte, von der Ebbes Körper den ganzen Tag über erfüllt war, half auch die Wärmflasche im Bett kaum noch. Ihr leerer Magen knurrte laut und in ihrem Kopf zeigten sich bunte Bilder von verschiedenen Nahrungsmitteln. Sie musste plötzlich an riesige Portionen Sahne und große Scheiben Brot mit Käse denken. Ebbe träumte von Tafeln Schokolade, nach denen sie griff und die plötzlich wieder verschwanden. An ihrer Stelle tauchten riesige Schüsseln voller Milchreis mit Zimt und Zucker auf. Rote Kirschen standen daneben. Ebbe lief das Wasser im Mund zusammen! Sie griff nach einem überdimensional großen Löffel und wollte etwas von der weißen Masse abschöpfen. Da entdeckte sie ihren kräftigen Arm und erschrak, wie dick er war. Fett! Sie ließ den Löffel fallen und plötzlich war alles voller roter Kirschflecken. Ebbe schreckte hoch und stellte erleichtert fest, dass sie zu Hause in ihrem Bett lag. Doch irgendetwas stimmte nicht. Ihr Knie fühlte sich merkwürdig an. Eiskalt und dumpf. Sie schlug die Bettdecke zurück und entdeckte eine riesige blau-weiß gefärbte Stelle, die sich über ihre Kniescheibe hinweg und das Schienbein hinab erstreckte. Vorsichtig drückte Ebbe darauf. Nichts. Sie spürte einfach nichts. Eine Gänsehaut kroch über ihren Rücken. Sie wusste, woher die mangelnde Durchblutung kam. Ihr Magen rebellierte, zog sich zusammen und knurrte so laut, dass es schmerzte. Ebbes Kopf dröhnte. Angst überkam sie. Morgen musst du wieder mehr essen, sagte sie zu sich selbst. Dann wird alles wieder gut! Einfach wieder ein bisschen mehr essen. Doch alleine bei dem Gedanken daran, begann sie zu zittern. Es ging nicht. Sie konnte nicht mehr essen, das war unmöglich. Gestern war sie ausgeflippt, als Lore ihr ein bisschen mehr Soße auf das Gemüse geben wollte. Lauter als geplant hatte sie »Nein!«, geschrien und war aufgesprungen. Lore, die in den vergangenen Wochen durchgängig blass und grau aussah, hatte Ebbe nur erschrocken angesehen. Sie hatte nichts weiter gesagt und Ebbe ihr Gemüse einfach so essen lassen. Selbst als der kleine Fleck Soße, den Ebbe zugelassen hatte, noch auf dem Teller blieb, hatte sie geschwiegen. Ebbe legte die Wärmflasche auf ihr Knie und schlief mit dem Gedanken ein, dass sie am folgenden Morgen einen ordentlichen Schuss Milch in den Kaffee schütten und ihr Brot wieder mit Butter essen würde. Sie brauchte nur ein wenig Energie, das war alles.

Am nächsten Morgen erwachte Ebbe bereits um 5 Uhr und konnte nicht mehr schlafen. Mit den Gedanken war sie beim Frühstück. Mehr Milch, mehr Milch, mehr Butter, schoss es ihr durch den Kopf. Gleichzeitig sträubte sich alles in ihr. Ebbe hatte Kopfweh, doch stellte erleichtert fest, dass ihr Knie wieder vollkommen normal aussah. Warum hatte sie heute Nacht so einen Panikanfall gehabt? Es war doch alles halb so wild. Ebbe duschte heiß. Doch die Wärme verflog, sobald sie die Duschkabine verlassen und sich in ihr Handtuch gewickelt hatte. Sie spürte die Kälte in jeden Zentimeter ihres Körpers kriechen. Ihre Hose scheuerte an den Hüftknochen, als ihr Blick auf die Waage im Badezimmer fiel. Ebbe war verunsichert. Wollte sie überhaupt wissen, welches Gewicht diese anzeigen würde? Ebbe drehte sich zur Tür um, ihr war schwindelig. Schließlich lief sie zurück und tippte die Glasplatte seufzend an, um das Gerät zu aktivieren. Sie platzierte ihre Füße in der Mitte und wartete. 30,5 Kilogramm. Ebbe fiel fast zur Seite und hielt sich am Handtuchhalter fest. 30,5 Kilogramm? Plötzlich wusste sie nicht mehr, wo oben und wo unten war. In ihrem Kopf drehte sich alles. Sie wollte ebenso gerne lachen wie weinen. 30 Kilogramm! Sie blickte in den Spiegel und erschrak. An diesem Morgen erkannte Ebbe sich selbst kaum wieder. Ihre Haut war blass und grau, die Wangen eingefallen. Ebbes große Augen stachen regelrecht aus ihrem Gesicht hervor. Schatten hatten sich unter ihnen gebildet. Bläulich schimmernd. Hatte sie es sich so vorgestellt? War das die Freiheit, die Leichtigkeit, von der sie geträumt hatte? Ebbe fühlte sich schwach und leblos. Vor allem aber hatte sie Angst. Eine unerklärliche Angst! Hastig stellte sie Lores Personenwaage wieder zurück an die Wand und ging in die Küche. Es war Sonntag, daher hatte Ebbe keinen Grund, so früh wach zu sein. Aber das Frühstück ließ ihr keine Ruhe. Alle körperlichen Anzeichen – die Kopfschmerzen, der Schwindel, die Übelkeit, das Frieren – sprachen eindeutig dafür, dass sie dringend wieder mehr essen musste. Der Essensplan aus Lübeck war die Orientierungshilfe für Ebbe gewesen. Da hatte das erste Frühstück aus zwei belegten Brötchen bestanden. Mit Butter und Käse oder Sahnequark. In den letzten Tagen hatte Ebbe daraus zwei Knäckebrote mit etwas Magerquark werden lassen. Großzügig auf dem Teller zerbröselt. Wenn Lore dabei war, vermischte sie den Quark mit Vanillearoma; das ließ ihn nach Butter aussehen. Ebbe fiel jedoch auf, dass Lore sich gar nicht mehr so sehr für ihr Essen zu interessieren schien. Sie beobachtete weniger und kommentierte so gut wie gar nichts mehr. Auch Josse hielt sich bei diesem Thema komplett heraus. Es war eigentlich genau so, wie Ebbe es sich immer gewünscht hatte. Unabhängigkeit. Selbstbestimmung. Freiheit. Leichtigkeit. Warum aber spürte sie jetzt diese eiskalte Angst in sich? Eine grenzenlose Einsamkeit? Etwas schnürte Ebbe die Kehle zu und nahm ihr die Luft zum Atmen.

Die kleine Uhr am Backofen ließ Ebbe wissen, dass es gerade erst sechs Uhr war. Eigentlich noch viel zu früh zum Frühstücken. Ebbe wollte jedoch nachsehen, was im Kühlschrank war. Dabei kannte sie den Inhalt ebenso gut wie die Nährwerte eines jeden einzelnen Lebensmittels auswendig. Kontrolle behalten. Immer nur ging es um die Kontrolle. Lore schien noch zu schlafen. Ebbe zuckte regelrecht zusammen, als Josse die Küche betrat. »Guten Morgen, Ebbe. Was machst du denn jetzt schon hier? Du hast doch Ferien und könntest noch schlafen!«, lächelte er und strich seiner Tochter über die Haare. Ebbe entging sein besorgter Blick nicht und es tat ihr leid, ihren Vater so zu sehen. Josse kochte sich seinen üblichen Morgenkaffee und bereitete seine Brote für die Arbeit vor. Aus dem Augenwinkel sah Ebbe, wie er immer wieder sorgenvoll und erschrocken zu ihr rüber sah. Ebbe hätte sich am liebsten in Luft aufgelöst. Dann kam die Frage, die sie mit Schrecken erwartet hatte. »Lass uns doch schnell zusammen frühstücken, was meinst du?« Josse hatte seinen vertrauten und liebevollen Tonfall, der es für Ebbe unglaublich schwer werden ließ. Sie dachte an ihr blaues Knie, die Kälte und die 30 Kilogramm auf der Waage. Ihre Hände zitterten. Zu gerne hätte sie mit ihrem Vater gefrühstückt! Zwei große Brötchen mit Butter und Käse. Oder sogar Sahnequark. Doch sie konnte einfach nicht. Ebbe war wie gelähmt. Was war aus ihrem großen Schuss Milch geworden, den sie sich heute Nacht so fest vorgenommen hatte? »Ich nehme erstmal einen Kaffee, Papa«, begann sie. Josse seufzte, sagte jedoch nichts. Da betrat Lore die Küche. Sie schien ebenfalls schon eine Weile wach gewesen zu sein, denn sie war frisch geduscht und geschminkt. Ebbes Mutter wünschte beiden einen guten Morgen und blickte ihre Tochter ebenso erschrocken an wie ihr Mann. Josse stellte Ebbe ihren Kaffee auf den

Tisch. Ebbe hätte sich am liebsten hingesetzt, doch ihre Unruhe ließ es nicht zu. Sie nahm die Tasse in ihre Hände, wärmte sich daran und blieb stehen. Milch, dachte sie. Sie brauchte etwas Milch. Zitternd griff sie nach der Vollmilch und schüttete einen winzigen Schluck in ihre Tasse. Dann noch einen. Und schließlich einen dritten. Sie sah, wie der Kaffee eine sehr helle Farbe annahm. Im gleichen Moment wurde ihr schlecht. SO viel Milch. Das konnte sie unmöglich trinken! Es war noch nicht mal halb sieben Uhr morgens. Wie sollte der Tag weitergehen, wenn sie schon mit derart viel Vollmilch startete? Ebbe zitterte jetzt so stark, dass ihr die Tasse aus der Hand glitt und auf dem Küchenboden zerbrach. Alle drei zuckten zusammen. Der Kaffee floss über die hellen Fliesen. Ebbe konnte sich plötzlich nicht mehr beherrschen und weinte los. »Es tut mir leid!«, rief sie außer sich und begann hektisch, die Scherben aus der hellen Flüssigkeit zusammenzusuchen. Sie schluchzte und war sehr durcheinander. Ebbe schaffte es einfach nicht! Die Angst vor Nährstoffen war zu groß geworden. Sie würde weder mehr Milch trinken noch ein Brötchen mit Butter essen können! Es war Ebbe ja nicht mal mehr möglich, sich lediglich hinzusetzen, wenn sie nicht direkt dazu aufgefordert wurde!

»Ich kann nicht mehr!«, platzte es schließlich aus ihr heraus. Ebbe stand auf und zitterte. An ihrem rechten Daumen lief ein roter Tropfen Blut herunter. Sie hatte sich an einer Scherbe der Tasse geschnitten. Doch der Schmerz interessierte sie nicht. Mit einem Mal war alles ganz ruhig. Lore und Josse standen einfach da und schienen nicht zu wissen, was sie sagen sollten. Ebbe beruhigte sich ein wenig. Dann holte sie tief Luft und sagte entschlossen: »Ich schaffe es nicht. Ich gehe nach Lübeck! Alleine kann ich das einfach nicht.« Wie in einem Traum nahm sie wahr, dass Josse ihr ein kühles nasses Tuch um die rechte Hand wickelte und sie umarmte. Danach Lore. Sie drückte Ebbe sanft auf den Küchenstuhl neben der zerbrochenen Tasse. Durch das Fenster schien die Sonne und rückte die dunkle Wolke ein Stück zur Seite. Ebbe spürte ihre Wärme. War es die Sonne, die herzliche Umarmung ihrer Eltern oder ihre eigene Entscheidung, sich endlich helfen zu lassen? Nach Lübeck zu gehen, war so schnell aus ihr herausgeplatzt, dass Ebbe nicht mehr klar denken konnte. Lübeck. Lübeck! Sie spürte, wie ihr ein Stein vom Herzen fiel. Die Tränen flossen weiter, diesmal vor Erleichterung. Ebbe fühlte sich nun tatsächlich unendlich leicht und frei. Ganz unabhängig vom Essen. Sie hatte sich für einen Weg entschieden, der sie von all der Last erlösen würde, die sich in den letzten Wochen auf ihren Schultern angesammelt hatte. Ihr fielen plötzlich sämtliche emotionale Erlebnisse in Lübeck ein. Die erste gemeinsame Mahlzeit mit Lore in ihrem Einzelzimmer. Der schokoladige Geschmack der ersten Meriteneflasche, als sie diese endlich ohne Magensonde hatte trinken dürfen. All die weiteren Geschmackserfahrungen, die Ebbe neu erschienen waren. War das nicht Freiheit gewesen? Genießen und leben? Die ersten Spaziergänge und Unterhaltungen, in denen es mal nicht um das Thema Essen gegangen war. Nicht um Sport oder Bewegung. Sondern einfach um normale Themen des Lebens. Anstehende Geburtstage, Feiern, Verabredungen, Kinobesuche, Klara. Vor allem Klara. Ebbe hatte ihrer Stute gegenüber ein fürchterlich schlechtes Gewissen. Zwar war sie in der letzten Zeit regelmäßig im Stall gewesen. Doch ihr fehlte die Kraft und der übliche Elan, um Klara vollständig zu umsorgen. Oftmals hatte Ebbe sie nur grob gestriegelt und geritten. Abspritzen oder gründliche Fellpflege waren immer seltener geworden. Damit musste Schluss sein! Ebbe wollte endlich wieder leben und Kraft haben!

Einen Tag, nachdem sie die Entscheidung getroffen hatte nach Lübeck zu gehen, verabredete Ebbe sich mit Jana und Stephi in ihrem Stamm-Café. Sie müsse etwas Wichtiges besprechen, hatte sie ihnen geschrieben und war froh, dass beide Freundinnen an diesem Nachmittag Zeit hatten. Diesmal war Ebbe nicht die erste, die vor dem Café wartete. Es war Jana. Sie lächelte Ebbe an und umarmte ihre Freundin. Ebbe fiel auf, dass Janas Umarmungen deutlich lockerer geworden waren. Zaghaft und beinahe ängstlich legte sie ihre Arme um Ebbes Schultern. Kurz darauf traf auch Stephi ein. Sie war nicht ganz so vorsichtig und schlang ihre Arme schwungvoll um Ebbes dürren Körper. Die drei suchten sich einen Tisch und bestellten. Jana und Stephi nahmen den üblichen Milchkaffee und jeder ein Stück gebackenen Käsekuchen. Ebbe haderte mit sich selbst. Der Latte Macchiato hatte etwas mehr Milch. Sollte sie es wagen? Oder lieber einen kleineren Cappuccino nehmen und dafür Sahne dazu bestellen? Ihre Bauch- und Kopfschmerzen waren heute nicht ganz so ausgeprägt. Wieviel Energie brauchte ihr Körper wirklich? »Einen Cappuccino bitte«, sagte Ebbe schließlich. Die Kellnerin notierte sich die Bestellung auf ihrem kleinen Zettel und verschwand sehr schnell. Ebbe redete sich ein, die Sahne einfach vergessen zu haben. Es gab jetzt etwas Wichtigeres zu tun! Sie wollte ihren Freundinnen erzählen, was mit ihr los war. Doch wo sollte sie beginnen? Würde die Wahrheit ihr besonderes Freundschaftsverhältnis zerstören? Was würde sie tun, wenn Stephi und Jana sich anschließend von ihr abwendeten? Sie für verrückt erklärten? Würden sie weiterhin Kontakt zu einem psychisch kranken Mädchen haben wollen? Ebbe wurde plötzlich von heftigen Zweifeln gepackt. »Jetzt mach' es doch nicht so spannend, Ebbe. Du wolltest etwas mit uns besprechen?«, holte sie Jana aus ihren Gedanken heraus. Sie trommelte nervös mit ihren Fingern auf den Tisch und blickte Ebbe an. »Ja«, antwortete diese zögerlich. »Es fällt mir schwer und ich weiß nicht recht, wo ich anfangen soll.« Sie hatte sich zu Hause alles genau überlegt. Jedes einzelne Wort. Doch nun waren sämtliche sorgfältig geplanten Formulierungen plötzlich verschwunden, ausgelöscht. Ihr Kopf war leer. Ebbe konnte sich nicht länger konzentrieren und beschloss, es kurz zu machen. Sie holte tief Luft und sagte: »Ich gehe in die Uniklinik nach Lübeck. Ich habe eine Essstörung.« Wie gebannt sah sie abwechselnd zu jeder ihrer Freundinnen und wartete auf deren Reaktion. Bewusst hatte Ebbe das Wort Essstörung und nicht Magersucht verwendet. Die meisten Menschen dachten bei Magersucht an die Bilder, die sie aus dem Fernsehen, aus Zeitschriften oder dem Internet kannten. An Fotos von abgemagerten Frauen, dem Tode nahe. Skelette mit tief liegenden Augen und hervorstehenden Knochen. Das war Ebbe nicht! Vielleicht würden Jana und Stephi sie auslachen, wenn sie sich selbst als magersüchtig bezeichnete! Doch es kam ganz anders.

»Das ist gut, Ebbe«, begann Stephi, »also, dass du in die Klinik gehst, natürlich. Nicht, dass du Anorexie hast!« Fügte sie hinzu und lächelte. Es war ein aufmunterndes, verständnisvolles Lächeln. »Wir haben uns wirklich Sorgen um dich gemacht. Viele Sorgen!« Überrascht blickte Ebbe ihre Freundin an. »Sorgen?! Warum habt ihr euch denn Sorgen gemacht?«, fragte sie erstaunt. »Ebbe, wir haben Augen im Kopf!«, mischte sich Jana in das Gespräch ein. Du bist in den letzten Wochen immer weniger geworden. Es tut mir leid, dir das jetzt so hart sagen zu müssen, aber wir haben uns regelmäßig erschreckt, wenn wir dich gesehen haben. Du bist ja nur noch ein Schatten deiner selbst. Das ist wirklich nicht böse gemeint.« Ebbe war vollkommen verwirrt. Was sagte Jana da? Sie hatten es gesehen? Sich erschreckt? Sich Sorgen gemacht? Ebbe verstand die Welt nicht mehr! »Wir waren nur dankbar, dass du wenigstens noch deinen Milchkaffee und Sahne und ab und zu auch eine Kugel Eis zu dir genommen hast. Und frühstücken konnten wir ja auch zusammen. Das hat uns dann etwas beruhigt. Wir haben schon oft überlegt, wie wir dich darauf ansprechen sollen, aber man ist einfach so hilflos.« Plötzlich wurde Jana ganz sentimental. Tränen traten in ihre Augen. »Ebbe, Was ist los mit dir?«, fragte sie mit einer brüchigen Stimme. »Wir sind doch deine Freundinnen. Du sprichst nicht mit uns! Aber wir sehen doch, dass es dir schlecht geht.« Ebbe spürte nun ebenfalls einen dicken Kloß in ihrem Hals und war froh, dass die Kellnerin das Tablett mit den Kaffeetassen und dem Käsekuchen brachte. Sie verteilte die Teller und ließ die drei Mädchen zurück, die für einen kurzen Moment nicht wussten, was sie reden sollten. Die Luft war merkwürdig angespannt, doch gleichzeitig auch voller Hoffnung, Ehrlichkeit und Erleichterung. Ebbe konnte die unerwartete Reaktion ihrer Freundinnen noch immer nicht fassen und hätte sie am liebsten stürmisch umarmt und sich bei ihnen bedankt. »Wir bleiben also dennoch Freunde?«, fragte sie vorsichtig und bemerkte selbst, dass sie dabei klang wie ein kleines Kind. »Ach, Ebbe!«, sagte Stephi, »Ich könnte dich ohrfeigen für diese Frage!« Stephi lachte. Kurz darauf stimmten auch Jana und Ebbe in ihr Lachen mit ein. Es war ein Lachen der Erleichterung, des Befreiens und der Gemeinsamkeit. Mit einem Mal war es so, als seien Ebbes Sorgen nie real gewesen. Sie lachten und lachten, bis Jana und Stephi sich ihrem Käsekuchen widmeten. Jana sah Ebbe an. »Wie ist es eigentlich für dich, wenn wir hier diesen Kuchen essen?«, fragte sie.

Es war ein wundervoller Nachmittag im Café und die drei Freundinnen verließen es erst um 18 Uhr, als die Kellnerin auffordernd begann, die Stühle hochzustellen. Jana und Stephi waren sehr interessiert und stellten Ebbe jede Menge Fragen zu ihrer Krankheit. Einige Verhaltensweisen hatten sie beobachten können. So zum Beispiel Ebbes auffälligen Bewegungsdrang oder ihr weniges Sitzen. Doch keine von ihnen hätte gedacht, wie extrem die Anorexie Ebbes Gedanken und ihren gesamten Tagesablauf beeinflusste! Ebbe erzählte und erzählte, vertraute ihren Freundinnen einfach alles an. Sie lachten und weinten gemeinsam. Es war wie ein Befreiungsschlag. Alles oder nichts! Wenn sie jetzt nicht ehrlich sein konnte, würde sie es niemals schaffen, das wusste Ebbe ganz genau. Als die drei Freundinnen schließlich Arm in Arm ihr Café verließen, fühlte Ebbe sich leicht wie eine Wolke. Und tatsächlich schien die Sonne noch; die schwarze Wolke war nicht zu sehen. Ebbe musste Jana und Stephi versprechen, sich regelmäßig zu melden und die Adresse der Klinik durchzugeben, damit die beiden sie besuchen konnten. Es stand außer Frage, dass Ebbe mehrere Wochen in Lübeck würde bleiben müssen.

24. Zurück nach Lübeck

Plötzlich konnte nichts schnell genug gehen. Ebbe hätte am liebsten noch am selben Tag ihre Tasche gepackt und sich nach Lübeck bringen lassen. Doch ganz so schnell ging es selbstverständlich nicht. Als sie in der Universitätsklinik anrief, erhielt sie einen Termin für ein Aufnahmegespräch in der darauf folgenden Woche. Es war die längste Woche, die Ebbe sich hätte vorstellen können. Sie war hin- und hergerissen, wie sie sich verhalten sollte. War es notwendig, jetzt schon anzufangen, wieder mehr zu essen? Sich dem Plan aus Lübeck wieder anzunähern? Da sie die Klinik kannte, wusste Ebbe genau, was sie dort erwarten würde. Sie kannte die Ärzte und Schwestern, die Therapeuten und die verschiedenen Therapien. Den Tagesablauf auf der Station hatte sie ebenso genau im Kopf wie die individuellen Essenspläne. Ebbe hatte bei ihrem letzten Aufenthalt zwar zum Schluss gut mitgearbeitet. Doch der Drang, alles zu kontrollieren, war auch da weiterhin geblieben. Sie hatte immer im Blick, wann es welches Gericht gab, wer besonders streng bei der Verteilung der Lebensmittel oder der Zeitvorgaben für die Aktivitäten wie Spaziergänge oder Töpferangebote war. Sie wusste zu jeder Tages- und Nachtzeit, was sie wann gegessen hatte und welchen Nährwert die Mahlzeiten hatten. Nichts war ungeplant oder unbekannt. Dennoch war es anders als jetzt gewesen. Ganz anders! Ebbe hatte in Lübeck ihre Angst vor dem Essen verloren. Wann war diese nur wieder aufgetaucht?

In den folgenden Nächten schlief Ebbe vor Erschöpfung relativ früh am Abend ein. Doch ihr Schlaf war unruhig. Sie träumte lauter wirres Zeug. Einmal stand sie auf Lores Personenwaage und sah eine große 47 auf der Anzeige. Schweißgebadet wachte Ebbe auf und lief ins Bad, um zu kontrollieren, was sie wirklich wog. Zu ihrer Erleichterung stand dort eine 30,1. Weniger durfte es nicht werden, das hatte sie Lore und Josse versprochen. Sie wusste, wie schwer ihre Eltern ihren Anblick ertragen konnten. Und mittlerweile konnte Ebbe es gut nachvollziehen. Auch wenn sie sich nicht immer dünn fühlte, erschrak sie regelmäßig über die vielen blauen Flecke, die sich an Körperstellen wie Schienbeinen oder über den Beckenknochen bildeten. Einfach so. Dort, wo das Fett fehlte. Ihre Haut wurde dünn und durchsichtig. Ebbe konnte ihren Beckenkamm mit den Fingern entlangfahren und ihr Schlüsselbein durch das

T-Shirt sehen. Sie spürte die Spannung ihrer trockenen Haut über den Wangenknochen, wenn sie lächelte. Es kam nur noch selten vor, dass sie von Herzen lächelte. Ebbe fehlte sogar dafür die Kraft. Keine Hose passte mehr. Alles war zu groß und zu weit geworden. Ebbe konnte sich darin verstecken. Das dachte sie wenigstens. Sie wickelte sich dicke bunte Tücher um den Hals und trug überwiegend Langarmshirts. Sie wollte ihre Eltern nicht unnötig mit ihren dünnen Gliedmaßen belasten. Die Tage zogen sich hin, die Blicke wurden unerträglich. Lores unglücklicher Gesichtsausdruck und ihre graue Gesichtsfarbe bedrückten Ebbe. Schließlich sprach sie es an. »Mama, du siehst fertig aus«, sagte sie eines Abends zu ihrer Mutter. Lore sah sie ernst an. »Das wundert dich, Ebbe?«, fragte sie skeptisch und wirkte ein wenig fassungslos. »Aber ich mache dir keinen Vorwurf! Du kannst nichts dafür. Versprich mir nur, dieses Mal mitzuarbeiten und gesund wiederzukommen. Du bist eine junge Frau, Ebbe.« Lore war nachdenklich und verabschiedete sich in ihr Bett.

Endlich war es soweit. Josse brachte Ebbe alleine nach Lübeck. Von Lore verabschiedete Ebbe sich vor ihrem Elternhaus. Es war ein sehr emotionaler Abschied. Ebbe weinte und wusste nicht, ob es vor Freude oder aus Angst war. Würde sie es diesmal schaffen? »Versprich es mir, Ebbe«, flüsterte Lore ihr zum Abschied ins Ohr. »Ich verspreche es«, schluchzte Ebbe und stieg ins Auto, ohne sich noch einmal umzudrehen. Im Auto sprachen Ebbe und ihr Vater kaum ein Wort miteinander. Josse redete kurz über das Wetter und den Verkehr, doch Ebbe wusste nicht, was sie erwidern sollte. Dann waren sie da. Josse parkte sein Auto direkt vor Station 8 der Psychosomatik. Ebbe stieg aus, nahm ihren Rucksack und den Koffer in die Hand und sah ihren Vater an. Als Josse sie bis auf die Station begleiten wollte, hielt Ebbe ihn sanft zurück. »Nein, Papa. Fahr zu Mama. Das hier ist jetzt meine Aufgabe. Ich habe dich und Mama sehr lieb.« Sie umarmte ihren Vater und spürte Übelkeit in ihrem Bauch hochsteigen. Josse drückte seine Tochter sanft an sich. »Sei stark!«, sagte er kurz und fuhr los.

Ebbe betrat die Station mit gemischten Gefühlen. Wie würde sie hier begrüßt werden? Welches Bild hatten die Ärzte und Schwestern noch von ihr im Kopf? Würde sie als das störrische und unheilbar kranke Mädchen abwertend begutachtet werden? Würden sie es verachten, dass sie es alleine nicht geschafft hatte, von der Krankheit loszukommen?

Angst überkam Ebbe und sie fühlte sich plötzlich alleine. Hatte sie diesen Aufenthalt überhaupt verdient?

Ebbe zuckte zusammen, als die Tür des Schwesternzimmers ruckartig geöffnet wurde und Schwester Rina auf den Flur trat. »Oh, hallo! Da bist du ja, Ebbe!«, begrüßte sie die erschrockene Ebbe in ihrer gewohnt forschen Art. Sie eilte zurück ins Büro und kam mit einigen Zetteln Papier wieder heraus. »Wir haben dich schon erwartet!« Rina musterte Ebbes Körper. »Ich zeige dir dein Zimmer«, flötete sie und lief zügig den Gang hinunter. Ebbe betrat ein Doppelzimmer, in dem beide Plätze offenbar noch unbelegt waren. Die Plastikfolie lag noch über den Betten. Außerdem richteten sich die meisten Patienten auf einer psychosomatischen Station gerne ein bisschen persönlich ein, indem sie Fotos oder Postkarten aufhängten. Auf den Nachtschränken lagen dann oft individuell bedeutsame Gegenstände. Das alles war Ebbe noch genau in Erinnerung geblieben, doch fehlte hier. Als sie das letzte Mal auf dieser Station war, fand sie es immer spannend in die weiteren Patientenzimmer zu schauen und sich die Einrichtung dort anzusehen. Sie verriet oftmals ein bisschen über den Menschen, der dort eingezogen war. Nicht selten saß ein Plüschtier auf dem Bett, das Trost spenden sollte. Hier werden einfach alle sentimental, dachte Ebbe, während sie die leeren Betten und weißen Wände betrachtete. Die Schwester schien Ebbes Blick zu bemerken. »Du bleibst nicht alleine. Heute Nachmittag kommt eine weitere Patientin an. Sie ist in deinem Alter.« Ebbe und Schwester Rina setzten sich an den Tisch. Sie gingen den Aufnahmebogen durch. Dabei fiel Schwester Rina auf, dass sie Ebbe eigentlich siezen müsste, da diese ja nun volljährig war. Sie entschuldigte sich bei ihr. »Bei deinem letzten Aufenthalt warst du noch unter 18. Bei euch dünnen Mädchen ist es sowieso immer schwierig, das Alter richtig einzuschätzen«, rechtfertigte sie sich selbstbewusst. Ebbe war es egal, wie sie hier auf der Station angesprochen wurde. Ihr Kopf tat weh und sie war so unglaublich nervös. Wie würden die kommenden Wochen aussehen?

Nach dem Aufnahmegespräch hatte Ebbe ungefähr eine Stunde Zeit, um ihre Sachen in Ruhe einzuräumen und anzukommen. Dann gab es Mittagessen. Es war noch nicht festgelegt worden, ob Ebbe in die Essbegleitung sollte. Wie alle Patienten auf der Station holte sie sich ihre Mahlzeit am großen Essenwagen auf dem Flur ab. Schwester Marlies überreichte Ebbe das Tablett mit ihrem Mittagessen. »Ich denke, du isst heute noch auf dem Zimmer. Es ist das Standard-Essen. Du musst später noch einen Zettel ausfüllen für die kommenden Tage. Ab morgen bekommst du dann nach Wunsch«, sagte sie. Ebbe wurde wieder übel. Ganz alleine essen? Und ausgerechnet die Mittagsmahlzeit? Schwester Ute, die hinter dem Essenswagen stand und zugehört hatte, kam Ebbe zur Hilfe. »Ich denke, du kommst gleich mit mir und den anderen in die Essbegleitung. Das wird heute Nachmittag eh festgelegt, wenn ich dich so ansehe, Ebbe.« Sie blickte an Ebbe hinunter und schien Widerworte zu erwarten. Ebbe jedoch war unglaublich erleichtert über diese Reaktion. Sie wollte nicht alleine sein mit ihrer Unsicherheit und ihren Zweifeln. Sie war hier, um sich helfen zu lassen und hatte sich selbst versprochen, die Hilfe anzunehmen. Gemeinsam mit vier weiteren Patienten ging Ebbe in den bekannten Raum der Essbegleitung. Es war der geschmackvoll und wohnlich eingerichtete Aufenthaltsraum der Station. Gegessen wurde an einem großen Holztisch vor hellen Fenstern. Blumen standen auf der Fensterbank. Vor Ebbe liefen zwei junge Mädchen, die eindeutig magersüchtig waren. Sie hatten die typische gebückte Körperhaltung, die ihre flügelartig hervorstehenden Schulterblätter betonte. Beide waren unglaublich mager und Ebbe musste sich zwingen, sich nicht mit ihnen zu messen. Das hatte sie während ihres letzten Aufenthaltes hier ununterbrochen getan: sich verglichen. Immer war sie dicker und schlechter und weniger wert gewesen. Konnte und wollte nicht essen. Doch dieses Mal hatte sie eine ganz andere Einstellung! Sie betrachtete die beiden Mädchen, die verängstigt den Gang entlang bis zum Essraum schlichen. Ebbe kannte ihre Gedanken. Sie dachten über das bevorstehende Mittagessen nach und wie sie es am besten schaffen könnten, so wenig wie möglich zu essen. Bestimmt hatten sie den Nährwert schon viele Male durchgerechnet und Angst, zu viel zu sich zu nehmen. Ebbe erkannte, wie krank derartige Gedanken waren. Gleichzeitig konnte sie die Not und den Zwang, dem die beiden offensichtlich unterworfen waren, förmlich spüren. Ebbe hatte durch die Krankheit, also ihrem Ziel, immer Freiheit und Leichtigkeit erreichen wollen. Doch – waren diese Mädchen etwa frei? Oder glücklich? Nein! Ebbe spürte, wie sie beinahe Wut bekam. Wut auf eine Krankheit, die das Leben von diesen und vielen weiteren jungen Menschen zerstörte. Wut auf die Gefühle, die Anorexie auslösen konnte. Angst, Scham, Panik, selbstschädigende

Gedankengänge. Eine völlige Verzerrung der Realität, die sich dennoch so unendlich wirklich anfühlte.

Die beiden Mädchen, die mit Ebbe in der Essbegleitung waren, hießen Katharina und Simone. Schwester Ute setzte sie am Tisch weit auseinander. »Ihr wisst, warum«, sagte sie nur. Neben Ebbe saßen Helen und Jörg. Helen sah nicht wirklich untergewichtig aus. Jörg war sehr schlank, doch wirkte ebenfalls nicht typisch essgestört. Er aß mit Appetit und redete fast durchgängig. Ein echter Essgestörter wäre viel zu sehr mit sich und dem Essen beschäftigt, um so viel zu erzählen. Aus den Gesprächen zwischen ihm und Helen entnahm Ebbe, dass Jörg Diabetes hatte und sein Essverhalten lediglich in dieser Hinsicht überwacht wurde. Ute kommentierte nicht, was er aß. Zu Katharina und Simone dagegen sagte sie deutlich mehr. Es waren die gleichen Sätze, die Ebbe früher an sich gerichtet gehört und die sie abgrundtief gehasst hatte. »Nimm bitte mehr auf die Gabel!«, »Fang' an zu essen!«, »Iss' weiter!«, »Das reicht noch lange nicht!«, »Hör bitte auf, die Soße abzustreichen!« und so weiter. Ebbe dröhnten die Ohren. Sie selbst hatte diesmal tatsächlich ein ganz anderes Problem. Das Standardmenü bestand heute aus einem Hähnchenbrustfilet mit Kartoffeln, Soße und Möhren. Ebbe aß seit Jahren kein Fleisch mehr. Würde Schwester Ute sie nun gleich wieder in die Schublade der widerwilligen Patientin stecken, wenn sie es ansprach? Wenn sie allerdings nichts sagte und das Fleisch liegen ließ, dann deutete die Schwester ihr Verhalten möglicherweise als stille Revolte gegen die erste Mahlzeit. Ehrlich sein, schoss es Ebbe durch den Kopf. Also wendete sie sich zaghaft an Schwester Ute: »Ich habe heute das Standardessen bekommen, aber bin schon lange Vegetarier.« Schwester Ute blickte sie freundlich an. »Ach, das tut mir leid. Das ist am ersten Tag ja leider immer so. Das Fleisch liegt ja getrennt, dann kannst du das Gemüse und die Kartoffeln mit Soße essen.« Wieder schaute sie Ebbe mit einem Gesichtsausdruck an, der Ebbe verriet, dass sie sich nicht sicher war, ob Ebbe auch nur einen Bissen essen oder wieder wie damals diskutieren würde. Ebbe rang mit sich. Sie wusste, dass am ersten Tag niemand viel von ihr erwarten würde. Sie war ja schließlich essgestört. Sicherlich würde Schwester Ute sie heute auch mit einer kleinen Portion durchkommen lassen. Was also sollte sie tun? So wenig wie möglich essen? Lediglich das Gemüse anrühren und den Rest liegen lassen? Ebbe sah aus dem Augenwinkel, wie Katharina die

Situation nutzte, in der Ute kurz abgelenkt war. Sie schmierte sich mit dem Löffel absichtlich viel von der Soße ins Gesicht und wischte diese dann in ihre Serviette. Simone ließ währenddessen einen Teil ihrer Kartoffeln in der Wärmeschale verschwinden. Beide hatte diesen – Ebbe so fürchterlich bekannten – ängstlichen und gehetzten Ausdruck in ihrem Gesicht. Ihre dürren Körper standen unter Stress und man konnte ihnen die Anspannung und den Kopfschmerz nahezu ansehen. Ebbe sah sich selbst vor nun fast zwei Jahren an diesem Tisch sitzen. Genau die gleichen Verhaltensweisen! Doch diesmal nahm sie es ganz anders wahr. Krank. Erschreckend. Beängstigend! Schwester Ute war ihrem Blick gefolgt. Sie forderte Simone auf, die restlichen Kartoffeln gefälligst zu essen und informierte Katharina darüber, dass in der Küche noch mehr Soße vorhanden war. Es folgte eine Diskussion, die Ebbe wie durch einen dichten Nebel wahrnahm. Helen sagte überhaupt nichts. Sie aß ihren Teller fast komplett leer. Jörg ebenfalls. Auch er war stiller geworden. Katharina und Simone versuchten jeden Bissen wegzudiskutieren. Ebbe aß die Möhren mit Soße und drei der vier Kartoffeln auf. Dann sah sie zu Schwester Ute, die ihr aufmunternd zulächelte. Es war richtig!

Die erste gemeinsame Mahlzeit mit den weiteren Essgestörten in der Universitätsklinik verdeutlichte Ebbe noch einmal, welchen Weg sie einschlagen musste. Sie wollte die schwarze Wolke wegpusten, sie mit aller Kraft loswerden! Ebbe war es leid, ihr Leben von Essen – oder eben dem Nicht-Essen – bestimmen zu lassen. Doch sie wollte eine Veränderung. Es würde nicht einfach werden, das war ihr bewusst. Gleich nach dem ersten Mittagessen traten Zweifel auf, ob es richtig gewesen war, so viel zu essen. Die Kartoffeln lagen wie Backsteine in Ebbes Bauch und sie bildete sich ein, wie ihre Oberschenkel breiter zu werden schienen. Zu ihrer Erleichterung hatte sie noch am selben Nachmittag ein Gespräch mit ihrer Therapeutin Frau Dr. Jalek. Ebbe saß kaum auf dem ihr bekannten bunten Sessel, als sie in Tränen ausbrach. Plötzlich war ihr alles zu viel und sie hatte das Gefühl, sich mit der Entscheidung wieder hier herzukommen, völlig übernommen zu haben. Wie sollte sie es schaffen, ein normales Verhältnis zum Essen und zu ihrem Körper zu bekommen? Nach allem, was geschehen war? Dünn zu sein bedeutete ihr alles. Ebbe konnte nicht mehr anders leben. Es gab ihr Halt. Wo sonst sollte sie diesen finden? Und es ging noch weiter. Denn Ebbe wollte nicht in Selbstmitleid zerfließen. Sie erzählte von ihren unendlich großen Schuldgefühlen, die sie ihrer Familie gegenüber hatte. Durch die jahrelange Essstörung hatte sie besonders Lore so viel Kummer und Sorgen bereitet. Wie konnte sie ihre Mutter nur jemals wieder dafür entschädigen? Hatte sie es überhaupt noch verdient, dass es ihr besser ging? Frau Dr. Jalek ließ Ebbe ganz in Ruhe erzählen und bot ihr in regelmäßigen Abständen Taschentücher an. Nach zwanzig Minuten holte Ebbe schließlich tief Luft, wischte die Tränen weg und blickte ihre Therapeutin direkt an. »Sagen Sie mir bitte die Wahrheit: Hat es überhaupt einen Sinn, dass ich hierbleibe? Wird sich etwas ändern?« Ebbe vertraute Frau Dr. Jalek. Denn sie war es damals gewesen, die Ebbe während ihres letzten Aufenthaltes so weit gebracht hatte. Sie hatte es geschafft, Ebbe zu helfen, wieder einen Sinn in ihrem Leben zu sehen. Ebbe sah ihre Therapeutin direkt an und war auf alles gefasst. Sie fühlte sich plötzlich wie noch nie zuvor. Völlig willenlos. Egal, welche Antwort sie nun bekommen würde – sie würde alles tun, was Frau Dr. Jalek ihr raten würde. Niemand sonst konnte ihr helfen, das wusste Ebbe ganz genau. Eines war ihr in den letzten Tagen bewusst geworden: Ihr Ziel konnte es nicht mehr geben. Durfte es nicht mehr geben. Nicht in der Form, in der Ebbe daran geglaubt hatte. Vielleicht war es Jana und Stephi zu verdanken, dass Ebbe endlich erkannt hatte, was das Leben wirklich ausmachte. Mit ihnen hatte Ebbe Erfahrungen machen dürfen, die sie ein Stück aus ihrer eigenen Welt herausgeholt hatten. Ebbes Bild einer perfekten Persönlichkeit war ein Mittel, der Realität zu entfliehen. Sie hatte sich in eine Wunschvorstellung hineingesteigert und sich dadurch dem realen Leben vollkommen entzogen. Dass diese zu Beginn so harmlos erscheinende Wunschvorstellung von sich selbst der Start in eine schwere Essstörung wie die Anorexie werden könnte, hätte Ebbe nie für möglich gehalten. Sie war schleichend hineingerutscht und nun eisern gefangen. Lange hatte sie es sich nicht eingestehen können, doch die vergangenen Wochen hatten ihr gezeigt – sie war magersüchtig. Sie konnte einfach nicht mehr anders, als das Essen zu kontrollieren. Es war das Einzige, das ihre kleine Welt noch zusammenzuhalten schien. Doch jetzt hatte sie genug von dieser Welt, in der sich alles um das (Nicht-)Essen drehte. Ebbe hatte Ziele. Neue Ziele. Sie war fest entschlossen, nach der Schule Architektur zu studieren. Doch wie sollte sie in diesem Zustand studieren? Mittlerweile gab Ebbe auch vor sich selbst zu, dass sie dazu nicht mehr in der Lage war. Sie hatte durchgängig Kopfschmerzen, konnte sich nicht konzentrieren, kannte die Lösung – und konnte dennoch nicht essen. Sie war gefangen und wollte einfach nur wissen, ob es noch eine Chance auf ein normales Leben gab.

Durchdringend sah Ebbe ihre Therapeutin an, um keine noch so kleine Mimik zu verpassen. »Ob sich etwas ändert, liegt an dir, Ebbe«, sagte Frau Dr. Jalik ernst, aber freundlich. »Du bist ein schwerer Fall, da will ich nichts beschönigen. Und es wird auch nicht einfach werden. Doch ich hatte schon ein paar Patienten wie dich. Du bist willensstark und das kannst du nutzen. Selbstverständlich hat es einen Sinn. Wenn Du mitarbeitest. Und ... hoffentlich lässt du dir diesmal nicht ganz so lange Zeit für deine Bereitschaft wie bei deinem letzten Aufenthalt!« Frau Dr. Jalik zwinkerte Ebbe zu und in ihren Augen spiegelten sich Mut und Hoffnung wider.

25. DIESMAL IST ES ANDERS

Ebbe blieb viele Wochen in Lübeck. Es war eine Zeit starker Veränderungen und großer Emotionen. Sie hielt sich an ihren Vorsatz, jede Art der Hilfe anzunehmen. Auch wenn sie das oft an ihre Grenzen brachte. Ebbe wollte nicht mehr zurück in die Krankheit, nie wieder. Es war kein Leben mehr gewesen in den letzten Wochen.

In den ersten Kliniktagen genoss Ebbe es einfach, wieder essen zu müssen. Zwar wurde sie nicht direkt gezwungen, doch war das Einhalten geregelter Mahlzeiten und angemessener Portionen selbstverständlich ein wesentlicher Teil der Therapie. Und Ebbe war nie zuvor entschlossener gewesen, ihr Leben von Grund auf zu verändern. Immer musste alles in ihrem Kopf einer klaren Struktur folgen. Abnehmen, dünner werden, leichter sein, einen definierten Charakter haben, kaum sprechen. In Zahlen: 40 kg unterschreiten, also 39 Kilogramm wiegen. Dann immer zwei Kilo weniger. 37 Kilogramm, dann 35. 33 Kilogramm. Hier wollte sie aufhören. Doch plötzlich waren daraus 31 geworden. An ihrem letzten Abend zu Hause hatte die Waage schließlich eine 30 angezeigt. Ein klein wenig hatte Ebbe sich erschreckt. Doch dann hatte auch das so wunderbar gepasst. Genau zehn Kilogramm unter der 40. Alles ordentlich und strukturiert. Ebenso die Mahlzeiten. Ebbe hatte seit ihrer ersten Entlassung aus Lübeck ihre Mahlzeiten wie gelernt eingehalten. In der Klinik waren es morgens zwei Scheiben Brot oder zwei Brötchen und eine Quarkcreme gewesen. Ein ordentliches Mittagessen, bestehend aus einer Fleischalternative oder Fisch, Kohlenhydraten, etwas Fett und Gemüse. Nachmittags gab es ein Käsebrot. Abends ein bis zwei Scheiben Brot und dazu ein Vorgericht. Ebbe hatte damals einen Flyer mit Nährwertangaben der Klinikmahlzeiten gefunden. Ein Vorgericht hatte demzufolge 200 Kilokalorien. Ebbe kam diese Angabe natürlich sehr gelegen, denn es war eine schöne glatte Zahl, die man sich wunderbar merken konnte. 200 Kalorien. Merkwürdig war nur, dass das Vorgericht aus so unterschiedlichen Speisen bestand. Mal war es Milchreis oder Grießbrei, an anderen Tagen wiederum bestand es aus einer Portion Käsenudeln oder Kartoffelgnocchi. Doch die 200 Kilokalorien passten so gut in Ebbes Struktur, dass sie es glaubte. Glauben wollte. Es war schließlich eine Klinik, die auf Essstörungen spezialisiert war. Da wurde bestimmt auch penibel auf die Verteilung der Nährstoffe geachtet. Also 200 Kalorien im Vorgericht und ein bis zwei Scheiben Brot dazu. Später während ihres Aufenthaltes kam noch eine kleine Spätmahlzeit hinzu. Ein Joghurt oder ein Haferflockenmüsli. Rund 100 Kalorien. Anfangs hatte es zu Hause ganz genauso ausgesehen. Der Plan wurde eingehalten, doch mit der Zeit hatte Ebbe seine Struktur verändert. Aus den zwei Brötchen waren zwei Scheiben Knäckebrot geworden, die Margarine war gegen Magerquark getauscht worden. Anstatt des Sahnequarks gab es Hüttenkäse, der Schnittkäse wich vegetarischem Gemüseaufstrich und so weiter. Alles war streng unter Kontrolle gewesen. Man hätte Ebbe nachts wecken und fragen können – sie hätte sämtliche Mahlzeiten der vergangenen und kommenden Tage aufzählen können. Ebbe sprach viel darüber. Mit Frau Dr. Jalik selbstverständlich. Doch auch den Schwestern auf der Station erzählte sie alles. Was für Ebbe so besonders war, schien für die Schwestern auf der psychosomatischen Station überhaupt nicht verwunderlich. »Ganz typisch«, sagten sie oft. »So läuft es leider meistens. Die Anorexie schleicht sich immer wieder ein.« Auch über ihr schlechtes Körpergefühl sprach Ebbe viel. Zwar hatte es sich deutlich gebessert, seitdem sie unter 33 Kilogramm wog. Doch Ebbe wusste, dass das nicht das Ziel sein konnte. Es galt vielmehr herauszufinden, warum sie sich lediglich mit einem so niedrigen Gewicht wohlfühlte. Dass 30 Kilogramm weniger waren, als schlanke Mädchen wie Stephi oder Jana wogen, das konnte selbst Ebbes kranker Kopf nicht leugnen. Immer mehr wurde ihr bewusst, dass es nicht wirklich das Körpergewicht war, das dieses negative Angstgefühl hervorrief. Es sei eine Form von Lebensangst, sagte Frau Dr. Jalik. Ebbe hatte nicht gelernt, sich dem Leben zu stellen. In ihrer Fraulichkeit hatte Ebbe damals, als junges Mädchen, eine unüberwindbare Hürde gesehen. Und anstatt darüber zu sprechen und sich den neuen Gegebenheiten zu stellen, hatte sie sich ihre Scheinwelt der Anorexie aufgebaut. Da es sich hierbei um eine Sucht handelt, spielte der Ursprung dieser Erkrankung irgendwann kaum noch eine Rolle. Der Sucht wird nachgegeben, um jeden Preis.

Am Mittwoch nach ihrer Ankunft auf der Station war Chefvisite. Der Oberarzt Herr Dr. Jalek bemerkte lächelnd und sehr freundlich, dass Ebbe bei diesem Aufenthalt schon wärmer angezogen sei, anders als bei ihrem ersten Aufenthalt, bei dem sie absichtlich hatte frieren wollen, um Energie zu verbrennen. Und – wie er gehört habe – habe sie bereits williger gegessen als beim letzten Mal, woraufhin sie gemeinsam ein realistisches Ziel für diesen Aufenthalt festlegten. Dieses beinhaltete sowohl ein Gewicht, das es zu erreichen galt, als auch ein verändertes Essverhalten. Am wichtigsten aber war das Körpergefühl, das hatte Ebbe eindringlich betont. Sie wollte sich endlich wieder normal fühlen. Sich selbst anders wahrnehmen. Schließlich waren ihr die fürchterlichen Gefühle in der Reithose oder auch jedem anderen Kleidungsstück noch sehr präsent. Sie wollte nicht dorthin wieder zurück, wo sie es nicht mehr aushielt in ihrem Körper. Eingenommen von der schwarzen Wolke. Immer wieder fragte Ebbe den Oberarzt, ob sie es schaffen könnte. Die Chefvisiten während ihres letzten Aufenthaltes in Lübeck hatte Ebbe immer als blanken Horror erlebt. Sie hatten jedes Mal aus heftigen Diskussionen über neue Maßnahmen aufgrund nicht eingehaltener Vereinbarungen bestanden. Diesmal hingegen war die Visite ein angenehmes und freundliches Gespräch, das Ebbe neuen Mut und Hoffnung gab. Es war ein friedliches Miteinander. Niemand auf der Station schien daran zu zweifeln, dass Ebbe einen Weg heraus aus der Sucht finden würde. Die einzige Bedingung war, dass sie selbst mitarbeitete! Und zwar ganz. Sie musste offen und ehrlich sein und sollte über alles sprechen, was sie bewegte. Keine Schummeleien und keine Alleingänge. Damit schadete sie sich nur selbst. Ebbe war nicht alleine, das wurde ihr hier immer wieder versichert und gab ihr neue Hoffnung. Kurz bevor Dr. Jalek Ebbes Patientenzimmer verließ, drehte er sich noch einmal um. »Es ist wundervoll zu sehen, dass du diesmal mitarbeiten möchtest, Ebbe. Bleib dran, das Leben ist zu wertvoll und du noch so jung!« Damit verließ er den Raum. Die Sonne schien nun immer deutlicher und schob Ebbes dunkle Wolke immer wieder zur Seite. Ebbes war überdreht und euphorisch. Alles würde gut werden, da war sie sich mehr als sicher. Zu Hause warteten ihre Freunde und ihre Familie. Hier hatte sie Menschen, mit denen sie über ihre wirren Gedanken sprechen konnte. Konnte es besser laufen?

In dieser euphorischen Stimmung war Ebbe allerdings nicht wirklich bewusst, dass es noch auch ihr niedriges Gewicht war, welches ihr ein Gefühl der Sicherheit gab. Noch war es die Anorexie, die ihr Halt bot. 30 Kilo waren ein sicherer Hafen und das Essen, das es hier geben würde, war wie aus dem Schlaraffenland für Ebbe, durch das sie nun hindurchtanzen konnte. Leicht und beschwingt. Auch 33 Kilo waren noch verlässlich. Doch der wahre Kampf begann, als das Gewicht weiter stieg. Das bekam Ebbe mit jedem Kilo mehr zu spüren. Lore hatte ihrer Tochter einen liebevollen Brief mitgegeben, den Ebbe an ihrem ersten Abend in der Klinik weinend gelesen hatte. Auf eine sehr einfühlsame Art hatte ihre Mutter über die letzten Jahre geschrieben. Über Ebbe als Kind und ihre Entwicklung, die Lore jeden Tag aufs Neue freute. Sie hatte Ebbes Weg in die Anorexie gleichzeitig einfühlsam und verständnisvoll wie auch erschreckend und beängstigend beschrieben. Sie fragte danach, wie es so weit kommen konnte. Gab sich selbst und Josse die Schuld und fragte Ebbe, was sie hätte anders machen können. Lore erinnerte Ebbe außerdem an ihre Ziele, die Ebbe sich einst gesetzt hatte. Schon als kleines Kind hatte sie es geliebt, durch die Fenster in fremde Häuser zu spähen. Sie schaute sich liebend gerne verschiedene Wohnhäuser und Gärten an und träumte davon, selbst einmal Häuser bauen und einrichten zu können. Schon früh stand für sie fest, später einmal Architektur zu studieren. Doch mit einer Erkrankung wie Anorexie war das unmöglich. Lore fragte Ebbe, was mit ihren vielen weiteren Träumen wie einem Reiterurlaub am Meer mit Klara oder einer Reise zu den berühmten schottischen Schafen sei. Ebbe liefen dicke Tränen die Wangen hinunter. Sie hatte tatsächlich alles vergessen. All ihre Träume und Wünsche, alle Ziele waren der einen Sache gewichen – dem Hungern. Dem Auflösen der eigenen Person, die so unerträglich geworden war. Nichts anderes hatte daneben Platz finden können. Körper und Essen, die Kontrolle standen an erster Stelle. Ebbe hatte den Brief viele Male gelesen. Lore betonte darin immer wieder, dass Ebbe genau richtig war, so wie sie war. Dass niemand sie sich anders gewünscht hatte. Niemals. Diese Satz las Ebbe immer und immer wieder und versuchte, ihn anzunehmen. In den Umschlag hinein hatte Lore Ebbe zwei Bogen mit samtigen Bären-Stickern gelegt. Für jedes Kilo, das Ebbe zunehmen würde, durfte sie sich einen Bären in ihr Tagebuch kleben. Zuerst war Ebbe etwas erbost und unterstellte Lore, dass diese das Gewicht und die Zunahme als einziges Mittel des Gesundens ansah. Doch wenige Minuten später besann sie sich. Sie wog 30 Kilo. Natürlich musste das Gewicht ansteigen, um gesund zu werden. Und die Idee mit den samtigen Stickern war sehr liebevoll. Denn als Kinder hatten Ebbe und Anina diese Sticker mit Leidenschaft gesammelt und getauscht. Sie hatten sich in ihre Kuschelecke bei Anina oder bei Ebbe im Zimmer zurückgezogen und stundenlang darüber diskutiert, welche Aufkleber am wertvollsten seien und welche sie tauschen könnten. Die aus Kork waren selten, die Glitzersticker fielen am meisten auf und die samtigen waren am schönsten anzufassen. Gedankenverloren strich Ebbe über ihre drei Bären, die sie sich bereits in ihr Tagebuch hatte kleben dürfen. 33,4 Kilogramm zeigte die Krankenhauswaage am Morgen des Vortages an. Vereinbart waren 44 Kilogramm bis zur Entlassung. Eine weite Reise, die Ebbe jedoch endlich entschlossen angehen wollte.

EPILOG

Wenn Ebbe heute mit Menschen in ihrer Umgebung über die Krankheit oder ihre Geschichte spricht, fällt es ihr schwer, die richtigen Worte zu finden. Und nicht nur das. Es ist vielmehr, als wenn sie alles vergessen hätte, was einmal war. Natürlich hat sie nichts wirklich vergessen. Aber es erscheint so absurd darüber zu sprechen. Denn Ebbe blickt dabei sozusagen aus der Metaperspektive auf etwas zurück, das doch noch immer ein Teil von ihr selbst ist. Die Anorexie. Ebbe bezeichnet ihre Krankheit selbst als ihre dunkle Wolke. Diese entscheidet sich scheinbar wie von selbst, Teil eines Lebens zu werden und breitet sich dann genüsslich darin aus. Dabei nimmt sie alles an Raum ein, was vorhanden ist. Sie benebelt die Sinne und verleitet zu Handlungen, die unter gesunden Bedingungen nicht vollzogen würden. Ebbes Wolke ist auch heute noch präsent. Doch die Intensität, mit der sie sich zeigt, ist weitaus geringer geworden. Das Schlimmste für Ebbe ist, dass es ihrer Meinung nach kaum möglich ist, diese Vereinnahmung durch die Anorexie für andere Menschen annähernd verständlich zu beschreiben. Heute lebt sie mit ihrer Wolke. Und das bedeutet, dass sie viele Entscheidungen in ihrem Leben über ihren Verstand trifft und weniger auf ihre Gefühle hört. Dinge, die andere Menschen aus dem Bauch heraus entscheiden oder tun. Es muss so sein, da Ebbe sich auf ihr Gefühl nicht immer verlassen kann. In vielen Situationen denkt sie zunächst daran, was vernünftig ist hinsichtlich ihrer jahrelangen Erkrankung. Auch wenn das oft noch ihrem spontanen Bauchgefühl widerspricht. Ebbe musste über einen langen Zeitraum erst wieder lernen, den Hunger als ein normales Empfinden anzunehmen. Er ist ein Bedürfnis ihres Körpers. Das Grundbedürfnis eines jeden Körpers. Und dieser ist ein Teil ihrer selbst. Ebbe musste lernen, ihren Körper nicht als ein fürchterliches Objekt zu verachten, das es zu vernichten gilt, sondern als einzigartiges Geschenk, das zu ihr gehört. Gut leben lässt es sich leichter mit einem gesunden Körper. Und dieser benötigt Nahrung. Essen gehört zum Leben. Es tut Körper und Seele gut. Ein gesunder Körper benötigt ein bestimmtes Gewicht. Das weiß sie heute. Essen bedeutet Leben. Genießen. Zulassen. Ebbe weiß mittlerweile, wie sie mit ihrer Krankheit umgehen muss. Sie lässt sich jetzt nicht mehr unterkriegen. Lange Zeit war es ihr überhaupt nicht bewusst, was die Anorexie mit ihr tat. Sie merkte nicht, wie die große dunkle Wolke sie selbst manipulierte. Wie sie ihr einredete, bestimmte Dinge zu wollen oder eben nicht zu wollen. Wie die Anorexie sie dazu brachte, etwas zu tun oder eben nicht zu tun. Es war nicht mehr Ebbe allein, die Entscheidungen traf. Und genau das war auch die Ursache dafür, dass es Ebbe nicht gelang, ihre Krankheit zu erkennen. Essstörungen erscheinen in vielen verschiedenen Verkleidungen und geben sich nicht einfach so zu erkennen. Sie sind im Fall der Magersucht die böse Stimme, die es nicht erlaubt, sich auszuruhen oder sich etwas Schönes zu erlauben. Der Herrscher, der Leistungen vorschreibt und keine Gnade kennt, wenn diese nicht erfüllt werden. Ein unheimliches Gefühl, eine große Angst, die dich innerlich packt und traurig stimmt. Manchmal jedoch ist die Anorexie auch einfach eine Fluchtmöglichkeit. Ein gewohnter Rückzugsort, an dem alles vorhersehbar und kontrollierbar ist. Fast alles.

Noch heute, nach vielen Jahren, kann Ebbe sie fühlen. Diesen Schatten, den die Wolke über sie legt. Die vielen Eiskristalle, die seit ihrem elften Lebensjahr über ihr hängen. Die Macht der Anorexie, die jahrelang unermüdlich auf sie einwirkte, sich mit ihr stritt und auf keinen Fall aufgeben wollte. Und auch, wenn sie heute weit weniger präsent ist, hat sie Spuren hinterlassen. Nicht nur bei Ebbe selbst. Auch in ihrer Umgebung, bei ihren Mitmenschen. Schwere Fußstapfen, die sich nicht so einfach fortwischen lassen. Auch verblasst sind sie nur langsam. Die Wolke war eine Zeit lang so riesig und bedrohlich, dass Ebbe ihre eigene Meinung nicht mehr hören konnte. Sie hatte sich dann oft – sehr oft – gefragt, ob sie jemals dafür würde sorgen können, sich selbst wieder zu hören. Denn sie wusste immer, dass es sie und ihre eigenen Gefühle noch gab. Verborgen im Schatten der Anorexie. Doch die Grenze zwischen dem Gesunden und dem Kranken ist dünn und nur schwer zu erkennen.

Heute kann sie es. Es gab eine sehr dunkle und traurige Zeit, die Ebbe im Schatten ihrer Wolke verbrachte. Ihr Einfluss war so stark, dass Ebbe sich ihr völlig ausgeliefert sah. Heute weiß sie, dass das nicht sein muss. Jedenfalls nicht in diesem Ausmaß. Diese Essstörung ist zwar zerstörerisch. Aber sie möchte auf etwas aufmerksam machen. Ebbe weiß heute, dass sie sich in dieser Zeit selbst finden musste. Es war die entscheidende pubertäre Phase, in der sich alles verändert und Mädchen sich mit ihrer Persönlichkeit und ihrem eigenen Körper intensiv auseinandersetzen.

Ebbe war durcheinander und fühlte sich mit der Veränderung ihres Körpers alleine gelassen. Sie erinnert sich heute noch ganz genau an die vielen verschiedenen Gefühle, die sie damals übermannten. Ihre gesamte Welt begann zu schwanken, wurde wackelig und unsicher. Als würde plötzlich alles um sie herum wegbrechen, was ihr bisher Halt gegeben hatte. Alles war mit einem Mal chaotisch. Verwirrend und verschwommen. Ohne jede Kontur. Sie brauchte einen Halt und glaubte, diesen in der bewussten Veränderung ihres Körpers finden zu können. Es war die Hoffnung, sich von dieser bedrohlichen und noch immer nicht greifbaren Last zu befreien. Die Anorexie als persönliche Ausdrucksform für ihre damalige Hilflosigkeit. Für das Durcheinander, das nahezu jedes Mädchen in der Pubertät durchlebt. Die Suche nach sich selbst äußerte sich letztlich in der Suche nach ihren Knochen. Sie wollte ihr eigenes Gerüst an die Oberfläche holen, um sich mehr zu spüren. Sich selbst auf das Wesentliche reduzieren und nachsehen, was wirklich dahintersteckt. Wer sie eigentlich wirklich war. Die alte Ebbe musste weg. Verschwinden. Für immer.

Heute ist sich Ebbe auch der vielen Einflussfaktoren bewusst, die sie immer weiter in die Anorexie trieben. Im Nachhinein ist ja meist alles so viel deutlicher, klarer und zeitlich kürzer. Der Bruch in der Freundschaft zwischen Anina und ihr war aus heutiger Sicht relativ schnell gekommen. Doch sie erinnert sich daran, dass es ihr damals wie eine Ewigkeit vorkam. Eine Ewigkeit mit zahlreichen schrecklichen Erlebnissen. Voller Angst und Sorge. Erfüllt von Hilflosigkeit und dem Gefühl, den Boden unter den Füßen zu verlieren. Es waren einfach die Umstände, die dazu führten, dass Ebbe den einzigen Ausweg aus dieser Situation in der Anorexie sah. Vielleicht konnte sie Anina gar nicht so viel vorwerfen, wie sie es lange Zeit getan hatte. Schließlich waren sie beide damals noch Kinder gewesen.

Das Verwunderliche an dieser Krankheit ist aus Ebbes Sicht die Tatsache, dass diese beginnt, sich stark zu verändern. Dass sie sich ausbreitet und immer stärkere und beherrschende Formen annimmt, deren Bekämpfung mit dem Verlauf der Zeit immer schwerer wird. Zu Beginn war es nur ihr Körper, auf den Ebbe sich fixierte und das Essen, das sie sich nach und nach immer mehr verbot. Später spielte das eine wesentlich kleinere, untergeordnete Rolle. Es war nicht mehr nur ihr Körper, gegen den sie ankämpfte, sondern vielmehr die Gewohnheit. Mit der Zeit hat sie eine Menge über die Krankheit gelernt und viele Verhaltensweisen an sich selber entdeckt. Der größte Fehler war der, dass Ebbe an ihrer eigenen Welt festhielt. Sie machte sich keine Gedanken darüber, *warum* sie nicht aß, Ebbe tat es einfach nicht. Nach all den Jahren ist Ebbe heute klar, dass das Verheimlichen einer Essstörung im engsten Familien- und Freundeskreis immer nur für einen begrenzten Zeitraum möglich ist. Eine Zeit lang kann man es geschickt verbergen. Der Verzicht darauf ist absolut unnormal. Natürlich wird es irgendwann bemerkt. Ganz davon zu schweigen, dass allein die körperliche Veränderung irgendwann erkannt werden muss. Zudem hat Essen viel mit Gemeinschaft und Geselligkeit zu tun. Immer wieder begegnet es einem als schönste Nebensache der Welt. Wer sich davon ausschließt, fällt auf. Ebbe weiß noch, dass sie tatsächlich geglaubt hat, niemand würde etwas bemerken. Sie könnte alle weiterhin mit Bauchschmerzen und anderen Ausreden hinhalten. Mit erfundenen Gründen, aus denen heraus sie nicht essen konnte. Bis Ebbe an diesem einen Tag mit ihrer Familie in eine Spezialklinik für Psychosomatik fahren musste. Dieser Tag war wie die Uraufführung eines Theaterstückes. Die Veröffentlichung ihrer Krankheit. Es war ein einschneidendes Erlebnis – auch für Ebbes Eltern. Denn es war das erste Mal, dass sie die Verantwortung abgaben. Mit Ebbes Einweisung in die Kinder- und Jugendpsychosomatik gestanden sie schließlich mehr oder weniger offiziell ein, die Essstörung ihrer Tochter nicht allein beheben zu können. Und Hilfe zu benötigen.

Und heute? Es scheint, als hätten sich die letzten Fesseln gelöst. Ebbe ist stärker geworden und schaut nun mit einem traurigen Lächeln auf ihre Jugend zurück. Es war eine sehr intensive Erfahrung und sie hat Ebbe darüber hinaus viel Lebenszeit genommen. Sehr viel. Aber die Zeit, so sehr Ebbe sie oft auch bereuen möchte, hat auch einige positive Erfahrungen mit sich gebracht. Heute hat Ebbe ein gutes Stück der Anorexie verstanden. Sie hat sie einige Jahre in unterschiedlicher Ausprägung begleitet und auch heute taucht sie in ihren Gedanken oft auf. Doch wenn sie früher ihre Befehlsstimme war, der sie gehorchte, die sie gleichermaßen achtete und fürchtete, vor der sie ohne darüber nachzudenken nachgab, so sieht Ebbe sie heute mit anderen Augen. Was will die Anorexie? Es ist nicht immer einfach, das herauszubekommen. Auch heute nicht. An manchen Tagen fällt es ihr ganz besonders schwer und sie muss sich bemühen, sich nach außen hin nichts anmerken zu lassen.

Wenn die Wolke wieder größer und dunkler über ihr schwebt. Manchmal kann sie auch darüber lachen. Warum auch nicht? Ebenso gut ließe es sich weinen über die vielen Jahre, die sie an die Anorexie verloren hat. Aber Ebbe hat sich entschieden zu lachen und nach vorne zu sehen. Die Anorexie liegt hinter ihr. Vor ihr die Zukunft und die Sonne. Die Wolke wird sie weiterhin begleiten, in ihren Gedanken und Erinnerungen. Und das ist nicht schlimm. Denn Erinnerungen können sehr schön sein und die Gedanken sind ja bekanntlich frei. Ihrer muss sich Ebbe nicht schämen. Nein, sie schämt sich nicht, wenn sie lächelnd dasteht und ein wenig stolz auf ihre ganz persönliche Vergangenheit zurückblickt.